바보는 방황하고,
현명한 사람은
여행을 떠난다

인생은
배낭
여행이다

인생은 배낭 여행이다

초판인쇄	2025년 04월 03일
초판발행	2025년 04월 09일
지은이	추성엽
발행인	조현수
펴낸곳	도서출판 프로방스
기획	조영재
마케팅	최문섭
편집	이승득
디자인	오종국 (Design CREO)
주소	경기도 파주시 광인사길 68 , 201- 4호
전화	031-942-5364, 031-942-5366
팩스	031-942-5368
이메일	provence70@naver.com
등록번호	제2016-000126호
등록	2016년 06월 23일

정가 19,000원
ISBN 79-11-6480-389-7 (03810)

바보는 방황하고, 현명한 사람은
여행을 떠난다

인생은
배낭
여행이다

추성엽 지음

프로방스

Prolgue
프롤로그

바보는 방황하고, 현명한 사람은
여행을 떠난다

• • • • •

       나는 "인생은 여행이다."라는 말을 무척 아낀다. 여행과 인생에는 공통점이 참으로 많기 때문이다. 실제로 지금도 우리는 지구라는 행성을 타고 초속 30km(공전속도)로 우주를 여행하고 있다. 지구는 반경 6,378km, 둘레 46,250km의 거대한 우주선이다. 광활하고 드넓은 우주에서 길게는 운명이란 이름으로 일생을 여행하고, 짧게는 지구가 자전하는 24시간이라는 하루를 여행하고 있다. 한 치 앞도 모르는 우리의 인생은 즐거워야 한다. 천상병 시인의 〈귀천〉이란 시구처럼 '이 세상 소풍 끝내는 날, 가서 아름다웠다.'고 말하면 되는 것이 우리의 인생이 아닐까? 어쩌면 후회 없는 인생을 즐기는 방법과 여행을 즐겁게 보내기 위한 방법은 일맥상통할지도 모른다. 이러한 철학이 담긴 세 번의 배낭

여행이 이 책의 주제다. 논어로 대표되는 공자나 도덕경을 통해 무위자연을 예찬한 노자보다는 "인생은 한바탕 봄날의 꿈과 같기에 마음껏 놀다가 가라"는 장자의 철학에 가깝다.

여기서 다루는 '여행'은 관광과는 차원이 다른 '배낭여행'을 말한다. 어감에서 느껴지듯이 '배낭을 메고 떠나는 장기간의 여행'이다. 이 말속에는 '자유', '야호!' 등과 같이 속박되지 않은 뉘앙스가 풍긴다. 굳이 반대말을 찾으라면 여행사에서 대부분을 알아서 챙겨주는 '패키지(Package) 관광'이다. 하지만 배낭여행은 시간과 장소에 구애받지 않고, 여행자의 의지에 따라 자유롭게 다니는 여행으로 혼자서 떠날 수 있고, 동반자로 가족이나 친구도 가능하다. 가이드를 동반하지 않고, 각양각색의 다른 나라에서 온 여행자들과 살아 있는 정보를 교환하면서 현지인과 밀착해서 체험하는 살아있는 여행을 즐기다 보면 자신도 모르는 사이에 지나온 과거를 제3자의 입장에서 관조할 수 있다.

오랫동안 배낭여행을 다니다 보면 언제부턴가 패키지 여행에선 느낄 수 없는 특별한 감정이 밀려오기 시작한다. 지금껏 자신이 살아온 과거의 모습들이 마치 파노라마처럼 지나가면서 자기성찰의 시간을 갖는다. 배낭여행이 지향하는 궁극적인 목적지는 어쩌면 '자아성찰과 미래의 설계'가 아닐까 싶다. 여행을 다니면서 보게 되는 수많은 관광명소나 유적, 그리고 색다른 체험은 '양념'일 뿐, '요리' 그 자체가 아니다. 이것은 그룹을 형성해 특별한 관광지를 찾아 다니는 계획된 패키지 여행과는 성격이 다르다. 그렇다고 너무 무겁게 생각할 필요는 없다. 배낭여행은 패키지 관광이 지닌 장점까지도 모두 가지고 있기 때문에 마음 가는 대로 즐기면 그만이다.

나는 배낭여행을 즐기면서 나 자신과 또는 아내와도 많은 대화를 나누었다. 가족에 대한 일상적인 이야기부터 종교나 철학적인 문제에 이르기까지 주제도 다양했다. 장시간 이동하는 버스나 새소리에 잠을 깬 새벽녘에도, 그리고 유네스코가 지정한 세계문화유산과 마주했을 때도 우리의 이야기는 끝이 없었다. 그때 아내와 함께 공감한 것이 '인생은 배낭여행이다.'는 평범한 진리였다. 아내와 나는 하나씩 공통점을 찾아 나섰다. 그렇다! 우리는 분명 어제를 여행했고, 지금 이 순간인 오늘을 여행하고 있다. 특별한 일이 없으면 내일도 우리의 여행은 계속될 것이다. 인생이 여행임을 가슴으로 깨닫는 순간부터 어떻게 살아가고 즐길 것인지를 가늠할 수 있다고 나는 믿는다. 장기간에 걸쳐 배낭여행을 다니다 보면 희로애락과 같은 사건과 사고가 분명 터지기 마련이다. 때론 본인의 의지와 무관하게 필연적으로 문제가 발생할 때도 있다. 그때가 중요하다. 지나간 과거의 선택을 후회하기보다는 오히려 지금이라는 현재에 집중하는 것이다. 그리하면 길은 분명히 열린다. 전화위복(轉禍爲福), 위기가 곧 기회인 것이다.

인생과 여행의 공통점 및 차이점

		여행	인생
공통점	1. 사람들과의 다양한 인연과 만남이 있다.	○	○
	2. 돈을 적재적소에 효과적으로 쓰는 것이 중요하다.	○	○
	3. 희로애락, 굴곡이 찾아온다.	○	○
	4. 자신의 의지에 따라 여정을 변경할 수 있다.	○	○
차이점	1. 마음먹기에 따라 당장 시작할 수 있다.	○	×
	2. 궁극적인 목적지가 있다.	○	△
	3. 끝나는 날이 이미 정해져 있다.	○	×

사람들은 가끔씩 '인생이란 무엇일까?'라는 철학적 문제에 빠지곤 한다. 소중한 사람을 잃거나, 중요한 뭔가를 선택하려는 순간에도 이런 생각이 든다. 행복할 때보다 불행할 때가 더욱 그렇다. 인생과 여행이 똑같은 이유는 인생에서 수많은 사람을 만나는 것처럼, 여행에서도 다양한 사람을 만난다. 그것은 내가 원하든 원치 않든 간에 다양한 사람과의 만남이 이루어진다. 때론 여행지에서 우연히 만난 사람에게서 좋은 곳을 추천받아 여정이 송두리째 뒤바뀌

는 경우도 있었다. 이처럼 인생에서도 다양한 사람들을 만나면서 삶은 앞으로 나아간다. 때론 자신의 의지와 관계없이 만남이 이루어지기도 한다. 사실 인생은 누군가를 언제 만나고, 그와 인간관계를 어떻게 설정하느냐에 따라 운명이 크게 엇갈리기도 한다. 여행을 다니면서 만나는 사람에 따라 축복이 되기도, 때론 절망에 빠지기도 한다. 돌이켜보면 3가지 유형의 만남이 있었다. 필연적으로 만나야만 하는 사람, 만나서는 안 될 사람, 그리고 만나나 마나 한 사람들이다. 그런데 깊게 생각해보면 만나서는 안 될 사람이란 애초부터 없었다. 여행을 통해 그들마저도 필연이었음을 비로소 깨달은 것이다.

사람들은 교통사고를 당하면 '하필이면 왜 나일까?'라고 생각하지만, 그것은 누군가 맡아서 해줘야 할 역할이 아닐까 싶다. 고속도로를 달리다 보면 차선을 변경할 때 방향지시등을 켜지 않고 질주하는 난폭운전 차량을 쉽게 목격할 수 있다. 그런데 고속도로의 모든 차가 규정속도로 달려서 사고가 일어나지 않는다고 가정하면 무슨 일이 일어날까? 먼저 고속도로 갓길에 대기 중인 렉카차와 속도위반을 단속하는 경찰관도 필요 없게 된다. 또한 교통사고 환자가 주로 입원하는 정형외과의 수입도 줄어들게 할 것이다. 원인과 결과로 얽혀서 필연적으로 돌아가는 것이 세상이다. 다시 말해 불교의 연기법이 철저하게 적용되는 것이 세상의 이치로, "이 것이 있음으로 말미암아 저것이 있고, 이것이 없어짐으로 말미암 아 저것도 없다."는 연기법은 모든 존재와 모든 사건들이 스스로 존재하는 것이 아니라 상호 의존적이라는 것이다.

인생을 연극이라고 가정할 때 주연과 조연이 아무리 연기를 잘해 도 연극의 맛은 갈등을 조장하는 악역이 크게 좌우한다. 찰리 채 플린(Charles Chaplin)의 "인생은 멀리서 보면 희극이지만 가까이 에서 보면 비극이다."는 말처럼, 삶을 세밀하게 관찰하면 수많은 고뇌와 아픔이 존재한다. 모두가 소중한 사람들이다. 여행지에서 만나는 사기꾼이나 교통사고를 낸 사람도 '그 순간에 그렇게 만 나라'는 운명일지도 모른다. 그것은 다시 다른 사람을 만나는 새 로운 계기로 작용'했기 때문이다. 군복무 때의 일이다. 휴가를 다 녀온 부하가 변심한 애인 때문에 괴로워하면서 말했다. "대한민 국 군대가 수많은 사랑을 갈라 놓습니다." 그때 철학을 전공한 동 기가 남긴 말을 지금도 나는 잊을 수가 없다. "그렇게 생각하지 말 고, 그럼으로써 수많은 사랑을 다시 이루어 놓는다고 생각해라! 지나간 과거는 잊어버려라. 훨씬 멋진 사람이 너를 기다리고 있을 것이다." 그렇다! 모든 것은 생각(마음)의 차이다. 재미있는 사실이 있다. 인생에서 돈이 중요하지만 전부가 아닌 것처럼, 여행을 다닐 때도 돈은 결코 전부가 아니었다. 돈은 적재적시에 효과적으로 쓰는 방법이 훨씬 더 중요하다는 말이다. 물론 돈에 여유가 있으면 좀더 나은 호텔에서 자고, 비싼 음식도 먹을 수 있겠지만, 그것 자체가 여행의 기쁨을 크게 좌우하지는 않았다. 그렇기에 돈은 얼마를 벌고, 얼마를 가졌냐보다는 어떻게 쓰느냐가 훨씬 중요할지 모른다.

인생과 여행의 가장 큰 공통점은 모두가 굴곡이 있다는 명백한 사실이다. 장기간 여행을 다니다 보면 기쁠 때도, 슬플 때도 있다. 이것은 굴곡이 따르는 우리네 인생과 아주 흡사하다. 실제로 우리는 살아가면서 희로애락이 비일비재로 일어난다. 그럴 때일수록 마음가짐이 중요하다. 부정적으로 생각하면 한없이 부정적인 기운이 감싸고, 긍정적으로 생각하면 긍정적인 기운이 우리를 감싼다. 모든 것은 생각의 차이다. 불교의 교리를 8만자로 축약한 팔만대장경을 다섯글자로 요약하면 '일체유심조(一切唯心造)'이고, 한 글자로 압축하면 '心(마음심)'이라고 한다. 세상사 모든 일이 마음먹기에 달렸다는 의미다. 실제로 여정은 마음먹기에 따라 얼마든지 바꿀 수 있다. 인생에서도 주어진 틀이나 운명에 순종하기보다 본인의 의지에 따라 긍정적으로 삶을 변화시킬 수 있다.

그런데 인생과 여행에는 분명히 다른 점도 있다. 배낭여행은 마음만 먹으면 지금이라도 당장 시작할 수 있지만, 인생은 자신의 의지와 상관없이 부모님으로부터 유전자(DNA)를 물려 받으면서 삶이 시작된다. 이것을 우리는 운명이라고 부른다. 실제로 어느 부모님 슬하에서 어떤 조건으로 태어나느냐가 자신의 운명을 크게 결정한다. 그렇기에 삶은 처음부터 누구에게나 공정하지 않은 게임일지도 모른다. 여행은 목적지가 정해져 있지만, 인생의 목적지는 사람마다 다르다. 누군가는 명확한 목적지를 정해놓고 꿈을 향해 정진하지만, 어떤 이는 목적지 없이 하루하루의 생계를 유지하는 것도 힘들다.

인생과 여행에서 가장 큰 차이점은 끝나는 지점이다. 여행은 집으로 돌아갈 날이 정해져 있지만, 인생은 자신이 언제 죽을지 한 치 앞도 알 수 없다. 그래서 여행은 귀국날짜에 맞춰 가면서 돈을 효율적으로 사용하고, 남은 돈이 거의 없이 입국하는 반면에, 사람들은 일상에서 '자신이 언젠가는 죽는다'는 사실에는 동의하면서도 천년만년 살 것처럼 돈에 끝없는 집착을 보인다. 심지어 어떤 사람은 죽을 때까지 돈의 노예가 되어 한 푼도 베풀지 못하고 생을 마감하기도 한다. 돈은 얼마를 가졌냐보다 어떻게 쓰느냐가 훨씬 중요한 문제인데도 말이다.

누구나 '백문불여일견(百聞不如一見)'_'100번 듣는 것이 1번 보는 것만 못하다.'는 말에는 익숙하지만, 도올 김용옥 박사가 주장한 '백견불여일독(百見不如一讀)' 100번 보는 것보다 1번 읽는 게 낫다.'는 말에는 낯설다. 하지만 여행은 아는 만큼 보이고, 아는 만큼 느낄 수 있다. 여행을 떠나기 전 도서관에 들러 목적지에 관한 책을 찾아보면 크게 도움이 된다. 이것은 우리가 살아가면서 인문학이나 철학 등의 책을 읽는 독서의 중요성과도 일치한다. 다양한 분야의 작가들이 쓴 책을 다독한 사람은 독서를 통해 다양한 삶을 직간접적으로 엿볼 수 있고, 이것은 바른 삶으로 연결될 수 있다. 지금은 스마트폰을 통해 누구나 정보를 탐색할 수 있고, 알아야 여행의 참 맛을 가슴으로 느낄 수 있다. 인생이 계획한 것처럼 흘러가지 않듯이, 여행도 마찬가지다. 모든 것이 인과로 연결되어 있고, 사소한 결정이 의외의 장소에서 다른 필연적인 만남으로 이어지기도 한다. 알랭 드 보통(Alain de Boton)이 『여행의 기술』에서 남긴 메시지는 인생에서 삶의 철학과 태도가 얼마나 중요한지를 잘 알려주고 있다.

여행할 장소에 대한 조언은 어디에나 널려 있지만,
우리가 가야 하는 이유와 가는 방법에 대한 이야기는
듣기 힘들다.

하지만 실제로 여행의 기술은 그렇게 간단하지도 않고,

또 그렇게 사소하지도 않은 수많은 문제들과

자연스럽게 연결된다.

– 알랭 드 보통(Alain de Boton), 『여행의 기술』에서

이 책의 주제는 삶을 통찰할 수 있는 죽기 전에 반드시 떠나야 할 세 번의 배낭여행을 담았다. 혼자서 떠난 배낭여행과 가족과 함께 한 배낭여행, 그리고 아내와 단둘이 다녀온 여행이다. 지구별에서 태어나 세 번의 배낭여행을 즐길 수 있다면 참으로 행복한 사람일 것이다. 그중에서도 혼자서 떠나는 배낭여행은 아주 특별하다. 무 엇보다 자신의 내면과 끊임없는 대화를 나눌 수 있기 때문이다. 살아가면서 통찰력있는 질문을 스스로에게 던지지 않으면 우리는 마치 습관처럼 누군가에 의해 설계된 방향으로 행동한다. 나는 누 구(Who)이고, 무엇(What)이며, 어디(Where)로 가고 있는지를 스스 로 되물어야만 한다. 배낭여행을 즐기는 동안 이러한 질문은 계속 될 것이다. 홍영철 시인은 읊었다. "지나고 보면 아름다웠다 싶은 것 두 가지가 있다. 하나는 여행이고 다른 하나는 청춘이다. 이 둘 은 진행 중일 때는 그 아름다움과 소중함을 잘 느끼지 못한다. 하 지만 시간이 흐르면 천천히 미소로 바뀌면서 재미있는 추억이 된

다. 고생이 심할수록 이야깃거리는 많아지게 마련이다". 이 책을
통해 당신이 배낭여행을 계획한다면 참으로 행복한 사람이다.

2025년 03월 10일

저자 **추성엽**

Contents
차 례

◆ 프롤로그

바보는 방황하고, 현명한 사람은 여행을 떠난다 _ 04

제1부 | 나홀로 배낭여행 떠나기

제2부 | 가족과 배낭여행 즐기기

제3부 | 부부끼리 떠나는 배낭여행

인도는 신비함으로 가득한 나라다. 여행 중에 길거리에서 사람의 주검도 목격할 수 있다. 당연지사, 동물들의 사체는 곳곳에 널려있다. 죽음도 삶의 일부라는 이들의 철학을 공부할수록 배낭여행지로 인도만큼 추천할 나라는 없다.

**나홀로
배낭여행
떠나기**

인도 바라나시(Varanasi)에서 만난 사두들

혼자서 떠나는 배낭여행은 특별하다. 낯선 곳에서 내면에의 나 자신과 끊임없는 대화를 나눌 수 있기 때문이다. 어떠한 시점에서 어떤 조건으로, 특히, 어느 나라로 떠날지가 중요하다. 지구상에는 240여 국가가 있고, 그중에서도 신과 철학의 나라인 인도를 권유하고 싶다. 스스로를 되돌아보기에 최적의 나라이다.

삶의 목적을 탐구하는 사람들을 인도에선 '선한자'라는 뜻을 지닌 사두라 부른다. 이들은 속세를 등지고 일생 동안 수행의 길을 걷는 힌두교의 출가자를 말한다. 경제활동에 직접 참여하지 않아서 '후진성이다' vs '정신적 가치'의 마지막 보루다'라는 시각이 대립하고 있다. 인도에서 600만 명에 이르는 이들과 자주 마주치다 보면 여행자로 하여금 삶의 목적이 과연 무엇인지를 진지하게 생각하게 만든다. 과연 우리는 왜 사는 것일까?

01

뜻이 있는 곳에 길이 있다

· · · · ·

　　내게 죽기 전에 꼭 가봐야 할 세계 최고의 배낭여행 목적지를 꼽으라면 인도를 주저없이 선택하겠다. 특히 매너리즘에 빠진 자신을 돌아보고 새로운 삶의 철학이나 목표를 수립하고 싶은 사람에게 인도는 '딱'이다. 나는 인도를 세 번 다녀왔다. 대학시절에 배낭 하나 덜렁 메고 한 달간 여행하면서 많은 것을 배웠다. 이후 가족과 함께 3달간의 배낭여행과 LG전자의 현지취재를 위해 보름간 다녀왔다. 인도를 여행한 사람은 극명하게 나뉜다. 마니아가 있고, 절대로 가지 말라는 반대자도 있다. 실제로 날씨가 엄청나게 무더울 뿐만 아니라 돈을 달라는 거지들이 너무 많아 짜증날 때도 있다.

인도가 배경인 〈City of Joy(기쁨의 도시)〉라는 영화가 있다. 자신이 돌보던 환자가 사망하자, 인생의 덧없음에 좌절한 미국인이 깨달음과 구원을 찾아 인도로 여행을 따나면서 영화가 시작된다. 그렇다! 인도는 상처받아 괴로울 때, 우리가 에너지를 충전할 수 있는 최고의 목적지이다. 신비한 힘을 지닌 '신과 철학의 나라' 인도는 여행자들이 가장 힘겨워하면서도 다시 찾게 만드는 아주 특별한 곳이다. 사람들도 특이하지만, 그들과 더불어 고삐 풀린 동물들이 더 이색적이다. 도로에 아무렇지도 않게 누워서 되새김질을 하는 소, 곳곳에 널부러져 자고 있는 개, 도시의 쓰레기더미를 뒤지는 돼지들과 대학캠퍼스에서 노니는 공작을 비롯하여 동물원에서나 볼 수 있는 원숭이가 도심에서 먹거리를 달라고 손짓하는 나라가 인도다. 이러한 이들의 문화는 과연 어디에서 왔을까?

인도의 정신세계를 지배하고 있는 힌두교는 한마디로 규정할 수 없는 특별한 종교다. 이들이 믿는 신은 무려 3억3천만 개에 이르는 다신교다. 일정한 교리가 없고, 조직조차도 없지만 이들은 힌두교와 함께 살다가 죽는다. 세상은 창조와 유지, 파괴의 과정을 반복하면서 순환하고, 86억4천만 년을 주기(1겁)로 우주가 생성되고 소멸한다고 믿는다. 인도인들은 인생의 궁극적인 목적이 해탈이다. 살면서 발생하는 모든 문제를 카르마(Karma)와 윤회에서 기인한 속박으로 보고 여기서 벗어나는 길이 해탈이라고 믿는다. 얼핏 보기에는 이들의 종교나 철학이 현실을 부정한다고 생각할 수 있지만, 자세히 들여다보면 이들의 종교야말로 현실과 이상이 조화를 이룬 균형잡인 철학이다. 서양은 종교와 철학이 서로 타협하고 상충하면서 발전을 거듭하지만, 인도는 종교와 철학이 이론과 실천이 되어 발전해 왔다는 게 전문가들의 견해다. 이러한 종교와 철학이 문화를 지배하다 보니, 이방인들의 눈에는 모든 것이 관광 상품이다. 해탈을 목적으로 떠도는 600만 명이나 되는 사두들과 마주치다 보면 '정말로 사는 게 뭘까?'라는 생각이 자연스럽게 든다. 거지들이 당당하게 적선을 요구할 때마다 돈을 줘야 할지, 말지 감을 잡기가 어렵다.

인도는 신비함으로 가득한 나라다. 여행 중에 길거리에서 사람의 주검도 목격할 수 있다. 당연지사, 동물들의 사체는 곳곳에 널려 있다. 죽음도 삶의 일부라는 이들의 철학을 공부할수록 배낭여행지로 인도만큼 추천할 나라는 없다. 인도여행은 천천히 즐기라고 말한다. 방랑객이 된 듯한 기분으로 유유자적 걷는 인도의 들녘에서 잃어버린 나를 되찾을 수 있을지 모른다. 인도는 혼자 떠나는 것이 좋다. 아는 사람 하나 없는 낯선 곳에서 내면에의 자신과 허물없는 대화를 나누기 위해서다. 사람과의 인연에 감사하고, 참회와 반성으로 눈가에 이슬이 맺힐 때도 있다.

인도는 카스트제도라는 과거의 신분계급제가 아직까지도 사회 저변에 깔려있다. 쉽게 말해 기차에도 등급이 있다. 등급별 가격 차이가 너무 커서 서민들이 1등급을 이용하는 것은 불가능에 가깝다. 그런데도 그들은 윤회한다는 믿음으로 스스로를 안주한다. 가난은 죄가 아니고, 부끄러워하지도 않는 눈치다. 모든 행복의 척도를 경제적 부와 연결시키려는 우리와는 질적으로 차원이 다른 곳이다.

인도에서도 가장 인도 같은 도시인 '바라나시'는 꼭 가봐야 할 필수적인 명소다. 히말라야 산맥에서 발원한 갠즈지강은 평원을 가로질러 인도 문화의 중심지인 바라나시를 감싼다. 인도의 대표적인 순례지로, 죽음을 앞에서 지켜볼 수 있다. 시체가 여기저기 널려있는 강물에서 목욕을 즐기고, 그 물을 마시는 그들의 삶이 이질적일 때도 있다. 인도인들은 죽음을 앞두고 바라나시로 몰려든다. 그런데도 도시의 분위기는 죽음의 그림자가 없고, 활기차다. 죽음이 삶의 끝이 아니라 새로운 시작이라는 이들의 종교적인 믿음 때문이다.

인생이 버겁고 새로운 삶의 전환점이 필요하다면 인도로의 배낭여행을 추천한다. 전세계적으로 문화적 충격을 가장 많이 받을 수 있는 나라인 인도에서 고정관념을 깨트리고 당신이 얼마나 행복한 사람인지를 깨달을 수 있다. 인도를 다녀온 뒤에는 과거의 타성을 훌훌 털어버리고, 새로운 삶을 개척할 수 있을 것이다. 지구상에서 철학이 살아있는 마지막 보루인 인도의 국가슬로건은 '믿을 수 없는 인도(Incredible India!)'다. 하지만 내 경험으로 인도는 아무에게나 입국을 허락하지는 않는다. 인도 공항에서 볼 수 있는 "Well done, your good karma brings you here"라는 말처럼, 당신이 선량한 사람이라면 인도가 곧 당신을 호출할 것이다. 다시 말해 뜻이 있으면 길은 열리기 마련이다.

02

워매, 여기는 뭐할라고
왔당가?

. . . . .

      대학생 시절. 어느 날 밤 무심코 보던 TV 추리 드라마 속에서 세계여행 중 불의의 사고로 한국 학생들이 의문의 실종을 당한다는 미스터리물을 보고서 불현듯 알 수 없는 유혹에 빠져들었다. 그것은 그곳이 다름 아닌 인도라는 나라였기 때문이다. 우리를 동방의 등불이라 노래했던 휴머니즘의 선도자인 간디의 나라이자, 심도 깊은 철학으로 세계 여행자들을 알 수 없는 힘으로 유혹하는 나라인 인도는 그때부터 나의 뇌리 속에 강하게 모자이크 되었고, 갠지스강과 거대한 히말라야 산맥이 어느덧 나의 무의식 세계에 자리 잡았다.

뜻이 있으면 길이 있다고 했던가? 여름방학을 앞둔 시점에서 나는 배낭여행 준비에 들어갔다. 가장 시급한 문제는 여행 경비였다. 이를 해결하기 위해 수업이 없는 토요일과 일요일에는 공사현장에서 여러 가지 잡일을 했고, 밤에는 아르바이트를 했다. 그러는 동안 몸은 피곤 했지만 마음속은 설렘으로 가득했다. 조금 부족한 경비는 일찍 취업을 해서 돈을 벌고 있던 친구가 내 뜻에 박수를 보내며 작지만 우정어린 마음으로 경비를 지원해 주었다. 비자발급과 여권은 여행사에 근무하는 친구에게 도움을 받았다. 내 여행계획을 뒤늦게 알게 된 누나도 거금을 건네며 "하여튼 너는 튀는 놈이야. 엄마, 아빠 생각해서 무사히 잘 다녀와야 한다."라며 내 가슴을 찡하게 울렸다. 불안한 마음도 없지 않았지만, 내 여행계획은 일사천리로 진행되었다. 여행에서 '아는 만큼 볼 수 있다.'는 말을 믿고 출발 1주일 전에는 매일같이 도서관에 가서 인도의 역사와 문화 그리고 철학에 대해 공부했고, 깊이 파고들수록 이끌리는 인도의 매력에 빠져들었다. 많은 시행착오 속에서 부모님의 근심을 뒤로 한 채 모든 것이 준비되었다.

드디어 출발일이 되었다. 가장 친한 친구와 선배가 공항까지 배웅을 나와 주었다. 나중에 알게 된 사실이지만, 그때 친구가 말없이 건네준 〈세계를 간다. 인도 편〉이라는 여행가이드는 인도 여행 동안 유일한 벗으로 다양한 정보를 제공해 주었다. '평생 고마운 벗이 되었다.' 비행기를 처음 타고서야 미지의 세계를 60일 동안 여행한다는 사실…… 내 마음은 초등학교 때 소풍을 앞둔 전날 밤 동심보다도 더 설렜다. 많이 배우고 오라는 선배의 힘있는 악수와 따뜻한 벗의 미소를 뒤로하고 탑승게이트로 향하면서 무슨 생각을 했는지 기억이 잘 나지 않는다. 비행기에 올라 좌석을 확인한 나는 매우 기뻤다. 그것은 다름 아닌 창가 쪽 좌석이었고, 어느덧 나는 여행자가 되어 있었다. 비행기가 하늘을 날 때는 지리산 천황봉 정상에 올랐을 때보다 더 작은 세상이 내려다보이자, 수많은 생각이 교차했다.

대학에 입학한 지도 7년이라는 시간이 흘렀다. 흔히들 대학은 인생에서 4년간의 마지막 안식처라고들 하는데, 나는 그 휴식의 기간 동안에 충분한 에너지를 확보했는지 나 자신에게 되묻자, 지나온 시간에 대한 후회보다는 반성의 시간이 필요함을 느꼈다. 창가로 보이는 솜사탕 같은 구름 사이로 곧게 뻗어나가는 해질녘의 저녁노을이 무척 아름다웠다. 대학에 입학할 당시의 시대적 상황은 군사정권 말기로, 이데올로기 문제에 자연스럽게 다가설 수 있는 분위기였고, 우리 사회의 구조적인 모순에 대해 비판적인 시각을 가질 수 있었다. 청년이 서야 조국이 산다는 굳건한 믿음에도 갑작스럽게 나온 군대 입영통지서에 어쩔 수 없이 눈물을 뿌리며 입대했고, 30개월의 국방의무를 완수하고 복학한 다음에 변해버린 대학의 분위기에 적응하기 힘들었다. 1년을 휴학하며 보낸 젊은 날의 방황들. 그리고 잃어버린 시간을 되찾기 위해 불철주야 도서관에서 책 속에 파묻혀 학업에 전념하고 있는 지금의 나를 생각하면서 '미래의 삶을 위해 많이 배우고 오겠다.'는 스스로와의 약속을 다지며 깊은 꿈속으로 빠져들었다.

어느덧 비행기는 방콕 공항에 도착했다. 여행경비를 줄이기 위해 나는 태국에서 뉴델리로 향하는 비행기로 환승해야만 했다. 지금까지 대한민국에서만 태어나고 자라서 그런지 방콕 국제공항의 놀라움은 컸다. 가장 당황스러웠던 것은 말이 잘 통하지 않는다는 사실이었다. 어디에서 어떻게 비행기를 갈아타야 하는지를 전혀 몰랐던 나로서는 다급해지지 않을 수 없었다. 친절해 보이는 외국인에게 물으면 '모른다.', 혹은 '시간이 없다.'며 제갈길로 가기에 바빴다. 순간, 나는 세상에 혼자인 듯한 기분이 들었다. 문득 닥쳐올 여정이 두려워졌다. 나는 다시 한번 용기를 내어 중년의 영국 스튜어디스에게 비행기 티켓을 보이며 공손하게 길안내를 부탁했다. 그러자 그녀는 뉴델리를 거쳐 런던으로 가는 항공편이 바로 자기네 비행기라며 탑승게이트까지 친절하게 안내해 주었다. 운이 무척 좋았다.

탑승 수속을 마치고 뉴델리행 좌석에 앉아 누군가에게 감사하며 마음을 추스렸다. 이렇게 감사한 마음을 느껴보는 것도 참으로 오랜만이었다. 이때 10여 명의 동양계 학생들이 비행기에 올랐는데, 알고 보니 영국으로 단체 배낭여행을 떠나는 한국의 대학생들이었다. 순간적으로 나는 '나도 유럽으로 배낭여행을 떠날걸 그랬나?'라는 마음으로 시계를 보니 밤 2시였다. 잠을 자다 깨다가를 번복하는 비몽사몽의 시간 속에 비행기가 착륙한다는 안내방송이 어렴풋이 들려왔다. 드디어 인도! 인도라는 나라에 도착했다는 그때의 감동을 나는 잊을 수 없다. 한국 학생들과 눈인사를 나누고 홀로 비행기에서 내릴 때는 이러한 감동과 두려움이 함께 교차했다.

어릴 때부터 가장 오고 싶었던 나라! 신비한 힘을 지닌 나라! 종교적 유대감 속에 철학이 살아 있는 나라요, 세계 여행자들이 가장 여행하기 힘든 나라라고 말하는 곳! 그곳은 다름 아닌 인도(India)고, 내가 지금 여기에 왔다는 사실에 가슴이 벅차올랐다. 배낭을 메고 게이트를 통과할 때의 일이다. 전라도 광주가 고향이라는 중년의 여인이 "워매, 학생. 여기는 뭘할라고 왔당가!"라고 말하며 자기는 외교관 부인인데 혹시라도 변고가 생기면 자신의 집으로 연락하라며 전화번호를 적어주고 떠났다. 감사한 마음으로 뉴델리 공항에서 첫발을 내디딜 때, 밀려오는 새벽의 폭염이 따스하게 느껴졌다. 하지만 무작정 발길 닿는 대로 가겠다던 내 자신감은 새벽이 밝아 오면서 정말 어디로 가야 할지 막막한 상황에 봉착했다. 일단 공항로비에 앉아 여정계획을 수립한 다음, '그래, 일단 뉴델리 기차역으로 가자. 거기에서 마음만 먹으면 인도 어디든 갈 수 있을 테니까'라는 생각으로 환전을 하기 위해 공항 내 은행으로 향했다. 인도의 화폐단위는 루피였는데, 외국 화폐가치에 익숙하지 않았던 나는 처음으로 사본 인도의 빵 가격을 달러로 환산하고, 이를 다시 우리 돈으로 환산하면서 인도의 저렴한 물가에 크게 놀라지 않을 수 없었다. 일본인들이 우리나라 여행을 하면서 싼 물가에 놀란다는 의미를 비로소 실감한 것이다. 날이 밝아올 무렵, 나는 뉴델리 중앙역으로 가기 위해 공항 밖으로 나왔다.

거기에는 신비함으로 가득한 완전히 다른 세상이 있었다. 차들도, 자연도, 사람들과 그들의 옷차림도 모두가 신선하게 다가왔다. 정말이지 고삐를 매지 않은 소들이 도로를 자연스럽게 활보하고 있었다. 신선한 충격으로 나는 잠시 할 말을 잃었다. 그럼에도 수많은 여행자들이 실종되는 나라인 만큼 긴장을 늦추지 않은 채 택시 기사들의 호객행위를 뒤로하고 안전한 버스에 올랐다. 모든 사람들이 얼굴에 호기심과 미소를 띤 채 나를 관심 있게 바라보았다.

그때 중년의 신사가 자신의 이름을 밝히면서 어디서 왔는지를 물었고, 한국에서 왔노라고 답하자, 우리나라를 모르는 눈치였다. 세계 상위권의 경제대국이요, 88서울 올림픽을 성공적으로 치르면서 세계화로 거듭나고 있다는 대한민국 위상은 그동안 내가 알고 있던 겉과는 달리 그리 대단한 것이 아니었다.

차창 밖으로 보여지는 인도의 자연은 내게 충격 그 자체였다. 도시에서 인간들과 함께 살아가는 동물들에게서 구속된 모습을 찾아볼 수 없었기 때문이다. 신호를 무시하고 아스팔트를 가로지르는 소떼들, 거리에서 먹거리를 달라며 항상 꼬리치면서 따라다니는 개들, 도시 물웅덩이에서 무리지어 놀고 있는 돼지가족들을 비롯해 닭과 염소, 원숭이 등과 함께 더불어 살아가고 있는 인도인들의 모습에서 한동안 눈을 뗄 수가 없었다. 하나님이 모든 생명체를 만드시고 마지막에 인간을 창조하시니, 인간은 만물의 영장이고 지배자라는 믿음과 가치관에 혼란이 왔다. 서울이 인간들만이 편안하게 살아갈 수 있도록 설계된 반듯한 도로, 지하철, 아파트와 담 높은 주택 등의 콘크리트 덩어리라면, 이곳은 자연과 함께 더불어 살아갈 수 있도록 설계된 도시라는 느낌을 받지 않을 수 없었다. 실제로 나는 인도 여행 중에 길거리에서 사람의 주검을 수차례 목격했다. 물론 동물들의 사체는 곳곳에서 쉽게 찾아볼 수 있었다. 처음에는 무섭고 놀랐지만, 죽음이라는 것도 생활의 일부요, 또 다른 시작이라고 보는 이들의 종교적인 믿음을 조금씩 가슴으로 느낄 수 있었다.

인도 중앙역에 도착한 나는 이왕이면 가장 무덥고 힘든 곳으로 가고 싶었다. 자이푸르라는 사막행 기차표를 예매한 후 허기를 채우기 위해 식당을 찾았다. 첫 느낌은 서울에서 가장 위생상태가 나쁜 곳도 이보다는 깨끗할 거라는 생각이 들었다. 더군다나 그들은 숟가락이나 포크를 사용하지 않고, 오른손을 이용해 이상하게 생긴 음식을 먹고 있었다. 전혀 알아볼 수 없는 메뉴판을 보다가 주위에서 다른 사람들이 먹고 있는 음식을 주문했다. 음식이 나왔을 때 나는 배낭에서 숟가락과 젓가락을 꺼내 능숙한 솜씨로 그들의 시선을 사로잡아 버렸다. 문화적 차이를 처음으로 느끼는 어색한 순간이었다. 나중에 알게 된 사실이지만, 신이 내린 신성한 음식을 어떻게 쇳덩어리(숟가락)를 통해 입에 집어넣는지 이해하기 힘들다는 그들의 눈빛이었음을 알게 되었고, 음식은 위생상 숟가락을 통해 먹는 것이 옳다는 생각이 하나의 고정관념이었음을 깨달았을 때, 나는 숟가락과 젓가락을 차창 밖으로 힘차게 던져버렸다. 로마에서는 로마법을 따르기로 작정한 것이다. 그때부터 나는 줄곧 손으로 식사를 하고 다녔다. 신과의 교감을 형성하기 위해 음식을 손으로 먹는다는 인도인들의 문화가 시간이 지날수록 싫지 않았다.

사막에 도착하는 동안 나는 그들과 짧은 영어로 많은 대화를 나누었다. 그들의 모국어인 힌디어는 알지 못했지만, 영국의 오랜 식민지배의 영향으로 일정부문 의사소통이 가능했다. 내가 영어를 특별히 잘해서가 아니라 '여행은 언어가 아닌 가슴으로 한다.'는 믿음 때문이기도 했다. 멀리 차창 밖으로 펼쳐진 드넓은 초원과 자연에 매료되지 않을 수 없었다. 이때 불현듯 '만일 이 땅이 한국이었다면 우리나라 사람들은 어떻게 해서든 저 초원을 비옥한 농경지로 개간했을 텐데…'라는 생각이 들었다. 실제로 우리 민족은 만주와 시베리아의 불모지를 비옥한 논밭으로 일구지 않았던가? 여기에 생각이 미치자, 우리 민족의 뼈아픈 근대사에 마음이 아팠다.

인도에서 마주친 거대한 성곽은 그들의 광활한 국토의 크기만큼이나 웅장하고 장엄했다. 그러면서도 부드러운 선으로 장식된 하나의 멋진 예술품란 생각이 들었다. 나는 성 근처의 게스트하우스(Guest House)에 묵으며 사막의 밤하늘을 올려다보았다. 사막의 모래알만큼이나 헤아릴 수 없이 쏟아져 내리는 별빛의 아름다움에 시인이 된 듯한 기분도 들었다. 인도인들이 외국인을 대하는 태도는 매우 호의적이었다. 유교문화를 저변에 깔고 있는 연공서열의 우리 문화와는 사뭇 달랐다. 실제로 나는 인도의 학생들로부터 "Hello, Where are you from?"이란 질문을 수차례 받았고, 한국에서 왔노라고 답하면 특유의 제스처와 함께 "Welcome to India"란 말과 함께 악수를 청해 오는 밝은 모습은 여독에 지친 나의 심신을 맑게 해주는 청량제 역할을 해주었다. 사막에서 일주일을 보내는 동안에 낯선 인도문화에 대해 조금씩 마음의 문을 열었다. 누구에게든 길을 물을 수 있었고, 그들 대부분은 매우 친절했다. 그런데 대부분의 인도인들이 내게 '곤니찌와'라는 일본말로 다가설 때마다 일본의 저력을 실감하지 않을 수 없었다. 자이푸르를 뒤로하고, 나는 에로틱한 조각상으로 유명한 카주라호를 향해 발길을 돌렸다.

많은 가이드북에서 인도여행은 천천히 즐기라고 말한다. 인도에서만 즐길 수 있는 방랑객이 된 듯한 기분으로 유유자적 걷는 인도의 들녘에서는 훈훈함을 느낄 수 있을 뿐만 아니라 잃어버린 나를 찾을 수 있기 때문이다. 나는 그제야 그 말뜻을 알게 되었고, 특별한 동반자없이 혼자 오길 잘했다는 생각도 들었다. 나는 인도의 대륙을 걸었고, 어딘가에 도착할 것이다. 이곳이 인도라는 사실에 매료된 나는 자유인이 된 듯한 마음이었다. 이름 모를 시골마을에 도착해서도 허물없이 그들과 친구가 될 수 있었고, 그들이 신기해하는 카메라와 함께 사진도 찍었다. 꾸밈이 없던 그들의 표정이 카메라 앞에만 서면 긴장하면서 진지해지는 모습을 지금도 잊을 수가 없다. 물질적으로 가난한 그들과 함께 먹거리를 나누던 즐거움을 생각하면 나는 오늘도 인도로 떠나고 싶은 충동을 느낀다. 하지만 안타까운 사실은 카스트제도라는 과거의 신분계급제가 아직까지도 사회 저변에 존재하고 있다는 점이다. 실제로 기차에도 등급이 정해져 있고, 여행자들이 머물 수 있는 숙박시설의 가격 차이도 상상 이상으로 커서 서민들이 호텔을 이용하는 것은 거의 불가능에 가깝다. 그럼에도 힌두교라는 지배적인 종교철학으로 대부분의 사람들은 자기만족과 윤회, 업보라는 믿음으로 자신들의 생활에 만족하는 것 같았다. 즉, 그들은 가난은 죄가 아니고, 전생에서 자신의 업보로 나타난 결과라는 것이다. 그래서인지 자신에게 주어진 삶의 조건들을 겸허한 마음으로 받아들이는 것처럼 보였다. 행복의 척도를 경제적 부와 연결시키려는 우리와는 질적으로 다른 무엇이 있음을 조금은 느낄 수 있었다.

대략 보름이 지났을 무렵, 나는 인도에 있지 않았다. 그동안 살아온 나의 과거로 돌아가 있었다. 참으로 반성할 삶이지 않았던가? 아집에 빠져 있던 수많은 시간들, 돌이켜보면 작은 일에 얼굴을

묵묵히 돌을 다듬고 있는 인도의 석공

거대한 그들의 문화유산을 보면서 "시인은 바위 뒤에 숨겨진 꽃을 볼 수 있는 눈을 지녀야 한다."는 문익환 목사님의 말이 떠올랐다. 지천에 널린 유네스코 세계문화유산 앞에서 고생했을 수많은 민초들의 노고와 땀이 가슴으로 다가왔다.

붉히며 목청을 높였던 일, 그리고 무신론자임을 자청하며 부정적인 시각으로 바라본 종교에 대한 불신감. 그랬던 내가 부끄럽게 생각되었다. 그들에 대한 그리움이었을까? 무례했던 지인들과 가슴을 열고 영혼 속까지 깊은 대화를 나누고 싶어졌다. 같은 한국말을 사용하면서 생각을 공유할 수 있는 사람들과의 소중한 인연을 나는 왜 몰랐던가? 진솔한 참회와 반성으로 내 눈가에는 이슬이 맺혔고, 내면에의 나 자신과 끊임없는 대화를 나누면서 앞으로의 삶에 대한 다짐을 하던 기억을 지금도 나는 결코 잊을 수가 없다. 아마도 낯선 외국에서 혼자 다니는 여행이었기에 더욱 간절했을지도 모른다.

03

신과 철학의 나라,
인도로의 초대

· · · · ·

　　카주라호에 도착한 나는 아주 오래된 한국식당이 있다는 릭샤꾼의 말을 듣고서 곧장 그곳으로 향했다. 과연 식당의 문앞에는 한국인이 그려준 듯한 태극기가 걸려 있었다. 40대 초반의 따뜻한 미소를 지닌 레스토랑 주인은 내게 〈Korean Book〉이라는 손때 묻은 책자를 건네주었다. 수백여 페이지에 달하는 그 책에는 그동안 이곳을 거쳐간 한국인들이 쓴 여행에 대한 느낌과 정보 등 온갖 감상이 녹아 들어간 보물이었다. 자전거 하나로 유럽에서부터 중동, 아프리카, 파키스탄을 거쳐 인도에 6개월 만에 도착한 장기간의 여행자에서부터, 사업에 실패하고 재충전을 목적으로 인도에 온 사업가, 예술가, 대학생 등 참으로 다양한 사연이 기록되어 있었다. 그들은 유익한 여행정보와 조심해야 할 지역 등을 상세히 서술했고, 인도라는 나라에 와본 한국인만이 느낄 수 있는 공통된 사실들에 나는 공감하지 않을 수 없었다. 인도를 여행한 한국인 여행자들의 살아있는 역사, 바로 그 자체였다.

식사를 마친 나는 힌두사원의 외벽을 장식한 카주라호의 에로틱 사원부터 찾았다. 인도의 파란하늘 사이에서 강렬하게 내뿜는 태양빛은 에로틱 조각의 선과 명암을 더욱 신비한 힘으로 장식하고 있었다. 우리나라 문화에서는 감히 상상할 수도 없는 관능적이고 위험할 정도의 사실적인 에로틱한 조각상들은 생명을 안으로 숨긴 것 같았고, 만졌을 때 부드럽고 따뜻하리만큼 부드러운 조각에서 나는 큰 충격을 받았다. 이들이 이와 같은 거대한 조각상을 만든 이유는 과연 무엇이었을까? 추측컨대 속세에서의 단순한 에로티시즘의 표현이 아니라 신에게 다가서려는 인도인들의 진솔함은 아니었을까? 아직도 나는 그때 보았던 에로틱한 조각상에 대한 감동과 신선함을 결코, 잊을 수가 없다.

카주라호를 뒤로하고 인도에서 4대 성지 중의 하나이며, 인도인들이 '영적인 빛으로 충만한 도시'라 부르는 바라나시를 향해 발길을 돌렸다. 히말라야 산맥에서 발원한 인도의 젖줄이라고 불리는 갠즈지강은 평원을 가로질러 초승달 모양으로 옛 인도 문화의 중심지인 바라나시를 감싼다. 바라나시는 12세기 모슬렘 세력으로부터 18세기 힌두 지배로 돌아온 후 파괴된 사원들이 재건되면서 인도의 대표적인 순례지로 그 명성을 되찾기 시작했다. 사실 인도여행에서 가장 큰 충격을 안겨준 곳은 바로 바라나시다. 삶과 죽음을 가장 가까이에서 지켜볼 수 있었고, 그 답에 대해 밤마다 마치 철학자가 된 심정으로 진지하게 고민했다. 힌두 신앙에 의하면 갠즈지강의 성스러운 물에서 목욕을 하면 모든 죄가 씻기고, 그곳에서 죽음을 맞고 화장하여 갠지즈강에 뿌려지는 것을 생명의 새로운 시작, 즉 강물이 흘러 바다로 가서 구름이 되고, 히말라야 산맥에 다시 비가 내려 다시 윤회한다는 믿음이다. 따라서 인도인들은 죽음을 준비하기 위해 바라나시로 몰려든다. 그런데 신기한 것은 도시 전체 분위기는 오히려 흥겨운 음악과 바쁜 일상사로, 다른 어느 도시보다도 활기차고 즐겁다는 점이다. 죽음이 삶의 끝이 아니라 새로운 시작이라는 이들의 종교적인 믿음 때문일 것이다.

실제로 갠지즈강을 따라 형성된 바라나시의 화장터에는 많은 주검이 불에 태워지고 있었다. 화장터 주변에 무언가를 기다리고 있던 개들의 행위에 나는 무척 놀랐다. 이들을 무관심하게 바라보던 인도인들을 보면서 정신적으로 무척 혼란스러웠다. 개들은 강에

각양각색의 사람들이 강물에서 목욕을 즐겼고, 빨래하는 아낙네

삶과 죽음을 가장 가까이에서 지켜볼 수 있었고, 그 답에 대해 밤마다 마치 철학자가 된 심정으로 진지하게 고민했다. 힌두 신앙에 의하면 갠즈지강의 성스러운 물에서 목욕을 하면 모든 죄가 씻기고, 그곳에서 죽음을 맞고 화장하여 갠지즈강에 뿌려지는 것을 생명의 새로운 시작, 즉 강물이 흘러 바다로 가서 구름이 되고, 히말라야 산맥에 다시 비가 내려 다시 윤회한다는 믿음이다. 따라서 인도인들은 죽음을 준비하기 위해 바라나시로 몰려든다.

뿌려지는 시체의 인육을 먹기 위해 기다리고 있었던 것이다. 화장터 바로 옆에는 아이부터 노인에 이르기까지 각양각색의 사람들이 강물에서 목욕을 즐겼고, 빨래하는 아낙네, 고기 잡는 아이들, 명상에 빠진 수도자, 관광객을 태운 뱃사공, 그리고 죽은 아이를 뗏목에 떠내려 보내며 눈시울을 붉히는 엄마 등 참으로 한데 어울리지 않을 것 같은 광경에 '정말 희한한 세상도 있구나!'라는 감탄이 절로 나왔다.

그날 밤 나는 갠지즈강이 내려다보이는 곳에 숙소를 정했다. 나는 온몸으로 소리라도 치고 싶었다. 그래야만 될 것 같은 기분이었다. 너무 긴장하고, 기대했던 탓이었을까? 무언가 다른 환상의 세계를 기대했건만, 지독한 담배를 피울 때의 심정이었다는 것 이외에는 별다른 감흥은 일어나지 않았다. 괜히 피웠다는 후회하는 마음으로 창문을 열고 유유히 흐르는 갠지즈강을 바라보았다. 인간의 존재와 삶의 의미에 대한 의문이 들었다. 인위적인 것과 자연적인 것, 그리고 인간들이 말하는 종교란 무엇일까라는 철학적 궁금증이 꼬리를 물었다. 오늘만큼 나는 죽음이란 것을 가까운 곳에서 본 적이 없다. 그것은 내게 너무나도 큰 메시지를 준 것 같았다. 모든 것이 경제적인 가치로 환산되는 현실적인 것보다 정신적인 가치의 중요성을 느끼며 배고픈 소크라테스가 된 심정이었다. 그날 밤 나는 밤새도록 앞으로 어떻게 살 것인가를 고민하면서 잠을 이룰 수 없었다.

다음 날 나는 갠지즈강의 발원지요, 세계에서 가장 높은 히말라야 산맥을 목적지로 정하고 네팔로 향했다. 인도에서 네팔 국경을 가로지르는 험준한 16시간 동안의 장거리 버스여행이었다. 아슬아슬한 계곡으로 흐르는 강물과 자주 눈에 띈 수백 미터 높이의 폭포는 히말라야 산맥이 얼마나 높은 곳인지를 말해주고 있었다. 히말라야 산맥에는 세계 최고봉인 에베레스트를 비롯해 8,000m가 넘는 봉우리가 8개 있는데, 내 목적지는 포카라에 위치한 안나푸르나였다. 마침내 포카라에 도착해 햇빛에 반짝이며 자태를 뽐내던 모습을 처음 접했을 때, 세계적인 산악인들이 목숨을 담보로 왜 저곳에 오르려 하는지를 조금은 알 것 같았다. 손을 뻗으면 곧 닿을 것만 같이 가깝게 보이는 안나푸르나의 자태가 위엄있게 보였다.

포카라에서 여장을 푼 나는 한국학생 5명을 우연히 만나게 되었다. 우리는 밤늦은 시간까지 그동안의 여정과 앞으로의 계획을 이야기했다. 그때 나는 같은 말을 쓰면서 깊이 있는 정서적인 측면까지 서로가 공유할 수 있다는 사실 자체가 왜 그렇게 큰 기쁨인

인생은 배낭 여행이다

지 새삼스럽게 느꼈다. 우리는 다음 날 가이드를 구해 안나푸르나로 향하는 길을 따라 갈 수 있는 곳까지 트레킹하기로 의기투합했다. 다음 날 우리는 서로를 밀고 끌어주며 정상을 향해 오르면서 먼저 걸었던 산악인들의 채취를 느끼려 했다. 다가서면 다가설수록 멀게만 느껴지는 저만치 자리한 안나푸르나의 봉우리를 보면서 감동하지 않을 수 없었다. 포카라에서의 여행은 참으로 포근했다. 낯선 히말라야 산맥에서 친근한 한국 학생들과 함께했기 때문이다. 우리는 만남을 기념하기 위해 헤어지기 전날 밤 소고기와 맥주로 아쉬움을 달랬다. 오랜만에 '외톨이 여행자'들이 반드시 지녀야 하는 긴장감에서 벗어날 수 있던 편안한 밤이었다. 오랫동안 사귄 벗처럼 밤 늦게까지 진지하게 다양한 이야기를 나누었다. 그래서일까? 그들과의 헤어짐이 무척 아쉬웠다. 한용운님의 〈님의 침묵〉에 나오는 "우리는 헤어질 때 다시 만날 것을 믿습니다."란 말과 함께 악수를 하고 헤어질 때, 여학생의 눈가에 작은 이슬이 맺히는 것을 보았다. 나는 네팔의 수도인 카트만두로 방향을 잡았고, 그들은 인도의 바라나시를 다음 목적지로 잡았다.

네팔의 수도인 카트만두에 도착했을 때는 몸이 무척 아팠다. 무리한 여행일정과 긴장, 그리고 히말라야 산맥에서 불어온 찬바람으로 인해 감기가 심하게 들고 말았다. 시내 중심가에 위치한 종합병원에서 바디랭귀지를 섞어가면서 진찰을 받은 다음에 약을 받았다. 2~3일 정도 숙소에 머물면서 여유를 가지고 몸을 추스렸다. 그러면서도 인도가 다시 그리워졌다. 다음 날 나는 다시 국경을 넘어 인도로 향했다. 다음 목적지는 불가에서 가장 신성시한다는 장소로, 석가모니가 깨달음을 얻었다는 부다가야였다. 도착해 보니 세계 각지에서 모여든 스님들과 사원, 그리고 그들로부터 자비를 바라는 굶주린 사람들이 어우러져 있었다. 석가모니께서 얻었다는 깨달음을 느껴보고자 새벽에 보리수나무를 찾았지만, 일정하게 울리는 목탁소리와 새들의 울음소리와 함께 나는 감히 근접할 수 없는 뭔가를 느꼈다. 우선은 친구 중에 절실한 불교신자를 위해 보리수 나뭇잎과 염주를 사서 배낭 속에 넣었다. 아마도 그가 엄청 좋아할 것이라 여겼다. 그때 가장 많이 한 생각은 '과연 종교란 무엇일까?'였다. 그중에서도 불교와 마주한 지금 싯타르타의 번뇌와 고민이 내것으로 승화되는 기분이었다. 석가모니가 저 보리수나무 아래에서 깨달았다는 연기법이 가슴으로 느껴졌다. 연기법의 핵심은 '이것이 있어, 저것이 있고 이것이 일어나면 저것도 일어난다. 그것이 소멸하면 저것도 소멸한다.'는 단순한 불교의 진리가 고귀하게 느껴졌다. 세상의 모든 만물은 상호의존적이며, 서로 깊이 연결되어 있다는 그분의 가르침이 내게 깊은 깨달음을 준 것이다. 사랑하면서 살아야 한다. 나와 관계를 맺고 있는 모든 인연과 만남이 참으로 소중한 존재다.

여정이 많이 남아 있었지만, 나는 부다가야를 마지막으로 한 달간의 일정을 뒤로하고 뉴델리로 향하는 장거리 열차에 올랐다. 멀리 차창 밖으로 보여지는 인도의 모습이 처음에 이곳에 도착했을 때와는 달리 친숙하게 느껴졌다. 스쳐 지나가는 인도의 들녘이, 항상 밝은 미소를 잃지 않는 인도인들의 얼굴과 만날 때마다 돈을 달라는 거지 아이들과 이색적인 인도의 음식들이 떠올랐다. 내가 인도에 있다는 사실은 하나의 놀라움이었다. 너무도 아름다워 한동안 넋을 잃고 바라보던 여인, 국경에서 일본인과 월드컵 개최지를 놓고 설전을 벌였던 일, 히말라야에서 만난 머리에 띠를 매어 등에 짐을 짊어진 애처로운 소녀들, 불가사의한 좌우대칭 타지마할 등 인도에서의 추억이 파노라마 같이 스쳐 지나갔다. 그동안 살아오면서 혼자서 가장 긴 여행을 했다는 뿌듯함으로 스스로를 격려하면서 방콕행 비행기에 올랐다. 나로 하여금 '언젠가 꼭 다시 오겠다'는 다짐을 하게 만드는 인도의 진정한 힘은 과연 무엇이었을까? 인도를 떠나는 비행기에서 나는 여행 동안 줄곧 기록해

온 일기장에 인도에서 얻은 것들을 하나씩 기록했다. 인도가 내게 준 것은 인간중심적인 사고에서 벗어나 모든 생명체를 동등한 관점에서 보라는 교훈과 세상에 존재하는 모든 것은 서로 연결되어 싯타르타의 가르침, 그리고 물질적인 것과 정신적인 것의 공존과 고정관념을 깨고 상대적인 진리를 인정할 수 있는 열린 마음을 지니라는 가르침이었다.

방콕공항에 도착한 나는 한국행 비행기를 예매한 후 공항로비에 앉아 무언가를 골똘히 생각하고 있었다. 그때 어느 중년 신사가 다가와서 내게 서투른 한국말로 한국에서 왔냐고 물었다. 내가 고개를 끄덕이자, 그는 무척이나 반가운 미소를 짓더니 내게 악수를 청하는 것이 아닌가? 재일교포3세라고 소개한 그 신사는 현재 무역상사에서 일하고 있다며 맛있는 식사 한 끼를 대접하고 싶다고 했다. 그러면서 배낭여행을 하는 동안 제대로 먹고 싶은 것을 못 먹었을 테니, 뭐든 먹고 싶은 것을 시키라며 고급 식당의 메뉴판을 내밀었다. 그분의 호의에 나는 선뜻 응했고, 맛있게 보이는 비싼 음식을 시켰다. 그분은 나를 보더니, 20여 년 전에 홀로 배낭여행을 하던 자신의 모습을 보는 것 같다며, 인도여행에서 무엇을 보았는지 내게 진지하게 물었다. 나는 무슨 말인가를 꼭 하고 싶었지만, 그때 선생님이 보았던 것과 비슷한 것들을 보았다고 짧게 답했고, 그분은 말없이 고개를 끄덕이며 다음에는 꼭 유럽, 특히 그중에서도 북유럽의 선진국을 가보라고 권했다. 그분은 마지막으로 "그래야지 일본을 이길 수 있다."고 하면서 급히 자리를 떠났다. 가슴이 참으로 따뜻한 분이었다. 모처럼 값비싼 식사를 마친 후, 나는 드디어 서울행 비행기에 올랐고, 유럽을 생각하며 잠이 들었다. 아침 6시 무렵에 눈을 뜨자 어느덧 대한민국의 상공이었다. 나는 구름 위로 솟아오르는 태양을 벅찬 가슴으로 맞았다.

맞벌이로 치열하게 생활하던 우리 부부는 추석을 앞두고 특별한 여행을 계획했다. 추석연휴와 아껴둔 여름휴가를 합해 베트남으로 배낭여행을 떠나기로 작정한 것이다. 추석에 공교롭게도 부부가 해외출장을 동시에 가야만 한다는, 속이 훤히 들여다보이는 거짓말을 가족들은 모두 믿어 주었다.

Part 02

가족과
배낭여행
즐기기

세상에서 가족보다 소중한 것이 있을까?

우리는 살아가면서 다양한 사람들과 만난다. 그중에서도 운명이라는 이름으로 피로 맺어진 가족의 소중함은 참으로 고귀하다. 그렇기에 가족과는 여행을 많이 할수록 애정이 돈독해진다. 가족과 배낭여행을 준비하면서 나는 생계를 책임져야 할 가장으로서 많은 것을 고민했다. 하나를 선택하면 하나를 포기해야 하는 기회비용 말이다.

여행 중에 희말라야 산맥에서 내려오는 강물에 발을 담갔을 때의 추억을 결코, 잊을 수가 없다. 『물은 답을 알고 있다』라는 베스트셀러가 있다. 물의 결정사진을 촬영한 책으로 물에게 좋은 말과 음악을 들려주면서 사진을 촬영하면 아름다운 결정체를 들어내지만, 욕설을 퍼부으면서 촬영하면 일그러진 모습이 나타난다는 말을 아이에게 들려주었다. 70%가 물인 사람도 마찬가지 아닐까?

01

삶은 방향성이 중요하다

· · · · ·

맞벌이 부부로 생활할 당시에 아이가 태어나자 걱정이 태산이었다. 아내가 받은 3개월간의 출산휴가 기한이 임박해 올수록 막막해졌다. 아내와 나는 애를 태우면서 여러 가지 방법을 모색해 봤지만, 1년 미만의 신생아를 돌봐줄 곳은 어디에도 없었다. 있다고 해도 제한된 인원이 모두 찼다거나, 집과 거리가 멀어서 현실적으로 어려움이 따랐다. 남들처럼 부모에게 의지하는 방법은 고려대상이 아니었다. 고향에서 농사를 짓는 연로하신 부모님이나, 건강이 좋지 않으신 장모님에게 짐을 지워드릴 수는 없었다. 유일한 방법은 같은 아파트 단지에서 보모를 구하는 일이었다.

아파트에 공고문을 붙이며 수소문해 봤지만, 방금 태어난 아이라는 말을 듣고 나서는 어렵겠다는 반응을 보였다. 사람을 구하지 못해 아내가 회사를 그만두어야 하는 상황에서 지방에 사는 큰누나가 적적하던 차에 잘됐다며 백기사를 자청하고 나섰다. 남을 고용하는 것보다 가족에게 맡기는 것이 얼마나 다행인지 몰랐다. 아픔도 컸다. 전주에 아이를 맡기러 내려갔던 아내가 돌아서며 눈물을 흘리는 바람에 이렇게까지 맞벌이를 해야 하는 현실이 안타까워 무척 마음이 아팠다.

그때부터 우리 부부는 주말마다 500km를 왕복해야만 했다. 아이가 얼마나 컸을지 설레는 마음으로 내려갔다가, 다시 헤어질 때면 못내 아쉬워 머뭇거리던 아내에게 죄를 짓는 심정이었다. 사회적으로 여건도 갖춰놓지 못한 채 무작정 아이만 낳으라는 정부를 원망했다. 겉으로는 회사를 그만두라고 큰소리 치면서도 내심으로는 아내가 회사에 계속 나가길 바랐다. 넉넉지 못한 형편 때문이었다. 누구보다 상황을 잘 알고 있던 아내는 자기가 좋아서 다니는 회사라며 나를 안심시켰다.

맞벌이로 치열하게 생활하던 우리 부부는 2005년 추석을 앞두고 특별한 여행을 계획했다. 추석연휴 4일과 아껴둔 여름휴가 1주일을 합해 베트남으로 9박10일간의 배낭여행을 떠나기로 작정한 것이다. 주말마다 지방을 왕래하면서 쌓인 피로를 풀고 여행의 기뻠을 만끽하기 위해서였다. 추석에 공교롭게도 부부가 해외출장을 동시에 가야만 한다는, 속이 훤히 들여다보이는 거짓말을 가족들은 모두 믿어 주었다. 아내는 여행을 떠나기 전부터 가이드북을 사서 이것저것을 준비해 나갔다. 결혼한 이후에 아내가 그처럼 행복해 보인 적이 없어서 미안한 마음이 들었다. 결혼 전에 그녀에게 남발했던 약속에 양심의 가책을 느꼈다. 화장실 갈 때와 나올 때의 마음이 달라졌기 때문이다.

그렇게 시작된 짧은 배낭여행은 우리에게 많은 걸 일깨워줬다. 일상을 떠나 낯선 곳에서 우리를 되돌아보니 참으로 열심히 살고 있는 젊은 부부의 모습이 보였다. 가이드 없이 마음 내키는 데로 여행을 다니면서 특별한 감정이 일었다. 장소에 구애받지 않고 우리가 원하는 곳으로 자유롭게 다니면서 각양각색의 많은 여행자들과도 만났다. 세계 각지에서 온 배낭여행자들과 마주칠 때면 학생 시절에 다녀왔던 여행의 향수가 사무치게 그리워졌다. 시간이 지날수록 배낭여행자들에 대한 부러움은 커져만 갔다. 더군다나 아이를 데리고 여행을 떠나온 외국인 가족들을 볼 때마다 큰누나 손에서 자라고 있는 아이가 더 보고 싶어졌다. 그래서일까? 여행을 마치고 돌아오는 비행기 안에서 나는 아내에게 약속했다. 아이가 초등학교에 들어가기 전까지 회사를 그만두고 가족과 배낭여행을 반드시 하겠다는 다짐이었다. 그때부터 내 머리에는 '가족과의 배낭여행'이라는 색다른 꿈이 자리하게 되었다.

아이가 초등학교에 들어가기 전에 처음으로 정한 배낭여행의 목적지는 남미대륙이었다. 거대한 아마존을 따라 내려가면서 대자연의 숨결을 느낄 수 있는 테마로, 어렸을 때부터 지구 반대편에 있는 미지의 세계가 항상 궁금했다. 프랑스에 출장을 떠나 에펠탑 앞에서 마주친 칠레에서 온 여행자에게 "축복의 땅에 살면서 파리에는 왜 왔냐?"고 물었을 정도였다. 남미라는 단어만 들어도 삼바의 경쾌한 리듬과 부드러운 댄스에 나도 모르게 가슴이 설렜다. 환상적인 브라질 축구도 실컷 볼 작정이었다. 하지만 아내가 도서관에서 대출해 온 남미에 관한 책을 펼쳐놓고 막상 여정을 수립해 나가면서 마음이 혼란스러웠다. 남미의 치안이 불안한 것도 있었지만, 가장으로서 가족의 생계를 책임져야 했기 때문이다. 그때쯤 아내가 여행의 목적지를 다른 곳으로 바꾸자는 의견을 조심스럽게 꺼냈다. 다름 아닌 신과 철학의 나라 인도였다. 예상치 못한 아내의 뜻밖의 제안에 잠시 망설였지만, 그녀의 의견에 따르기로 했다. 아내의 제안으로 남미에서 여행의 궤도가 갑자기 인도와 동남아로 수정된 것이다. 그녀는 왜 인도로 떠나고 싶었던 것일까? 모든 일에는 원인과 결과가 있기 마련으로, 어쩌면 내가 인도를 더

가고 싶어 했는지도 모른다.

전세계적으로 배낭여행자들이 가장 많이 찾는다는 인도. 그곳의 이면에는 여행자를 대상으로 한 절도나 사기꾼들이 많기로 악명이 높다. 가끔은 여행자가 실종되는 사건이 발생하기도 한다. 얼마 전에도 여행자들의 발길이 끊이지 않던 오르차에서 영국인이 피살되기도 했다. 그래서인지 가족과 공항에 도착해 뉴델리역으로 향하는 버스에서 아내가 걱정스러운 눈초리로 물었다.

　　"아이가 딸린 가족인데, 설마 우리한테까지 사기를 치지는 않겠죠?"

　　"오히려 그 점을 노릴지도 모르지."

공항을 빠져나온 버스는 극도로 혼잡한 뉴델리역에 우리를 남겨두고 떠났다. 버스에서 내린 아내는 마치 넋을 잃은 사람처럼 보였다. 40도가 넘는 살인적인 폭염과 넘쳐나는 사람과 짐승들이 뒤엉킨 혼란스러운 풍경 때문이었다. 교통신호가 의미 없는 도로에서 자동차와 트럭이 울려대는 경적소리에 정신이 혼미할 지경이었다. 정신적으로 공황상태에 빠진 아내를 달랜 후 방향을 잡았다. 파하르간지에서 하룻밤을 묵고 조금이라도 빨리 델리를 벗어나기로 마음먹었다. 델리는 여행이 끝날 무렵에 돌아와서 다시 보기로 했다. 뉴델리역의 뒤편에서 하차한 우리는 플랫폼을 가로질러 광장 앞쪽에 있는 파하르간지로 향했다. 그곳은 인도를 여행하는 사람들이 가장 많이 모이는 베이스캠프 같은 곳이다.

가이드북에 의지해 파하르간지를 찾아가는 우리의 모습은 누가 봐도 인도에 막 도착한 초보여행자가 분명했다. 플랫폼을 가로지르는 육교를 걸으면서 아내는 연신 놀라워하며 입을 다물지 못했다. 발 디딜 틈도 없이 넘쳐나는 인파에 놀라고, 그들의 남루한 옷차림과 앙상한 모습에도 놀라는 모습이었다. 안쓰러울 정도로 불쌍한 어린아이들이 당당하게 손을 내밀며 구걸해 오는 모습에도 무척 당황했다. 아내의 혼란스러워하는 모습을 보면서 내가 가족을 데리고 인도에 온 것이 잘못된 것은 아닌지 마음이 흔들렸다. 아니나 다를까? 역을 나서자마자 호객행위가 이어지기 시작했다. 사람이 힘으로 끄는 사이클 릭샤를 시작으로 호텔 종업원과 상인, 거지들이 집요하게 따라붙었다. 기차 시간부터 알아보자는 아내의 의견에 따라 여행자 안내소가 어딘지 묻자, 누군가 자기를 따라오라고 손짓을 보냈다. 그를 믿고 한참을 따라가다 우리가 도착한 곳은 여행상품을 파는 사설 여행사였는데, 그는 그곳의 호객꾼이었다. 처음으로 우리를 실망시킨 인도의 얼굴이자, 우리를 가장 먼저 반겨준 인도인의 모습이었다.

날씨가 몹시 무더웠다. 기차표는 나중에 알아보고 호텔부터 잡기로 계획을 수정했다. 여행사에서 나와 파하르간즈로 향하는 우리에게 평범해 보이는 사내가 다가오더니 어디에 가냐고 친절하게 물었다. 파하르간즈라고 대답하자, 자기도 그곳으로 가는 중이라며 거절할 틈도 없이 길잡이가 되어주었다. 여행사에서 나와 다시 뉴델리역 광장에 도착했을 때, 그는 역 뒤편을 가리키며 저쪽이 파하르간지이고 플랫폼을 통과해야 한다고 말했다. 조금 전에 우리가 그쪽에서 건너왔는데, 참으로 어처구니가 없었다. 그쪽이 아니라고 말하자, 억울하다는 듯이 계속 우겨댔다. 가이드북을 내밀며 파하르간지는 저쪽이라고 가리키자, 책이 잘못되었다며 자기와 함께 가자는 것이 아닌가? 화가 머리끝까지 오른 나는 인도인이 가장 듣기 싫어한다는 말을 해주었다.

"아프까 바꾸완 데꾸테헨!"

'신이 너를 지금 지켜보고 있다.'는 뜻으로, 인도인들에게는 상당히 모욕적인 말이라고 가이드북에서 알려준 것을 제대로 써먹은 것이다. 그는 깜짝 놀라며 "당신, 힌디어를 알잖아?"라는 말을 남기고 군중 속으로 사라져버렸다. 그때 아내가 갑자기 송주의 모자를 찾기 시작했다. 배낭 옆에 넣어둔 모자를 소매치기당했다는 것이다. 소매치기가 아니라 어딘가에 흘렸을 거라며 송주를 나무라면서 인도를 변호해 주고 싶었다. 인도에 도착한 지 불과 몇 시간도 되지 않아서 아이가 딸린 가족이라 사기를 치지 않을지 모른다는 아내의 기대는 여지없이 깨지고 말았다. 가장으로서 어떠한 경우에도 가족의 안전을 책임져야겠다며 마음의 경계를 늦추지 않았다.

'헉!, 헉! 도대체 여기서 뭘 얻겠다고 다시 왔을까? 그것도 아이와 아내까지 데리고서. 그나저나 여행을 아무일 없이 잘 마쳐야 할 텐데...' 하는 생각도 들었다. 40도가 넘는 폭염으로 새벽 2시까지도 잠을 이루지 못한 나는 암리쟈르의 밤거리를 뛰고 있었다. 인도에 도착한 지 2일째. 아직도 갈 길이 멀어서 비용을 아껴야 된다는 일념으로 에어컨이 없는 방을 고르다 보니 초죽음이 될 지경이었다. 수돗물마저 따듯해 샤워할 엄두가 나지 않아서 이열치열의 심정으로 구보를 선택한 것이다. 잠시 후 황금성(Golden temple)이 눈에 들어오자, 확실히 인도에 왔다는 것을 실감했다. 여행지를 남미에서 바꾼 것이 잘못된 선택일지 모른다는 후회의 감정도 들었지만, 이미 돌이킬 수 없는 일이었다. 지금부터라도 즐거운 마음으로 여행을 즐겨야 된다고 머리로는 생각하면서도 걱정은 마음을 떠나지 않았다.

사전에 각오를 단단히 다졌음에도 뉴델리역에서 혼란스러워하던 아내의 모습이 머리를 떠나지 않았다. 거지들이 우르르 몰려올 때마다 뒤로 숨는 송주가 인도를 어떻게 받아들일지도 걱정이었다. 그나마 다행인 것은 'Well done, your good karma brings you here(잘했다. 당신이 과거에 쌓은 좋은 업보가 당신을 인도로 오게 했다.)'. 라는 말처럼, 선택받은 사람들만이 인도에 온다는 긍정적인 믿음까지는 흔들리지 않았다. 그만큼 인도에 대한 나의 믿음은 컸다. 암리차르 사원을 보면서 내가 가족과 여기에 오게 된 것이 행운이기를 간절하게 기원했다. 이전에 왔을 때보다 많이 변하지 않았다. 그때의 감동과 기쁨을 다시 느낄 수 있겠다는 생각이 들었다. 골든템플이 바라다보이는 한적한 곳에 가부좌를 틀고 앉았다. 마음에서 수많은 상념이 올라오기 시작했다.

회사를 그만두기 직전에 부부 동반으로 회사에서 보내준 명상 프로그램에 참여한 적이 있다. 1박2일 동안 진행된 교육에서 우리 부부는 명상 전문가로부터 내면에 숨겨진 자아(自我)를 만나는 방법과 요가를 배웠다. 인체의 신비한 구조와 명상을 통해 무의식의 세계로 들어가는 방법을 강사가 시키는 데로 따라 하면서 깜짝 놀랐다. 그러한 세계가 있다는 것을 이전에는 미처 몰랐기 때문이다. 전문 강사로부터 요가와 명상을 집중적으로 배우면서 내면에

암리차르의 골든 탬블

신과 종교의 나라로 불리는 인도에는 지구상의 거의 모든 종교가 공존하고 있다. 그래서인지 다른 종교에 대해 배타적이지도 않다. 시크교는 힌두교와 이슬람교의 장점이 결합된 종교로, 골든탬플은 이들의 성지이자 총본산이다. 400kg 황금으로 지붕을 덧씌운 이곳은 BBC가 선정한 죽기 전에 꼭 가봐야 할 세계여행지 50선에서 6위를 차지한 유네스코 세계문화유산이다.

또 다른 자아가 있다는 확신을 가지는 계기가 되었다. 강사에게 배웠던 기억을 더듬으며 명상에 들어갔다. 잡념이라는 것이 없애면 없앨수록 계속해서 올라왔다. 호흡을 가다듬으며 인도에 온 것이 잘한 선택인지를 내 자신에게 진지하게 묻고 또 물었다. 누군가 인도에 잘왔다는 말을 건네는 듯한 느낌이 얼핏 들었다. 철학의 나라 인도라서 그런지 마음이 한결 포근해졌다. 자리에서 일어나 호텔로 향했다. 새벽이라 무더위의 기세도 한풀 꺾였다. 이 전에 인도에 왔을 때가 떠올랐다. 어느 시점부터 나 자신과 진솔한 대화가 시작되었다. 수천 년이라는 세월의 흔적이 묻어 있는 유적을 보면서도, 비포장 도로를 덜컹거리면서 달리는 심야버스에서도 과거로 돌아가 나를 성찰한 것이다. 생각이 꼬리에 꼬리를 물고 이어지면서 '나는 누구인가?'라는 철학적 물음에 빠지게 만드는 나라. 우리와는 너무도 색다른 인도가 대부분의 여행자를 그렇게 만든다.

다음 날 무더위를 피해 북인도의 히말라야로 이동하기로 아내와 의견을 모았다. 여행도 좋지만 우선은 아이를 위해서라도 40도가 넘는 무더위에서 탈출하는 것이 급했다. 암리차르에서 북인도로 가려면 파탄콧을 경유해야 했다. 폭염 속에서 에어컨이 없는 버스

인도 버스에는 신이 있다

인도의 버스에는 예외 없이 꽃으로 장식한 신이 모셔져 있다. 이들은 중앙선을 넘나들며 아슬아슬하게 거침없이 달린다. 비좁은 산길에서 다른 차와 엇갈리면서 어지간하게 긁혀도 상관하지 않는다. 버스에 긁힌 상처는 그들에겐 일종의 훈장인 셈이다.

를 타는 것도 고역이었지만, 이보다 더한 설상가상의 일이 발생하고 말았다. 비포장이나 다름없는 도로를 과속으로 질주하는 버스에서 앞에 탄 인도 소년이 머리를 창 밖으로 내밀더니 음식물을 토하기 시작했다. 문제는 우리가 바로 뒷좌석에 앉았다는 것이다. 소년이 토한 음식물이 밖에서 불어오는 바람에 흩뿌려져서 우리에게 날아왔다. 갑자기 벌어진 일이라 손수건으로 어떻게든 막으려 애썼지만, 역부족이었다. 더욱 황당한 것은 소년의 부모는 미안하다는 말을 전혀 하지 않았고, 다른 인도인들도 아무런 일도 아니라는 표정이었다. 하필이면 왜 그 자리에 앉았는지, 억울했지만 달리 방법이 없었다. 최소한 미안한 표정이라도 지어야 되는 것이 아닐까? 인도인들이 미안하다는 말을 하지 않는 것을 알면서도 막상 당하고 보니 이해가 되지 않았다. 인도의 문화가 개똥철학이라는 생각도 들었다.

마음이 조금 진정되고 나서 소년과 그의 가족을 다시 바라봤다. 우리와 나이가 비슷해 보이는 부부가 4명의 자식을 데리고 이사를 떠나는 것처럼 보였다. 남루한 옷차림과 흑인에 가까운 검은색 피부에서 그들의 넉넉하지 못한 형편을 읽을 수 있었다. 송주의 얼굴에 묻은 오염물을 휴지로 아무리 닦아내도 특유의 고약한 냄새는 가시지 않았다. 마음속에서는 자꾸만 '그 자리에만 앉지 않앉아도 이런 일은 없었을 텐데' 하는 생각이 올라왔다.

그러다가 문득 모든 것이 수천 년 전부터 쌓아온 업보(Karma)에 따라 이미 정해지게 된다는 인도인들의 믿음을 곰곰이 생각해봤다. 우리 가족이 인도에 와서 이 버스와 이 자리에 앉도록 정해져 있었단 말인가? 그것은 인도인 가족도 마찬가지일 것이다. 황당한 믿음이라고 흘려넘기려다 다시 한번 깊게 생각해봤다. 사람이라면 누구나 한번은 억울하고 분한 일과 마주치게 된다. 억울하겠지만 그것도 오래 전부터 정해진 업보가 나일까? 그동안 생활하면서 억울하게 당했던 문제의 원인을 깊게 생각해보니 모든 것은 내가 스스로 자초한 업보라는 생각이 들었다.

파탄콧에서 점심을 간단히 해결하고 맥그로드 간즈로 향하는 버스로 갈아탔다. 달라이라마가 머문다는 맥그로드 간즈가 우리의 목적지였다. 아내와 아이는 나른한 오후라 졸음을 참지 못하고 꾸벅꾸벅 졸다가 깊은 잠에 빠졌다. 달리다 서기를 수없이 반복하는 인도의 완행버스가 마치 내가 걸어온 삶과 비슷하다고 느껴졌다. 다른 점이 있다면, 버스의 목적지는 맥그로드 간즈로 명확하게 정해져 있지만, 내 삶의 목표는 아직 정하지 못했다는 사실이었다. 대학을 졸업하고 수많은 시행착오를 거듭하면서 달려온 시간들이 차창 밖으로 스쳐 지나갔다. 잘했던 일보다 아쉬움이 남았던 일이 주로 떠올랐다. 나 자신의 성공을 위해 부서원들을 다그치면서도 그들의 상처는 고려하지 않았다. 신입사원 시절에 마음먹었던 '내가 만일 부서장이 된다면 슈퍼리더십을 발휘하겠다.'라는 다짐을 지키지 못한 것이다. 지금 생각하면 아무것도 아닌 일이 당시에는 왜 그렇게도 힘들게 느껴졌는지, 회사를 떠나고 나서야 알 것 같았다. 다시 찾은 인도! '너는 이번에도 나를 과거로 이끌어 주는구나.' 인도에게 고마운 마음이 들었다. 여기에 다시 오지 않았더라면 죽을 때까지도 모르고 살았을 것이라 생각하니 마음이 조금씩 편해지기 시작했다.

02

여행의 무기이자 장애물인 아이

· · · · ·

       차창 밖에서 불어오는 바람이 선선해지기 시작했다. 버스가 히말라야의 가파른 산기슭을 오르면서 시작된 즐거운 변화였다. 저 멀리 아늑하게 보이는 히말라야 산맥 자락도 경이롭게 다가왔다. 원숭이 가족이 도로를 질주하면서 장난을 치고 있었다. 동물원에서나 볼 수 있는 녀석들이 나타날 때마다 송주가 신기해하며 손가락으로 숫자를 세어나갔다. 즐거워하는 송주를 지켜보면서 우리도 덩달아 흐뭇해졌다. 녀석이 이번 여행을 통해 얼마나 배우고 기억할지 기대가 되었다. 우리를 만나는 여행자들도 송주를 보면서, 녀석이 인도를 어떻게 받아들이고 있는지 몹시 궁금해했다.

비좁은 히말라야의 산길에서 우리가 탄 버스와 힘겹게 엇갈리는 승용차가 익숙한 현대자동차였다. 뉴델리에서 호텔의 외벽을 장식하다시피 둘러싼 LG에어컨을 봤을 때도 뿌듯한 마음이 들었다. 외국에 나와서 애국자라도 된 것일까? 7시간을 달린 버스가 목적지인 맥그로드 간즈(McLeod Ganj)에 도착하자, 버스에서 내린 아내는 환호성부터 질렀다.

"그래! 이것이 바로 사람이 사는 날씨야!"

숙소로 히말라야 설산이 보이는 멋진 방을 저렴한 가격에 구했다. 시원한 날씨와 탁 트인 풍광이 마치 우리 가족을 포근하게 맞아주는 것 같았다. 40도가 넘는 폭염의 터널을 통과하지 않았더라면 느낄 수 없는 기쁨일 것이다.

맥그로드 간즈는 중국의 탄압을 피해 나라를 잃은 티베트인들이 모여 사는 곳으로, 그들의 정신적 지주인 달라이라마의 거처로도 유명한 곳이었다. 가파른 산기슭에 위태롭게 자리한 마을에는 티벳인들이 만든 도서관을 비롯해 사원과 임시정부의 건물들이 촘촘히 들어서 있었다. 그들만의 문화와 명맥을 이어갈 목적으로 도서관이나 학교를 건립하면서 힘겹게 살아가고 있는 그들을 보면서 안쓰러운 마음이 들었다. 매일같이 진행되는 독립을 외치는 기도행렬을 전세계에서 온 여행자들이 적극적으로 동참하고 나섰다. 서양의 많은 가족 여행자들과 달리, 동양인 가족으로는 우리가 유일했다. 인도인들도 우리를 특별하게 바라봤다. 다양성을 인정하는 인도와는 너무도 다른 대한민국의 빨리빨리 문화가 숨막힐 지경이라는 생각이 들었다.

다음 날 달라이라마가 거주하고 있는 사원부터 찾았다. 입구에는 티베트를 탄압하고 있는 중국의 만행을 고발하는 처참한 사진들이 빼곡하게 전시되어 있었다. 송주의 눈을 가려야 할 정도로 참혹한 사진도 많았다. 달라이라마는 유럽으로 여행을 떠나서 볼 수 없었다. 살아있는 신으로 추앙받고 있는 그를 보지 못한 것이 아쉬웠지만, 한쪽에 마련된 독립운동을 위한 박스에 100Rs를 기부하고 돌아설 수밖에 없었다. 내친김에 티베트 정부에서 운영하는 전생(全生)을 잘 본다는 곳으로 점을 보러 갔다. 비용이 50$로 인도에서는 적지 않은 돈이었지만, 각국에서 온 여행자들로 북새통을 이루고 있었다. 이미 1,200명이 등록한 상태였다. E메일과 생년월일을 적어서 제출하면 7~9개월 뒤에 연락하겠다는 안내를 받고 망설이다가 그냥 발길을 돌렸다. 미신에 대한 불신이라기보다 이미 지나가버린 과거를 알아봐야 쓸모가 없었기 때문이다. 운명은 스스로 개척하는 것이라는 평소의 믿음과 비용도 사치스럽게 생각되었다.

돌아오는 길에 2평에도 미치지 않지만 100만 불짜리 전망을 가진 멋진 찻집이 눈에 띄었다. 아내와 나는 이심전심으로 고개를 끄덕이며 찻집에 들어섰다. 하나뿐인 식탁에 이름 모를 꽃이 주둥이를 잘라낸 생수병에 단정하게 꽂혀있었다. 50대 후반으로 보이는 주인의 마음씨도 무척 착하게 보였다.

"짜이 두 잔 주세요(Two, Please)."

인도인들이 일상적으로 즐겨 마시는 인도식 홍차인 짜이를 아내와 내 것만 주문하자, 송주가 던진 말을 듣고 깜짝 놀랐다.

"트리(Three) 짜이!"

손가락 세 개를 펴면서 '트리(Three)'를 또렷하게 발음하는 것이 아닌가? 우리는 물론 주인아저씨도 미소를 지었다. 어느덧 자기 몫도 챙길 줄 아는 똘똘한 녀석이 되었다. 하루가 다르게 여행에 적응하고 있는 송주가 대견했다. 녀석의 말대로 짜이 3잔과 비스켓도 덤으로 주문해 줬다. 히말라야의 멋진 설산을 감상하면서 마시는 차와 비스켓이 11루피라니. 값으로 내민 돈을 주인은 이마로 가져가 성호를 그으며 기도를 했다.

찻집을 나와서 아내가 요가를 배우러 간 사이에 송주와 나는 아내를 깜짝 놀라게 해줄 이벤트를 준비하기 시작했다. 특별한 장소에서 맞게 된 7번째의 결혼기념일을 축하하는 자리를 만드는 일이었다. 아내는 결혼기념일을 모르는 것처럼 보였다. 케익을 준비하고 아내의 선물을 사러 보석가게에 갔다. 인도에서 유명한 루비로 장식된 귀걸이를 고른 후 가격을 묻자, 주인은 마음껏 높여 부르는 것 같았다. 보석에 대해 전혀 감을 잡을 수 없어서 무조건 반값으로 협상을 시작했다. 30%를 할인해 주겠다는 주인의 말이 떨어지기 무섭게 등을 돌리며 가게를 걸어 나가자, 절반 값으로 보석을 가져가라고 했다. 절반의 가격으로 마음에 드는 물건을 샀으면서도 마음은 꺼림직했다. 인도는 원래 그런 나라였다. 숙소로 돌아와서 아내에게 편지를 써서 정성스럽게 포장했다. 송주에게는 일기장에 축하메시지를 준비시켰다.

사랑하는 아내에게
어느덧 오늘이 우리가 결혼한 지 7주년입니다.
특별한 장소서 맞이하는 오늘이
앞으로 우리 생애에 커다란 축복이 되길 기원합니다.
-인도 맥그로드 간즈에서 당신만의 남편-

시간이 멈춰버린 것처럼 느껴지는 여행의 보름째. 우리는 맥그로드 간즈에서 인도의 알프스라 불리는 마날리로 이동하기로 했다. 거리상으로 그리 멀지는 않았지만, 심야에 히말라야 산길을 10시

아이의 일기장

여행을 떠나기 전에 아이에게 일기장을 마련해 주었다. 지금은 어려서 잘 모르겠지만, 어른이 된 이후에는 알게 될 것이다. 그것이 자신에게 얼마나 귀중한 체험이고 추억이었는지를. 결혼기념일을 축하한다는 녀석의 그림을 보면서 아내는 아이를 꼭 끌어안았다.

간 이상 달려야 하는 장거리 여정이라 저녁을 든든하게 챙겨 먹었다. 버스는 저녁 8시에 출발해 아침 6시에 도착할 예정으로, 10시간 동안 버스를 타는 일이 전보다는 두렵게 느껴지지는 않았다. 조금은 인도 환경에 익숙해진 것이다.

출발시간을 넘긴 버스는 아찔한 히말라야 산길을 거침없이 달렸다. 기후변화가 심한 히말라야 부근이라 차창 밖에서 갑자기 천둥번개를 동반한 폭우가 억수같이 쏟아지기 시작했다. 아무일 없이 무사히 도착해 달라고 빌었다. 두려움을 안고 질주하는 심야버스에서 힘들었던 시간이 떠올랐다. 지내놓고 생각해보면 별것도 아닌 과거의 일을, 그때는 죽도록 고민해야만 했다.

얼마나 지났을까? 갑자기 버스엔진 소리가 커지는가 싶더니, '덜커덩' 소리와 함께 시동이 꺼졌다. 놀라서 깨어보니 버스가 한쪽으로 기울어져 있고 승객들이 술렁거렸다. 폭우 때문에 산사태가 일어나 막혀 있는 도로를 버스가 무리하게 넘으려다 유실된 부분으로 한쪽 바퀴가 빠진 것이다. 어두워서 산비탈이 보이진 않았지만, 이곳이 히말라야 중턱이라고 생각하니 잠이 순식간에 달아났다. 그나마 다행이었던 것은 사태가 심각해서인지 평소와는 다르게 인도인들의 움직임도 무척 빨랐다는 점이다. 도로 반대편의 기사들까지 합심해 도로를 복구하면서 만일의 사태에 대비해 버스를 밧줄로 연결했다. 천둥번개를 동반한 폭우는 억수같이 내리고 있었다.

잠시 뒤에 버스가 시동을 걸더니 차장이 승객들에게 내리라고 지시했다. 버스 앞쪽에 타고 있던 우리는 그때까지도 잠들어 있는 송주를 어떻게 해야 할지 망설였다. 쏟아지는 폭우 때문에 설마 무슨 일이 있겠냐며 송주를 좌석에 눕혀 놓은 채 버스에서 내렸다. 내려서 보니 사태가 예상했던 것보다 훨씬 심각했다. 아이를 데려와야겠다는 일념으로 다시 차에 타려는 순간, 버스가 출력을 높이면서 안간힘을 쓰기 시작했다. 안타깝게도 버스는 헛바퀴를 돌더니 산비탈 쪽으로 기우는 것이 아닌가? 버스에서 내리지 못한 승객들은 공포에 휩싸였다. 우리는 밖에서 발만 동동 굴렀다. 그때였다. 최고로 출력을 올린 버스가 마지막으로 안간힘을 썼다. 버스를 밧줄로 묶어 잡아당기는 사람들의 구령소리도 높아갔다. 마침내 버스가 간신히 빠져나오자, 모두가 얼싸안고 박수를 치며 환호성을 질렀다. 재빨리 버스로 올라가 아이를 살폈다. 놀랍게도 녀석은 그때까지도 잠에 푹 빠져 있었다.

03

잘못 들어선 길은 과감히 수정되어야 한다

. . . . . .

여행 20일째, 북인도의 마날리에 도착했다. 그 곳은 천의 얼굴을 가지고 있는 인도에서도 스위스라 불릴 만큼 절경이 뛰어난 곳이었다. 인도의 날씨는 5월을 기점으로 대부분 의 지역이 40도가 넘는 폭염이 시작되지만, 히말라야 중턱에 자 리한 마날리는 20도 안팎으로 사람들이 활동하는 데 최적의 환경 을 갖추고 있는 지역이었다. 이를 말해주듯이 무더위를 피해 피 서를 온 인도인들이 북새통을 이루고 있었다. 아슬아슬한 산길을 10시간이나 달려온 힘겨운 여정이라 피곤했지만, 마날리 풍광에 '와!'라는 탄성이 절로 나왔다. 경치에 압도된 것이다. 손에 잡힐 듯 가깝게만 보이는 히말라야의 설산이 으뜸이고, 수백 년은 됨직 해 보이는 아름드리 전나무 숲도 장관이었다. 더군다나 이 풍경들을 폭포와 함께 감상할 수 있는 게스트하우스의 하룻밤 방값이 250Rs(6,000원)라니! 방 안에서 이런 멋진 광경에 취해 있노라면 마치 알프스에 온 착각마저 들었다.

우리는 힌두사원과 마날리에서 약 15Km 떨어진 나가르(Naggr)를 방문해 풍운의 화가로 유명한 니콜라이 로에리치(Nicolai Roerich)의 작품을 감상하고, 유황온천으로 유명한 바쉬슷(Vashisht)에서 온천욕도 즐겼지만, 어딘지 모르게 허전했다. 마음속에서 히말라야의 설산을 직접 밟아보고 싶다는 욕망이 끊이질 않아서였다. 그때쯤 눈이 녹아 5개월 동안만 육로가 열린다는 '레(Leh)'에 가자는 아내의 제안에 쉽게 대답하지 못했다. 해발이 5,000m나 되는 레에서 송주가 고산병에 걸릴 수 있다는 두려움 때문이었다.

눈이 머무는 곳이라는 뜻을 가지고 있는 히말라야에 쌓인 눈을 만져보고 고산병도 진단해 볼 수 있는 방법을 찾아보았다. 2가지를 동시에 해결할 수 있는 해법이 있었다. 해발 3,980m에 자리한 스키장에 직접 올라가보는 방법이었다. 지프를 단독으로 전세를 내는 방법도 있었지만, 비용이 저렴한 지방정부 관광청에서 운영하는 상품을 이용하기로 했다. 긴 여정 속에서 또 다른 하루짜리 여행을 즐기기 위해서였다.

로탕패스(Rohtangpass)에 자리한 인도 스키장

해발 4,000m 히말라야 산자락에 자리한 인도의 스키장에는 곤돌라도, 스키도 없다. 설산을 배경으로 사진을 찍을 수 있도록 대기 중인 말과 사람이 인력으로 끄는 몇 대의 스키가 전부였지만 경치만큼은 으뜸이다. 지금 이 순간에 내가 살아서 거기에 서 있다고 생각하니 코끝이 찡해졌다.

아침 9시. 출발장소에 도착했을 때 우리를 제외한 모두가 인도인들이었다. 미니버스 바퀴가 덩치에 비해 너무 커서 우스웠다. 버스가 출발하고 나서 산길에 접어들자, 바퀴가 큰 이유를 금방 알게 되었다. 험악한 산악도로를 조금이라도 안전하게 달리려고 해서 그런 것이었다. 급경사 도로를 180도 회전하는 버스에서는 머리가 어지러울 지경이었다.

움푹 패인 비포장 도로를 지날 때마다 몸이 앞뒤로 출렁거렸다. 차라리 몸을 버스에 맡기는 것이 편하게 느껴졌다. 더군다나 버스의 맨 뒷좌석에 앉았으니, 덩실덩실 어깨춤이 절로 나왔다. 버스가 지나온 아래쪽의 꾸불꾸불한 계단 모양의 도로를 보면서 송주가 던진 질문은 우리를 미소 짓게 했다.

"엄마, 우리 몇 층까지 올라가는 거야?"

잠시 뒤 버스가 멈춘 곳은 스키복과 설산에서 신을 수 있는 신발을 대여해 주는 가게였다. 주인은 능숙한 솜씨로 달려 나오더니, 버스에서 내린 손님들에게 물품의 대여를 권유하기 시작했다. 단체여행객들이 치러야 하는 일종의 쇼핑인 셈이었다. 자신에게 맞는 옷을 이것저것 입어보는 인도인들의 표정이 마냥 즐거워 보였다. 정상에 대한 그들의 기대심리가 우리보다 훨씬 큰 것 같았다. 인도에서 이곳으로 여름휴가를 즐기러 왔다면 상류층 사람들이라는 생각이 들었다. 처음으로 하얀 눈을 본다는 사람이 많았다. 가이드북에서 긴 소매를 미리 준비해야 된다고 나와 있어서 두꺼운 옷을 준비한 우리에게는 방한복이 필요하지 않았지만, 갑자기 서늘해진 날씨가 걱정되어 송주에게는 든든한 방한복을 입혔다.

쇼핑을 마친 버스가 다시 출발했다. 마주 달려오는 차와 아슬아슬 엇갈리는 순간이면 산비탈 쪽의 아찔한 낭떠러지에 가슴을 쓸어내려야만 했다. 멀미 약을 먹고 두통을 호소하던 아내는 손에 잡힐 듯이 가까워진 설산을 가리키며 표정이 진지해졌다. 인도인에게 히말라야는 아무나 오를 수 없는 영적인 기운이 느껴지는 위대한 영산으로 신비의 대상이었다. 그런 대상을 인도인들과 함께 버스를 타고 올라가고 있다고 생각하니 기분이 묘했다. 정상으로 진입할수록 펼쳐지는 장엄한 경관에 압도되기 시작했다. 마날리에서 불과 38Km 떨어진 로탕패스까지 가는 데는 꼬박 4시간이 걸렸다.

정상에 도착한 우리는 허기진 배부터 채우기로 했다. 덜컹거리는 버스에 온몸을 맡기고 4시간이나 달려왔기에 무척 배가 고팠다. 식당 앞에서 잠시 망설이던 우리는 송주가 좋아하는 오믈렛을 주문해 줬다. 최소한의 설비만 갖춘 간이식당에서 선택의 폭도 넓지 않았다. 함께 도착한 인도인들은 배고픔을 잊은 듯했다. 버스에서 내리자마자 눈을 신기한 듯이 만져보고 입맞추며 기도하는 모습이 사뭇 진지해 보였다. 그들이 가장 신성시하는 갠지스강이 발원한다는 히말라야의 설산이기 때문이라는 생각이 들었다.

갑자기 송주가 이상해졌다. 얼굴에 핏기가 없어지더니 먹성 좋던 녀석이 밥을 안 먹겠다며 투정을 부렸다. 밥을 먹지 않으면 내려갈 때 두고 간다고 겁을 주면서 식사를 강요했지만, 마지못해 먹는 척하다가 어지럽다며 고집을 피웠다. 송주를 아내에게 맡긴 나는 스키장에서 인도인들과 어우러졌다. 거대한 설산을 막상 눈앞에서 보자니, 한편으로는 히말라야의 대자연이 인간의 발길을 허락하지 말았어야 했다는 생각이 들었다. 욕망을 달성한 이후에 뒤따라오는 허전함과 나는 해봤으니 다른 사람은 안 된다는 이율배반적인 것이라 결론지었다.

히말라야 산맥을 TV나 사진으로 볼 때마다 손을 뻗어 잡고 싶었다. 마날리에 도착해서도 햇빛을 반사하면서 구름 위에 떠있는 영롱한 설산에 대한 욕망은 멈추질 않았다. 막상 도착한 다음에 밀려오는 허전함이란 무엇일까? 한동안 먼산을 바라보면서 생각에 잠겼다. 지금까지 내 삶의 방식 자체가 그랬다. 원하는 것을 이루고 난 뒤에도 항상 갈증에 목말라했다. 원하는 학교에 들어가고, 원하는 사람과 결혼하고, 회사에서도 승진이 빨랐지만 항상 허전했다. 만족을 모르고 새로운 욕망의 늪에서 빠져나오지 못한 것이다. 늘 마음을 졸이며 단 하루도 걱정 없이 지내본 적이 있었던가? 중요한 것은 지금 이 순간에 내가 이렇게 살아서 여기에 있다는 사실이라고 생각하니 코끝이 찡했다. 비행기를 탔을 때부터 머리를 떠나지 않았던 미래에 대한 두려움이 조금은 사라지는 느낌도 들었다. 대자연 앞에서 그것은 내가 만들어낸 작은 욕망에 불과했다는 사실을 자각해서였다.

소변이 마려워 주위를 둘러봤다. 도시에도 없는 화장실이 히말라야 산중에 있을 리 만무했다. 알면서도 주위를 둘러본 이유는 소변을 보기 좋은 위치를 찾기 위해서였다. 인도에서는 어디서나 소변을 보는 사람을 쉽게 찾을 수 있었다. 아니나 다를까? 저만치에서 인도인이 소변을 보고 있는 것을 확인한 나는 그의 옆에서 태연스럽게 문제를 해결한 다음에 만년설로 손을 씻고 돌아서려는 찰나, 갑자기 머리가 '띠잉'했다. 찬바람 때문에 그럴 거라며 가볍게 생각하고 돌아와 호흡이 거칠어진 송주를 보고서야 고산병일지 모른다는 생각이 들었다. 힘들어하는 송주를 엎고 버스로 갔다. 날씨가 춥고 바람이 거칠어서인지 노부부를 비롯한 대부분의 현지인들은 버스에 타고 있었다. 아이를 쳐다보던 운전기사는 두말없이 고산병이란 진단을 내리더니, 잠시 뒤에 출발할 테니 문제

될 게 없다며 우리를 안심시켰다. 그때 아내가 내 옆구리를 쿡 찌르더니 '화장실!'이라고 했다. 아침부터 버스를 타고 올라와 아내도 지금까지 화장실에 가지 못한 것이었다. 송주를 노부부에게 맡기고 운전사에게 혹시나 하는 마음으로 물었다.

"Where is the toilet?(화장실이 어디죠?)"

"No, Toilet. But everywhere is toilet!(없지만, 여기는 모든 장소가 화장실이에요!)"

재치 있는 운전사의 말을 뒤로하고 적당한 장소를 찾는 게 급했다. 인도인들은 버스에서 우리가 어떻게 하는지를 유심히 지켜봤다. 남자인 나야 대충 해결하면 되었지만, 아내는 문제가 달랐다. 저만치 사각지대가 눈에 띄었다. 다른 사람들이 다녀간 흔적이 널려있는 곳에서 몸으로 아내를 가렸다. 아내가 간신히 문제를 해결하는 사이에 버스에서 지켜보던 인도인들과 나는 눈싸움을 벌여야만 했다. 호기심 많고 쳐다보기 좋아하는 인도인들을 위해 무대의 주인공이 된 듯한 심정이었다. 히말라야 설산에는 초목이 자라지 않아서 가릴 거라고는 아무것도 없었다.

3시 무렵에 버스가 스키장을 뒤로하고 출발했다. 왔던 길을 되돌아가는 길인데도 올라올 때와는 느낌이 많이 달랐다. 올라올 때는 눈에 보이지 않던 보라색과 노란색, 흰색의 히말라야의 꽃들이 무척 아름다웠다. 나무도 자라지 않는 척박한 땅에서 피어나는 생명체가 경이로웠다. 버스가 내려갈수록 연두색 초원이 모습을 드러내면서 나무도 하나씩 보이기 시작했다. 버스는 올라올 때보다 빠른 속도로 산길을 달렸다. 버스에서 틀어 놓은 인도의 노래와 창밖의 경치가 묘하게 어울렸다. 설산에서 녹아내리는 물줄기가 절벽을 타고 수십 미터 아래로 떨어지는 광경은 경건하기까지 했다. 가슴이 답답하다고 투정을 부리던 송주가 갑자기 토하기 시작했다. 화장지를 꺼내 녀석의 입에 대고 음식물을 받아 밖으로 던졌다. 인도인들에게 미안하다고 하자, 모두 '괜찮다(No problem)'고 했다. 그들의 표정이나 어감이 정말로 아무렇지도 않은 느낌이었다. 정상에서 시작된 송주의 고산병이 차멀미로 나타나더니 산중턱까지 계속되었다. 전염된 것인지 앞에 있던 인도 소년도 토하는가 싶더니, 이를 달래던 중년의 엄마까지 구토를 시작했다. 버스 안이 비릿한 냄새로 코를 찔렀지만 누구도 짜증을 내지 않았다. 버스기사도 운전에만 집중했다. 파탄콧으로 이동할 때, 인도 소년의 뒷자리에서 짜증을 부렸던 모습이 떠올라 부끄럽게 생각되었다. 인간이란 자신이 직접 겪어보지 못하면 상대방의 입장이나 마음을 이해하기 힘들도록 만들어진 존재라는 것을 새롭게 깨닫는 시간이었다.

저녁 식사를 하면서 눈부실 정도로 아름다운 이곳을 떠난다고 생각하니 무척 아쉬움이 몰려왔다. 이심전심이었는지 아내는 내게 멋진 경치가 아깝다며 하루만 더 머무는 것이 어떻겠냐고 물었다. 그렇게 하자고 말하고 싶었지만, 정해진 일정 때문에 머뭇거렸다. 아침에 일어나서 하루를 더 묵을지, 계획대로 이동할지 결정하기로 했다.

침대에 누워 히말라야 설산에서 받은 느낌을 떠올렸다. 숨막힐 듯한 대자연의 장엄함 앞에서 숙연해졌던 감동을 놓치고 싶지 않아서였다. 산을 내려오면서 봤던 이름 모를 작은 들꽃의 속삭임이 들리는 것 같았다. 어쩌면 도착했을 당시에 버스에서 토한 소년을 만난 것이 우연이 아니었을지 모른다는 생각도 들었다.

인도의 아침을 깨우는 것은 새소리였다. 새벽부터 수백 마리가 지저귀면서 여행자를 깨웠다. 침대에서 거의 동시에 눈을 뜬 아내와 나는 말없이 밝아오는 여명을 느끼고 있었다. 서로를 바라보던 우리는 누가 먼저랄 것도 없이 고개를 끄덕였다. 하루 더 머물자는 의미였다. 아직도 여정이 많이 남아 있기 때문에 급할 이유가 없었다.

아침식사를 마치고 아름드리 전나무 숲길을 따라 16세기 건축물 히딤바(Hadimba) 사원을 찾았다. 수학여행을 온 인도의 학생들과 피서객들로 넘쳐났다. 사원의 입구에는 커다란 뱀을 목에 두른 사람과 앙고라 토끼나 야크, 양 등을 치장해 관광객들을 상대로 사진촬영으로 생계를 유지해 가는 사람들이 진을 치고 있었다. 사원을 참배하려고 수백 미터가 됨직한 줄을 기다랗게 늘어선 사람들을 보면서 기다림에 익숙한 인도인들의 모습이 대단하게 보였다. 빨리빨리를 외치는 우리나라와는 너무나 대조적이었다.

전나무 숲길을 따라 내려왔다. 바위에서 송어낚시를 즐기고 있는 인도인의 모습이 퍽 어색해 보였다. 이곳에서 낚시를 하려면 면허증이 따로 있어야 했기 때문이다. 히말라야 빙하에서 녹아내린 물이 시원스럽게 흐르는 냇가에서 신발을 벗고 발을 물에 넣었다. 흘러가는 물살을 바라보고 있노라니 언젠가 여기에 왔었다는 느낌이 불현듯 들었다.

"여보, 정말로 수천년 전부터 여기에 앉아 발을 담그라고 정해져 있었을까?"

"글쎄요. 그렇게 물어보니까 왠지 그랬을 것 같다는 느낌도 드네요."

"어제, 로탕패스에서 인도에 오길 잘했다는 느낌을 받았어."

"어머! 나도 그랬는데. 숨막힐 정도로 아름다운 자연을 보면서 그런 생각을 했어요."

기분 좋게 아내가 맞장구를 쳐주었다.

　　"사실은 이번 여행을 마치고 돌아가서 다시 취업을 할지, 본격
　　적으로 창업을 시작할지 고민해 왔거든. 창업에 자신이 없었는
　　데, 이젠 조금 자신감이 생기는 것 같아."

아내는 말없이 고개를 끄덕였다. 쉽지 않은 결정이라는 것을 알면
서도 아내는 언제나 내 편이다. 이국 땅에서 같은 언어로 대화할
수 있는 사람이 옆에 있다는 사실만으로도 마음이 통했다. 인도
는 여행자를 특별한 감상에 빠트리곤 한다. 아득한 옛날부터 오늘
에 이르기까지 철학자와 위대한 스승을 가장 많이 배출해 온 나라
이기 때문이다. 철학과 종교가 복잡하게 얽혀 있는 것 같으면서도
질서가 유지된다. 어려운 말이지만, 혼돈과 무질서 속에서도 그들
만의 방식이 있다. 다른 곳에서는 느낄 수 없는 매력이 살아 숨쉬
는 곳이다.

여행을 마치고 저녁에 게스트하우스에 들어가서 이민규라는 특별
한 사람을 만났다. 만약에 우리가 아침에 그곳을 떠났더라면 영원
히 만나지 못했을 사람이라고 생각하니 더욱 반갑게 느껴졌다. 그
는 인도 오르빌에서 거주하고 있는 한국인으로, 맥그로드 간즈에
서 다른 사람으로부터 우리 가족에 대한 이야기를 들었다며 단번

에 알아봤다. 인도를 여행하는 한국인들 사이에 우리를 알아보는 사람이 꽤 있었는데, 이동하는 코스가 비슷했기 때문이다. 레스토랑에서 식사를 같이하면서 늦은 시간까지 대화를 나누게 되었다. 그는 97년에 인도에 정착했다고 했다. 인도의 오르빌은 국제공동체의 가능성을 시험하고 있는 장소로, 각국에서 모인 사람들이 집단으로 공동체를 만들어 생활하고 있는 지구상에 하나뿐인 아주 특별한 곳이다. 이민규 씨는 한국에서 소위 말하는 386세대로, 대학에서 군부독재 타도를 외치다 취업을 목전에 두고 고민하다가 오르빌에 정착하기로 결심을 굳혔다고 했다. 그에 따르면 가끔 오르빌에 오는 한국인들 중에는 본래의 취지와 무관하게 자식에게 외국어를 공부시킬 목적으로 위장했다가 발각되어 떠나는 사람들 때문에 입장이 난처하다는 말도 했다. 우리의 교육열을 고려할 때, 충분히 가능한 일이라 씁쓸한 생각이 들었다. 그와 80년대 학창시절을 이야기하다 보니 헤어진 뒤에도 대학시절의 기억이 떠올랐다.

그날 밤 시큰해진 콧등을 어루만지면서 어머니를 생각하며 잠자리에 들었다. 우연이었을까? 다음 날 아내는 도저히 안되겠다며 아버지 칠순에는 참석해야 된다며 여정을 크게 조정하는 것이 어떻겠냐고 물었다. 어머니가 지병을 앓고 계심에도, 해외로 출장을 간다고 부모님을 속이고 출발한 며느리의 고통도 나만큼 컸던 게 분명했다. 비행기표를 앞당기려면 처음에 계획했던 여정을 크게 흔들어야만 했다. 우리는 머리를 맞대고 여행의 동선을 수정해 나갔다.

네팔 입국은 취소하고 태국으로 1개월 일찍 들어가 캄보디아를 다녀오는 것으로 여정을 크게 수정했다. 이미 히말라야의 설산을 감상한 마당에 15시간을 달려야 하는 네팔 입국을 취소하면서 여정이 크게 변경된 것이다. 우연히 마주친 여행자가 태국에 가면 앙코르와트는 꼭 가보라는 말도 반영했다. 사소하게 보였던 여행자의 말 한마디가 우리의 여정을 바꾸는 데 결정적인 계기로 작용한 것이다. 인터넷으로 항공권을 변경하고 나서야 마음이 한결 홀가분해졌다. 뭔가 잘못되었다고 판단했을 때는 빠르게 수정하는 것이 최선이라는 사실을 뼈저리게 배울 수 있었다.

04

신은 모든 걸 주지 않는다

• • • • •

다음 목적지인 심라로 가려면 북인도의 산길을 버스로 12시간이나 달려야만 했다. 히말라야 중턱에 위치해 있어서인지 심라까지는 기차가 운행되지 않았다. 우리는 장거리를 한번에 이동하는 것을 포기하고 중간에 쉬어가기로 했다. 그렇게 해서 도착한 곳이 마날리와 심라의 중간 기착지인 만디(Mand)라는 작은 도시였다. 언제나 그렇듯이 버스터미널에 도착할 때면 도시가 낯설게 느껴졌다. 물론 떠날 때는 반대였지만. 그곳은 관광명소를 낀 다른 도시와는 달리 호객꾼들이 상대적으로 적었다. 그래서인지 다른 곳보다 우리를 호기심 어린 눈으로 계속 바라봤다. 숙소부터 구하려고 행인에게 길을 묻자, 무척 친절하게 알려주었다. 택시를 타지 않아도 될 만큼 아담한 도시이면서 포근하기까지

했다. 냇가라 부르기에는 크고, 강보다는 작은 하천이 도시의 중앙을 가로지르고 있었다. 높고 기다란 다리 밑에서 10여 마리의 원숭이가 수영을 즐기며 물장구를 치는 모습이 마치 사람처럼 보였다. 그 옆으로는 거지들이 움막에서 나무를 태워가며 먹을 것을 준비하고 있었다. 4개의 신분계급에도 끼지 못하는 불가촉천민(Untouchable)으로 짐작되었다. 도심에 있는 다리 밑이 이들의 살림터였다. 잠시 발걸음을 멈추고 송주에게 원숭이가 수영하는 모습을 구경시켜 주었다. 우리나라에서는 동물원에 가야지 볼 수 있는 원숭이가 인도에는 사방에 널려있었다.

처음에 찾은 게스트하우스에는 빈 방이 없었다. 두 번째도 방이 없다는 말에 당황해, 혹시 도시에 축제라도 있는지 물으니, 다행히 아니라고 했다. 배낭의 무게가 점점 느껴지기 시작할 무렵에 찾은 세 번째 게스트하우스에서 요구한 500Rs가 도시 규모나 시설을 고려할 때 비싸게 느껴졌다. 일단은 마음이 놓였다. 혹시나 하는 마음에 한군데를 더 가보고도 방이 없으면 이곳으로 되돌아오기로 했다. 네 번째 찾은 곳에서 275Rs로 흑백TV까지도 딸린 괜찮은 방을 구했다. 샤워를 하고 나니 조금은 살 것 같았다. 해발 800m라고 했지만, 무더웠다.

샤워를 마치고 바라보는 도시가 훨씬 산뜻하고 아름답게 보였다.

근처 시장에 가서 자두를 샀다. 순진해 보이는 20대의 청년장사
꾼도 우리를 속이려 들지 않았다. 여행객들의 발길이 끊이지 않는
다른 도시에서 닳고 닳은 장사꾼들과는 다른 모습이었다. 시장 건
너편에 힌두사원이 눈에 띄었다. 7세기 무렵에 건립되었다는 것
에 이끌려 안으로 들어갔다. 많은 인도인들이 예배를 보고 있었
다. 사원으로 들어서는 사람들은 문 앞의 계단에 머리를 대거나
손으로 계단을 짚은 다음에 입으로 가져다 키스를 했다. 인도인들
에게 신은 그들의 생활이나 마찬가지다. 절대자로서 멀리 있는 것
이 아니라 주위에 가깝게 있다. 어디를 가다가 잠시 들르거나, 길
거리에서도 잠깐 걸음을 멈추고 신에게 기도하는 모습을 어디서
든 찾아볼 수 있다.

사원에서 나와 시장을 벗어나자, 송주가 원숭이를 다시 보러 가자
고 졸랐다. 녀석의 요청을 들어주려고 오솔길을 따라 걷고 있을
때였다. 가정집 2층에서 대화를 나누고 있던 중년의 신사가 송주
에게 관심을 보였다.

"Hello, what's your name?(안녕, 이름이 뭐니?)"
머뭇거리던 녀석이 '송주(Song-Ju)'라고 정확하게 답했다. 여행
을 떠나기 전에 녀석에게 2가지는 확실하게 가르쳤다. '이름이 뭐
니?(What your name?)'와 '어디에서 왔니?(Where are you from?)'라

는 질문에 대한 답변이었다. 계속해서 만나는 인도인들마다 송주에게 어디서 왔냐고 물었고, 녀석은 '한국(Korea)'이라고 정확히 답해왔던 것이다. 기특하게도 가르친 보람이 있어 뿌듯했다. 아이에게 호감을 보이던 인도인은 우리를 자신의 집으로 초대하고 싶다며 2층에서 내려왔다. 그렇지 않아도 아내에게 현지인의 가정집을 꼭 방문해 보고 싶다고 말했는데, 마침내 소망이 이루어진 것이다. 2층 베란다에서 담소를 나눴다.

처음에 그는 우리에게 인도에 온 목적과 직업, 여정 등을 일방적으로 묻다가 미안했는지 자기에 대해서도 말했다. 그들은 40대 중반의 중학교 교사부부로, 생활이 괜찮은 편이라고 했다. 잠시 뒤에 반드시 손으로만 먹어야 한다는 인도의 전통음식이 나왔다. 그는 손바닥에 음식을 올려서 먹는 방법을 능숙하게 선보였다. 그를 따라 하는 재미가 서로 간에 웃음을 자아내게 했다.

대화가 무르익자, 그는 집 안으로 들어가자며 우리를 거실로 안내했다. 인도인의 가정집은 어떻게 생겼을까? 너무나 깔끔해서 깜짝 놀랐다. 멋진 장식물이 곳곳에 걸려있었고, 창에 걸린 커튼도 아늑했다. 벽에 걸어둔 액자와 집주인의 초상화가 특히 눈에 띄었다. 거실과 침실을 거쳐 아이들 방을 소개하던 그가 갑자기 저녁

만디(Mandi)에서 현지인의 초대를 받다

인도에 혼자 갔을 때는 가정집에 초대받지 못했지만, 가족과 간 여행에서는 현지인에게 초대를 받았다. 그들과 오랫동안 대화를 나누면서 인도인들을 조금은 깊게 이해할 수 있었다. 모르는 사람들이 만나서 대화를 나누는 것은 서로에게 축복일지 모른다.

식사를 아내에게 준비시켰다. 서로 눈치를 보던 우리 부부는 괜찮다고 거절했지만, 그의 환대를 막을 수 없었다. 그의 아내가 저녁을 준비하는 동안에 대화를 나누면서 새로운 사실을 알게 되었다. 벽에 걸린 아이들의 사진을 보면서 아이들의 행방을 묻자, 한동안 말이 없던 그가 불행한 가정사를 털어놓았다.

그들은 결혼한 뒤에 자식이 없어서 동생이 낳은 자식을 데려다 키웠다고 했다. 정신병을 심하게 앓고 있던 동생의 아내를 위한 부모님과 동생의 결정이었다. 그러던 어느 날 갑자기 정신병자인 동생의 아내가 이곳을 찾아와 2명의 아이를 모두 죽이는 사고가 발생했다. 충격으로 어머니가 세상을 떠났다는 믿기지 않는 불행한 가정사를 듣고 마음이 아팠다. 그는 "신은 모든 걸 주지 않나 봅니다. 우리는 남부럽지 않게 살고 있지만, 아이들까지는 허락하지 않았죠. 그래서 세상은 공평한가 봅니다."라는 초연한 듯한 말을 남겼다.

그의 참혹한 가정사를 들으면서 계속 위로해 주는 방법밖에 없었다. 치유되지 않을 정도로 엄청난 마음의 상처를 받았겠지만, 그들의 표정은 오히려 밝았다. 그의 아내가 정성스럽게 준비한 인도의 정식인 탈리가 준비됐다는 말을 듣고 식당으로 자리를 옮겼다. 그는 식사에 앞서 우리가 손을 씻을 수 있도록 물을 떠왔다. 인도

음식이 익숙해질 무렵에 대접받은 가정식 탈리는 친숙했다. 걱정했던 송주도 혼자서 손으로 탈리를 깨끗이 먹어 치웠다.

저녁 10시가 넘어설 무렵에 그는 빈 침실을 보여주며 우리에게 자고 갈 것을 권유했다. 그 이상은 실례라 정중하게 거절했다. 그들과 작별하려고 대문을 나서는데, 갑자기 그가 주머니에서 20Rs를 꺼내 송주에게 주면서 맛있는 걸 사먹으라는 것이다. 우리와 정서가 비슷해서 놀랐다. 고맙다는 말을 남기고 몇 번이나 뒤돌아보며 인사를 나누면서 헤어졌다. 그날 밤에는 호텔로 돌아오는 어두운 인도의 밤거리가 두렵지 않았다. 한국에 돌아가면 그들과 함께 찍은 사진을 꼭 보내주기로 아내와 약속했다.

호텔로 돌아와 잠자리에 누워도 잠이 오질 않았다. 따듯하게 우리를 환대해 준 그들을 이곳에서 만난 것은 큰 행운이었다. 그들과의 만남도 과연 오래 전부터 정해져 있었던 것이 아닐까? 아이를 잃은 슬픔을 이겨내고 밝은 모습으로 우리를 초대해 준 그들의 축복을 간절히 빌어줬다. 처음에는 자살하고 싶을 정도로 견디기 힘들었지만, 시간이 모든 것을 해결해 줬다는 그의 말도 귓가를 맴돌았다. 맞는 말이다. 중요한 것은 똑 같은 실수를 반복하지 않는 것이다. 직장생활을 해오면서 참으로 견디기 힘든 순간이 많았지만, 지금은 아무것도 아닌 과거일 뿐이다. 그렇다. 살아 쉼쉬고 있는 이 순간인 현재가 가장 감사하고 기쁨의 시간이 아니겠는가?

만디를 뒤로하고 심라를 경유해 리시케시(Rishikesh)에 도착했다. 40~50도가 넘나드는 폭염 때문인지 예상과 달리 거리는 한산했다. 가장 눈에 띈 것은 인도인들이 가장 성스러워하는 대상인 갠지스강이었다. 히말라야 산맥에서 발원한 갠지스강은 수백Km의 계곡을 흘러 대평원인 리시케시에 이르러서야 '갠지스강'이란 이름으로 불리기 시작한다.

갠지스강은 인도인에게는 아주 특별한 의미를 갖는다. '강가'라 불리며, 인도인들에게 생명이 시작되는 젖줄이요, 동시에 생명을 마감하는 힌두교의 성지이기도 하다. 이방인이 볼 때는 흙탕물에 불과하지만, 인도인에게 갠지스강은 성스러운 숭배의 대상이다. 강물을 마시고, 키스하고, 목욕하면서 속죄하는 것이 일생일대의 소원이다.

우리가 리시케시를 찾은 목적은 북인도에서 지친 몸을 쉬어가기 위해서였다. 리시케시는 여행에서 누적된 피로를 풀 수 있는 좋은 환경을 가지고 있는 곳이어서다. 명상과 요가의 본고장이기도 하다. 본격적으로 시작될 중앙 인도의 무더위와 싸우기 위해 체력을 확보하려면 요가와 명상으로 유명한 이곳에서 요가를 배워볼 작정이었다. 하지만 계획과 달리 리시케시에서 가장 인상 깊었던 추억은 갠지스강에서 즐긴 레프팅(Rafting)이었다. 계획에도 없던 레프팅을 즐기게 된 까닭은 캐나다 부부의 강력한 추천 때문이다.

우리가 캐나다 부부를 만난 곳은 함께 머물던 게스트하우스였다. 옆방에 머물던 그들과 우리는 부부라는 공통점 때문에 자연스럽게 대화를 나누면서 그들이 '환상적(Fantastic)'이라고 표현한 레프팅에 마음이 끌렸다. 아이를 걱정하는 우리에게 두 가지 코스에서 거리가 짧은 50분 코스는 위험하지 않다며 적극적인 권유를 받았다. 그들은 우리에게 배낭의 특별한 관리도 신신당부했다. 인도항공을 이용해 이곳으로 오는 동안에 비행기에서 짐을 잃어버렸는데, 아무리 하소연해도 항공사측의 반응이 냉담하다며 무척 억울해했다.

레프팅에 도전하기로 결심하고 그들이 알려준 여행사를 찾아가 50분 코스에 인당 450루피로 총 1,350루피(32,000원)에 예매했다. 이곳이 인도인지라 보트가 전복되었을 경우를 대비해 아이의 안전을 물어보니, 카약 3대가 별도로 따라붙어서 만일의 경우를 대비하기 때문에 조금도 걱정할 게 없다며 '노 프라블럼(No problem)'을 연발했다.

다음 날 아침 우리는 짐을 가득 실은 지프를 타고 30분가량 강을 거슬러 올라갔다. 운전기사를 포함해 여행사 직원으로 보이는 5

명과 우리 가족이 전부였다. 우리 가족만을 위한 레프팅을 즐길 수 있는 행운을 잡은 것이다. 보트가 조립되는 동안 구명조끼를 입으면서 갠지스강의 생각보다 높은 파도와 빠른 물살이 두렵게 느껴졌다. 레프팅을 즐길 수 있는 장비를 착용하면서 송주의 표정이 굳어지기 시작했다. 칭얼대면서 자기는 하기 싫다고 떼를 쓰던 녀석은 겁에 질려서인지 급기야 울음보를 터트리고 말았다. 어떻게 해서든 녀석을 달래고, 협박하고, 구슬렸지만 그럴수록 울음소리가 커졌다.

보트에서 이를 재미있게 지켜보던 레프팅 리더가 배에 오르라는 신호를 보냈다. 아내가 먼저 타서 왼쪽을 맡고, 녀석과 함께 탄 내가 오른쪽을 맡았다. 공포심에 사로잡혀 울고 있는 송주를 가운데 앉혔다. 리더가 노젓는 방법과 안전교육을 진행하는 동안 머리에는 온갖 상념이 떠나질 않았다. 송주가 떨어지지 않도록 보트에 끈으로 묶는 것이 안전하지 않을까? 그랬다가 만약에 배가 뒤집히기라도 한다면? 이걸 왜 시작했지? 지금이라도 그만둘까? 아니면 녀석만이라도 내리게 할까? 그러는 사이 바위에 묶어 두었던 끈이 풀리면서 보트가 빠른 물살을 타고 떠내려가기 시작했다.

강가에 수직으로 솟은 바위가 말해주듯 물살은 거세고 파도는 높았다. 갑자기 배가 뒤집힐 듯한 강한 파도가 보트를 때렸다. 가운데 앉아 있던 송주가 보트 앞쪽으로 꼬꾸라졌다. 녀석은 우리에게 자기 위험을 알리려는 듯이 목청껏 울었다. 순간적으로 당황한 나는 두 손으로 잡고 있던 노를 재빨리 놓고 녀석의 허리를 잡아 다시 가운데에 앉혔다. 옆에서 이를 지켜보던 카약이 만일의 사태를 대비해 보트 옆으로 바싹 붙었다. 위험하면서도 짜릿한 순간은 계속되었다. 강가에서 명상에 빠진 사두의 모습이 곳곳에 눈에 띄었다. 우리를 향해 손가락으로 가리키며 뭐라 외치는 사두도 있었다. 갠지스강을 모욕하는 레프팅을 중단하라는 꾸지람처럼 들렸다.

리시케시의 상징인 '락쉬만줄라'가 보이기 시작하면서 강물이 부드러워졌다. 언제 그랬냐는 듯이 평온이 찾아왔다. 그제야 녀석도 울음을 그쳤다. 리더의 권유로 갠지스강에 몸을 던진 아내는 무척 행복해 보였다. 너무 시원하다며 내게도 강으로 들어오라고 손짓했지만, 내키지 않았다. 강가 주변에서 가부좌를 틀고 참선에 빠진 사두에게 왠지 미안한 마음이 들어서였다. 우리는 인도인들의 성수인 갠지스강에서 잊을 수 없는 추억을 만든 것이다.

리시케시(Rishcash)를 떠나기 전에 두 가지 루트를 놓고 고민하던 우리는 북인도에서 교통의 허브라 불리는 하리드와르(Hardiwar)로

리시케시 락쉬만줄라(Lakshman Jhula)

히말라야 설산에서 출발한 물이 대평원인 '리시케시'에 이르러서야 비로소 '갠지스강'
이란 이름을 얻는다. 요가로 유명한 이곳에는 전세계의 아쉬람(Ashram)이 강변을 따
라 길게 자리잡고 있다. 명상과 요가야말로 자신을 지배할 수 있는 근원적 힘이다.

향했다. 거기서 교통편에 따라 여정을 다시 잡기로 했다. 럭나우 (Lucknow)로 가서 캘커타로 진입해 북인도를 가로지르는 동선과 다시 델리를 경유해 '아그라(Agra)'에 들러 중앙인도를 가로지르는 코스가 서로 장·단점이 있었지만, 40도가 넘는 중앙인도의 날씨를 고려할 때, 마음은 럭나우 쪽으로 기울었다.

하리드와르 기차역은 교통의 중심지라는 것을 입증이라도 하듯 이 수많은 인파로 넘쳐났다. 1년에 한 번씩 열리는 축제 기간까지 겹쳐서인지, 창구마다 꼬리를 물고 길게 늘어선 줄이 광장 앞까지 이어진 것을 보고 한숨이 절로 나왔다. 기다림에 익숙한 인도인이 아니라 기다릴수록 마음이 초조해졌다. 사전에 축제를 점검하지 않은 것을 후회해도 소용없는 일이었다. 달리 방법이 없었던 우리 는 무작정 기다릴 수밖에 없었다.

인도에서 장거리로 이동할 때는 버스보다 기차가 훨씬 안전하고 편했다. 북인도 산악지대를 여행하면서 불가피하게 버스를 이용 해 왔지만, 지금부터는 기차를 이용할 생각이었다. 1시간 이상을 기다려 창구직원에게 들은 말은 황당했다. 이쪽이 아니라 저쪽 줄 이라는 것이었다. 어찌하랴. 이전에 줄을 잘못 알려준 사람을 원 망했지만, 하소연할 곳도 없었다. 기다린 시간이 아깝고 분했다. 그때 아내가 귀에 대고 속삭였다. "이것도 수천 년 전에 정해진 신의 뜻이라고 생각하세요." 아내의 말대로 생각하니 차라리 마음이 편해졌다.

옆에서 우리를 안타깝게 지켜보던 어느 인도인이 자기 앞에서 먼저 알아보라며 자리를 비켜주었다. 그의 뒤에서 기다리고 있던 다른 인도인들도 모두가 괜찮다며 동의하는 눈치였다. 이방인에게 베푸는 그들의 친절이 고마웠다. 기차표는 우려했던 대로 럭나우도, 아그라도 모두 매진된 상태였다. 매표원이 가르쳐준 방법은 다음 날 델리로 가는 심야 기차를 타고 그다음 날에 아그라로 가는 기차를 타라는 것이었다. 이동수단에 시간을 허비하는 것이 싫었다. 지체할 수 없었던 우리는 하는 수 없이 근처에 있는 버스터미널로 향했다.

앗! 그곳은 더 지옥이었다. 어린아이부터 노인에 이르기까지 수많은 사람들이 버스가 터미널로 들어설 때마다 우르르 몰려다니다가 넘어지고, 밟히면서 창문으로 타는 사람과 지붕에 올라가서 짐을 묶는 사람이 얽혀서 거의 아수라장이었다. 내가 좋아하는 '철학의 나라' 인도는 거기서 조금도 찾아볼 수 없었다. 설상가상으로 럭나우행 버스는 아예 없었고, 20분 간격으로 운행되는 델리행 버스로 대부분의 사람들이 몰렸다. 현지인들처럼 버스를 타보려고 시도했지만, 버스를 3대나 그냥 보내야 했다. 현지인들

과 경쟁하면서 버스를 타는 것 자체가 불가능해 보였다. 더군다
나 아이 때문에 엄두가 나지 않았다. 결국 버스타기를 포기하고,
금강산도 식후경이라며 점심을 먹으면서 생각해보기로 했다. 식
당을 찾아 터미널을 벗어나려 할 때였다. 어디선가 '아그라!'라는
외침이 들렸다.

05

협상력 여행의 묘미를 더하다

· · · · · ·

아내도 '아그라!'라는 외침을 들었는지 눈을 크게 뜨고 내게 눈짓으로 물었다. 아내의 물음에 분명히 들었다고 고개를 끄덕였다. 아그라에 가려면 반드시 델리를 경유해야만 된다고 알았던 우리는 뛸 듯이 기뻤다. 이리저리 주위를 둘러보면서 목소리의 주인공을 찾았다. 터미널의 맨 구석진 곳을 확인하고 재빨리 달려가 정말인지부터 물었다. 차장은 인도인 특유의 미소와 함께 버스에 타라는 신호를 보냈다. 다행스럽게 버스에는 좌석도 많았다. 도착하려면 얼마나 걸릴지 묻자, 영어가 서툰 기사가 손가락으로 시계 바늘 1과 3을 콕콕 찍어 가리켰다. 아무래도 그가 우리의 질문을 잘못 이해한 것 같다고 아내에게 말하려는 순간, 기사가 우리를 다시 부르더니 시계의 1과 3을 콕콕 찍어 가리켰다가 손가락을 한 바퀴 돌렸다.

그제야 우리는 오후 1시에 출발해서 새벽 3시에 도착한다는 기사의 신호를 이해했다. 14시간 동안이나 버스를 타면 초죽음이 될게 뻔했다. 에어컨은 당연히 없고, 의자도 불편했다. 그래도 우리는 행복했다. 누가 먼저랄 것도 없이 우리는 손뼉을 힘껏 마주쳤다. 어찌 기쁘지 않으랴? 조금 전까지도 대책이 없던 상황에서 신의 축복이라며 감사한 마음까지 들었다. 아무것도 모를 거라고 여겼던 송주도 "엄마 아빠, 우리 이 버스에 탈 거야?"라며 좋아했다. 우리를 지켜보던 차장도 엄지손가락을 치켜세웠다. 차비를 묻자, 손가락으로 'V'자를 두 번 반복했다. 인당 200Rs란 말이었다. 아이의 차비는 묻지 않았다.

출발시간이 30분가량 남아서 점심을 먹으러 갔다. 식당은 많았지만 깨끗해 보이는 식당은 보이지 않았다. 한참을 둘러보다가 그나마 괜찮아 보이는 식당으로 들어갔다. 자리를 잡자, 송주보다 한두 살이 많아 보이는 아이가 다가오더니 행주인지 걸레인지도 모를 듯한 천으로 식탁을 쓱쓱 닦았다. 스테인레스 잔을 가져와 물을 따르려는 것을 가로막았다. 미네랄워터를 보여주며 괜찮다고 말했다. 마시지도 않을 물을 아끼려는 생각에서였다. 음식을 적은 메뉴판이 없어 주위를 둘러보면서 다른 사람들이 먹고 있는 탈리를 주문했다. 값을 물으니 30Rs로, 현지인과 비슷한 가격이었다. 탈리가 나오는 틈을 이용해 물을 사러 나왔다. 14시간이나 버스를 타려면 미리 물을 사두어야 했다. 1리터를 가리키자, 20Rs라는 두 배의 값을 요구했다. 대꾸 없이 돌아서자, 15Rs로 낮춰 불렀다. 내가 10Rs를 원하자, 그럼 12Rs에 가져가라며 물을 건네주었다. 인도에서 터무니없는 값을 요구할 때는 대꾸하지 말고 바로 돌아서야 한다는 사실을 나는 잘 알고 있었다.

식사를 마치고 버스로 돌아와 앉자, 늙은 사두가 차창 밖에서 우리에게 돈을 달라는 시늉을 보냈다. 인생의 궁극적인 목적과 삶의 의미를 찾아 떠돈다는 저들은 얼마나 행복할까라는 생각이 들었다. 일각에서는 그들을 무능력한 거지라고 욕하지만, 한편으로는 그들이 있기 때문에 인도가 지구상에서 철학적 가치가 살아있는 마지막 보루라는 말도 있다. 그래서인지 그들과 마주칠 때마다 철학적 문제를 깊게 고민하지 않을 수 없었다. 아내가 차창 밖으로 5Rs를 건네자, 늙은 사두는 성호를 그으면서 돈에 키스하더니, 한참 동안이나 차창 밖에서 우리를 위해 기도를 해줬다. 아내는 무사히 여행하라는 기도 같다며 감동하는 눈치였다. 듣고 보니 기분이 든든해졌다.

드디어 버스가 출발했다. 10여 분이 지나 갠지스강에 버스가 이르렀을 무렵에 차가 멈춰 섰다. 운전기사가 앞서고 승객들도 약속이라도 한 것처럼 물통을 들고 강물로 가더니 물통마다 강물을 가득 채워서 버스로 돌아왔다. 기도를 하거나 목욕을 할 때 한 방울씩 넣어 사용하기 위해라고 했다. 그들의 정성 어린 모습을 보면서 갠지스강에서 레프팅을 즐긴 게 미안한 마음이 들었다. 똑같은 강을 바라보면서 현지인과 이방인의 관점이 이렇게도 다를 수 있다는 사실이 놀라웠다. 모든 것은 생각하기 나름인 것 같았다.

북인도를 출발한 버스가 3시간 만에 처음으로 휴게소에 들렀다. 무릎 위에 앉은 송주를 보면서 '이렇게 고생스러울 줄 알았다면 아이의 요금을 지불하고 편안히 앉아올 걸!' 하는 생각도 들었다. 인도에서는 어림없는 일인데도 말이다. 송주의 요금을 미리 지불했어도 아이가 혼자 앉아 가는 것이 인도에서는 통하지 않는다. 버스나 기차에서의 좌석은 먼저 앉을 수 있는 특권이 주어질 뿐, 비용을 지불했다고 하더라도 혼자 앉을 수 있는 곳이 아니다.
인도와 우리나라의 버스에서 가장 큰 차이는 통로를 기준으로 우리나라가 좌우로 2개씩 좌석이 배치된 것과는 다르게, 인도는 버스에 따라 다르지만 대부분이 통로를 기준으로 2개와 3개씩 좌석이 배열되어 있다. 그렇다고 인도가 우리나라보다 버스 폭이 넓은 것은 아니다. 오히려 좁고 좌석도 뒤로 넘어 가지 않는 딱딱한 고정형이다. 황당한 것은 3명이 앉기에도 비좁은 자리에 4명은 기본이고, 2명이 앉는 자리에도 3명씩 앉는다. 설령 좌석이 정해진 버스라 해도 늦게 탄 사람이 엉덩이를 들이대면서 서슴없이 끼어 앉는 곳이 인도다. 송주의 요금을 지불하는 것과 자리를 차지하는 것은 아무런 관련이 없는데도, 아이를 무릎 위에 앉혀 가는 것이 너무 힘이 들었다.

버스는 인도의 광활한 대지를 지겹도록 달렸다. 해외로 출장을 다닐 때 타던 좁은 비행기 좌석보다 불편한 자세로 송주를 안고 있으니 거의 미칠 지경이었다. 무릎 위에 잠들어 있는 녀석도 불편한지 계속 들썩거렸다. 끝없이 넓게 펼쳐진 초원의 사탕수수 밭 너머로 어둠이 내리기 시작했다. 이들의 드넓은 땅이 부럽기도 하고 무척 아름다웠다. 그때 송주가 눈을 번쩍 뜨더니 갑자기 '끙'이 마렵다고 성화였다. 참으라고 한참을 달래는 사이에 버스가 주유소에 멈춰 섰다. 사람들이 버스에서 내려 어디론가 용변을 보러 가기 시작했다. 녀석을 데리고 버스에서 내린 나는 막막했다. 어두운 풀 속으로 들어가자니 코브라가 나올 것 같았고, 버스 가까이에서 대변을 보기에는 녀석이 너무 컸다. 하는 수 없이 버스에서 적당히 떨어진 곳에서 바지를 벗기고 용변을 보게 했다. 용변을 보던 녀석이 갑자기 울어대기 시작했다. 모기가 자꾸만 엉덩이를 쏜다면서 말이다. 나는 모기를 쫓으면서 송주가 조금이라도 빨리 끝내주기를 기다릴 수밖에 없었다.

밤 1시가 넘자 머릿속에 아무런 의식도 없었다. 버스를 탄 지 꼬박 12시간이 지나다 보니 몸과 마음이 지쳐서였다. 서울에서 부산까지 5시간만 달려도 그만인데, 광활한 인도의 대륙이 지겨웠다. 50대를 넘었을 사두가 옆자리에 앉더니 내게 몇 시냐고 물었다. 대답하기 귀찮아서 시계를 찬 손목을 내밀면서 보라고 손짓하자, 갑자기 화를 버럭 냈다. 말하지 않고 팔을 내민 것이 꽤나 불쾌해서 그런 것 같았다. 미안하다며 시간을 말해주자 씩 웃었다. 자고 있는 아내나 송주와 달리 나는 잠을 이루지 못했다. 도착하면 숙박을 어떻게 해결할지 하는 고민 때문이었다. 타즈마할이 있는 아그라는 인도에서도 사기꾼이 가장 많기로 악명 높은 곳으로, 가장으로서 가족의 안전을 책임져야 된다는 부담을 떨칠수 없었던 것이다.

비몽사몽간에 꿈인가 싶더니 버스가 갑자기 소란스러워졌다. 드디어 버스가 최종목적지인 아그라에 도착한 것이다. 무려 14시

세계문화유산을 보면서

여행을 하면서 마주친 세계문화유산을 볼 때면 신비로움에 숨이 턱 막힌다. 그때 가장
먼저 떠오르는 얼굴이 부모님이다. 그때마다 나는 아이를 꼭 안아줬다. 사랑은 물려받
는다고는 하지만, 부모의 자식 사랑을 어찌 자식이 따라갈 수 있겠는가? 그분들께도
이렇게 멋진 광경을 보여드려야 할 텐데.

간을 달려 도착한 아그라! 좋아서 눈물이 날 지경이다. 시계를 보니 새벽 2시50분이다. 우리보다 아그라에 도착한 것을 더 좋아하는 사람은 눈이 벌겋게 충혈된 운전기사다. 그는 마치 개선장군이라도 되는 것처럼 우리에게 손을 높이 들더니 크게 흔들어 주면서 주차장으로 향했다. 우리는 고개를 숙여서 몇 번이나 인사를 하면서 고마운 마음을 전했다. 우리보다 그가 훨씬 힘들었을 것이다.

'타즈마할 2km'라 적힌 이정표를 보니 정말로 '아그라'에 도착한 것이 맞았다. 인도를 찾는 여행자들이 가장 많이 찾는다는 관광도시 아그라. 그것을 증명이라도 하듯이 그 시간까지도 손님을 기다리던 호객꾼들이 우리를 보자 벌떼처럼 몰려와 흥정을 벌이기 시작했다. 인도라는 나라가 원래 그런 곳이려니 하면서도 지겹게 느껴졌다.

우리는 우선 짜이를 팔고 있는 가게의 의자에 걸터 앉았다. 릭사꾼들은 주위를 서성이면서 우리가 차를 빨리 마셔주기를 기다렸다. 아그라에서 릭사꾼과 게스트하우스 주인은 밀착관계라고 적혀있던 가이드북에서 읽은 내용이 떠올랐다. 외국인 여행자를 호텔로 데리고 오면 주인이 돈을 주는 대신에 방값을 올린다는 것이다. 심지어 못된 주인은 음식에 해로운 약을 타서 의사를 불러주고 비싼 치료비를 청구하는 수법으로 여행자를 괴롭힌다고 나왔다. 아내는 여기서 날이 밝아올 때까지 밤을 세우자고 했지만, 그럴 수 없는 노릇이었다. 짜이 값을 묻지 않고 10루피를 지불하고 돌아섰다. 주위를 서성이던 릭샤꾼들에게 우리가 인도를 잘 알고 있는 익숙한 여행자라는 것을 보여주려는 의도에서였다. 만일 짜이 값을 물어봤다면 틀림없이 더 많은 돈을 요구했을 것이고, 주인과 흥정이라도 할라치면 호객꾼들 중에서 누군가는 분명 흥정을 주선해 주겠다고 나섰을 게 뻔했다. 인도의 장사꾼이나 호객꾼들은 여행자의 옷차림이나 여행기간, 인도에 다녀간 횟수 등을 어림잡아 가격을 부른다. 마날리에서 만난 여행자는 5루피 이하인 짜이 값을 한 달간이나 10Rs씩 주고 마셔왔다는 말도 들었다. 가이드북을 내밀며 짜이를 파는 주인에게 길을 물었다. 역 근처에서 가까운 마음에 둔 게스트하우스를 직접 찾아 나서기 위해서였다. 안내를 받고 2Km남짓한 거리에 있는 게스트하우스 쪽으로 방향을 잡았다. 호객꾼들은 아주 황당하다는 표정을 지었다.

터미널에서 멀어지자, 인적이 드물고 불빛도 어두워져서 두려운 마음이 들었다. 우리를 집요하게 따라오던 릭샤꾼의 말투도 점점 거칠어졌다. 나중에는 거의 협박하는 투로 변했다. 그쪽으로 가면 미친개가 많아서 물릴 수 있고, 강도도 많다는 것이었다. 송주는 말없이 따라왔지만, 눈이 큰 아내는 잔뜩 겁을 먹은 눈치였다. 그때 조금 떨어진 곳에 게스트하우스가 눈에 띄었다. 가이드북에 나와있지는 않았지만, 찬밥 더운밥을 가릴 상황이 아니었다.

정문으로 다가가 노크를 하면서 주인을 크게 불렀다. 잠시 뒤에 주인이 눈을 비비면서 나오다가 시계를 봤다. 방을 확인해 보니 그런대로 묵을 수 있을 듯했지만, 아내의 표정은 굳어졌다. 내가 확인한 것은 방의 안전이었지만, 아내는 조금이라도 깨끗한 곳을 원하는 것 같았다. 방의 냄새가 좋지 않았고, 그나마 조금 깨어진 유리창에는 방충망도 없었다. 잠시 망설이던 아내는 내게 괜찮다며 고개를 끄덕였다.

주인은 방값으로 350Rs(8,300원)을 불렀고, 나는 미리 생각해 둔 300Rs이면 될듯해서 250Rs을 불렀다. 주인은 내 말을 들은 척도 하지 않았다. 나는 아이의 손을 덥석 잡고 정문으로 향했다. 협상이 끝났음을 나타내는 행동이었다. 정문에는 그때까지 우리를 위협했던 호객꾼이 기다리고 있는 상황이었다. 그러자 주인은 300Rs에 자고 가라며 키를 건네주면서 총총걸음으로 우리를 따라 나왔다. 못이기는 척 키를 받고서야 마음이 놓였다. 만약에 주인이 뒤따라 나오지 않았더라도 그가 부른 값으로 그곳에서 묵을 작정이었다. 인도에서는 가격을 흥정할 때, 쇼맨십이 필요하다는 것을 누구보다 잘 알고 있기에 가능한 협상이었다. 이것이 그들의 문화인 셈이다. 방 안에서 여장을 풀면서 아내가 나를 칭찬해 줬다. 주인이 다시 잡지 않으면 어떻게 할지 마음을 졸였다는 것이다. 샤워를 마치고 침대에 누웠다. 인도를 여행할 때는 흥정이 매우 중요하다는 생각이 들었다. 물품을 사거나 교통수단을 이용하고, 심지어 음식을 먹고 난 뒤에도 협상에 따라 가격이 정해졌고, 그에 따라 우리의 기쁨도 달라졌다. 돌이켜보니 그것은 사회에서도 마찬가지였다는 생각이 들었다.

06

틀리다와 다르다의
미세한 1% 차이

. . . . .

어느덧 여행을 떠나온 지 한 달이 지나갔다. 출발할 때만 해도 3개월의 여정이 무척이나 길게 느껴졌지만, 어느새 ⅓이 지나갔다고 생각하니 만감이 교차했다. 델리에 도착해 북인도를 가로지르며 달려온 시간들이 주마등처럼 떠올랐지만, 이미 과거가 되어버린 시간이었다. 중요한 것은 남은 여행을 후회 없이 마음껏 즐기는 것 뿐이라 생각했다.

인도의 문화와 사람들이 살아가는 모습도 익숙하게 다가왔다. 무사히 지나온 한 달을 기념할 목적으로 오랜만에 웨이터가 있는 고급 레스토랑에 저녁을 먹으로 갔다. 한국의 물가와 비교하면 전혀 부담스럽지 않은데도, 메뉴판에 적힌 가격을 볼 때는 소심해졌다. 하룻밤 방값이 떠오르면서 사치라는 생각이 들었기 때문이다. 가난한 사람들을 너무 많이 봐서 그럴지 모른다. 소심한 마음을 떨치고 송주와 아내에게 큼직한 아이스크림을 주문해 줬다.

식사를 마치고 일어서려고 하자, 주위를 서성이던 웨이터가 다가와 음식값에 팁이 들어가 있지 않다는 말을 나지막이 속삭였다. 노골적으로 팁을 달라는 말이었다. 인도에는 원칙적으로 팁이 없는 문화였지만, 공개적으로 팁을 달라는 상황과 마주하자 잠시 머뭇거렸다. 그에게 팁을 줘야 할 만한 특별한 서비스도 받지 않았지만, 마지못해 10Rs를 테이블에 놓고 일어섰다. 인도에서는 돈을 손으로 건네받지 않고 테이블에 놓는 문화다. 밖에 나오자 아내가 말했다.

"여보, 주기 싫으면 안 줘도 돼요."

"우리나라가 팁에 익숙하지 않는 문화다 보니 아무래도 팁을 주는 게 어색하단 말이야. 팁이란 좋은 서비스를 받았을 때만 주는 거라고 알고 있지만, 400Rs가 넘는 식사를 하고도 팁을 안 주면 짠돌이라고 욕할까 봐 체면 때문에 줬어. 베풀면서 살면 좋잖아."

해외에 나갈 때마다 내게 팁은 어려운 숙제였다. 줘야 할지 말아야 할지 판단이 어렵고, 준다면 또 얼마를 줄지도 항상 고민거리였다. 인도가 특히 그랬다. 장난을 치면서 앞을 걷고 있는 아내와 아들을 따라가면서 사람들이 살아가는 방식이 서로 다른 이유에 대해 생각해봤다. 인도의 문화가 우리와는 너무도 다르기 때문이다.

우리나라 사람들은 복숭아 빛이 나는 황토색을 '살색' 이라고 부른다. 하지만 미국이나 아프리카에 거주하는 외국인에게 살색(Skin color)을 물으면 흑인은 검정(Black)을, 백인은 흰색(White)을 살색이라고 대답할 것이다. 지구상에서 가장 독특하고 특이한 문화를 가지고 있는 인도의 카스트제도도 색깔에서 기인했다고 한다.

BC 3000년경 북인도를 침범한 아리아인들은 유럽과 같은 백인종으로 원주민을 지배할 목적으로 '바루나'라는 신분제도를 만들었고, 이것은 산크리스트어로 '색'을 뜻한다. 이러한 배경에서 인도인들은 피부색에 따라 자연스럽게 계층이 정해졌고, 오랜 세월이 흐르면서 사회적인 기능에 따라 4계급으로 체계화된 것이다. 인도인들이 흰색 피부를 선호하는 것도 이러한 배경이 작용하고 있다고 한다.

인도의 카스트제도는 종교 의식을 담당하는 '브라만'을 시작으로 군사나 정치를 담당하는 '크샤트리아', 상공업에 종사하는 평민층의 '바이샤', 노예계급인 '수드라'로 구분된다. 여기에도 끼지 못하는 제5계급으로 불리는 불가촉천민(Untouchable) 숫자는 거의 2억 명이 넘는다. 여행을 다니면서 불가촉천민의 실상을 목격할 때마다 가슴이 아릴 정도로 측은한 마음이 든다. 집도 없이 천막에 의지해 살아가고 있기 때문이다. 영국으로부터 독립한 이후에 헌법에서는 카스트제도를 엄격히 금지했다고 하지만, 명분일 뿐, 아직까지도 사회 저변에 깊게 깔려있다. 대한민국이 지구상에서 빈부의 격차가 가장 크다는 주장이 간혹 들리지만, 모르는 소리다. 인도를 알면 그런 말을 함부로 하지 못한다. 인도의 사회는 모든 것들이 체계적으로 등급화되어 있다.

사람들이 가장 많이 이용하는 기차 요금이 좋은 사례다. 인도의 기차는 우리와 달리 무더위 속에 장거리로 운행하기 때문에 에어컨과 침대의 유무에 따라 가격이 조합된다. 에어컨이 있는 침대차가 가장 비싸다. 저렴한 객차와 가격 차이가 무려 30배에 이른다. 비싼 가격 때문에 서민이 일등석을 이용하는 것은 거의 불가능에 가깝다. 이것은 숙박이나 음식은 물론, 의복이나 음식의 가격도 비슷하다. 그런데도 이해가 되지 않는 것은, 인도인들은 자신의 삶에 만족한다는 사실이다. 행복의 척도를 소유나, 경제적인 부(富)나 사회적인 지위와 항상 연결시키려는 우리와는 차원이 다르다. 물론 인도에서도 서서히 돈이 지배하는 분위기가 형성되고 있지만, 철학적 가치가 아직까지도 문화저변에 깔려 있다.

게스트하우스로 걸어가고 있을 때, 대낮처럼 불을 환하게 밝힌 채 인도인들이 무언가를 열심히 준비하는 모습이 보였다. 특별한 축제가 있는 게 분명했다. 확인해 보니 한여름 밤에 열리는 결혼식이었다. 한 남자가 기웃거리는 우리에게 다가와 어디서 왔냐고 묻길래 한국(Korea)이라고 답하자, 손을 내밀며 즉석에서 우리를 초대하는 것이 아닌가. 자신을 신부의 오빠라고 소개하면서 예식이 9시30분부터 시작된다며 들어와서 축제를 함께 즐기자는 것이었다. 시계를 보니 1시간 이상을 기다려야 했지만, 기꺼이 예식장 안으로 들어갔다. 인도인들의 결혼문화는 어떨지 무척 궁금해서였다. 그 나라의 문화를 이해하려면 직접 경험해 보는 것이 최선이라는 생각으로 들어갔다. 깜짝 놀랐다.

야외에서 벌어지고 있는 예식장의 규모가 800평이 넘어 보였다. 그곳에는 부페식 음식이 'ㄷ'자 모양으로 엄청나게 준비되고 있었다. 우리를 더욱 놀라게 만든 것은 음식이 아니라 신부가 가져갈 혼수를 땅바닥에 쫙 펼쳐 놓은 이색적인 장면이었다. TV가 포함된 가전제품부터 가구와 식탁, 쇼파는 물론 심지어 빨래집게까지 없는 것이 없어 보였다. 적어도 이방인의 눈에는 하객들에게 "나, 이만큼 준비했소!"라고 항변하는 것처럼 보였다. 황당해하는 우리에게 신부의 오빠는 '문화의 차이'를 언급하면서 상황을 설명하려고 애썼다. 그를 안심시키려고 "우리도 당신들과 비슷하다."고 말해주자 안심하는 눈치였다.

인도의 결혼문화

인도인만큼 결혼식을 성대하게 치르는 민족이 없을 듯하다. 아니, 성대한 것이 아니라 얼마나 준비했는지를 하객들에게 공개적으로 노출한다. 이것도 이들의 문화다. 상대 국의 문화를 이해하려면 '틀리다'가 아니라 '다르다'는 관점이 중요할 것 같다. 생각이 다른 사람을 대할 때도 틀린 게 아니라 다른 것이다.

예상치 못한 불청객이 된 우리는 예식장에서 인도인들의 주목을 한몸에 받았다. 호기심 많은 이들에게 어디서 왔는지 똑같은 질문을 계속 받았다. 이마에 한국이라고 써놓고 싶은 심정이었다. 여행에서 송주는 우리에게 가장 부담이 되는 짐이기도 했지만, 때론 큰 무기이기도 했다. 가장 어른으로 보이는 할아버지가 송주에게 손짓을 보냈다. 아무도 손대지 않은 과일이 듬뿍 진열된 곳으로 녀석을 데려가더니 종업원에게 뭐라 지시했다. 종업원은 재빨리 과일을 썰어서 그릇에 듬뿍 담아 송주에게 건넸다. 녀석이 맛있게 먹는 모습을 보자니 침이 꿀꺽 넘어갔다. 이를 눈치챘는지 노인은 우리에게도 먹을 것을 나눠주었다. 녀석 덕분에 뜻하지 않게 풍성한 과일 대접을 받으며 인도인의 따뜻한 호의에 감사한 마음이 들었다.

결혼식이 진행된다던 9시30분이 지났지만, 신랑 신부는 나타나지 않았다. 그때까지도 하객들이 계속 들어오고 있었다. 언제 예식이 진행될지 묻자, 잠시 후에 시작한다는 말을 믿었다. 이때 예식장으로 2대의 승용차가 서서히 들어왔다. 신랑과 신부가 타고 온 것이라 짐작했지만, 한쪽에 마련된 공간에 차를 주차했다. 나중에서야 그것도 신부가 가져갈 혼수품이라는 사실을 알았다. 그나마 위안이 된 것은 자랑스러운 현대자동차였다.

시간이 더 지났는데도 예식은 시작되지 않았다. 하객들이 하나둘씩 음식을 먹기 시작할 무렵, 꾸벅꾸벅 졸던 송주가 완전히 잠에 빠져버렸다. 녀석을 집요하게 공략하는 모기를 쫓다가 결혼식 보는 것을 포기하기로 했다. 미안해하는 신부의 오빠를 뒤로하고 게스트하우스로 향하면서도 예식을 보지 못한 아쉬움은 떨쳐버릴 수 없었다.

07

돈은 쓰는 방법이 중요하다

· · · · ·

　　괄리오르에서 잔시로 출발하는 기차를 2시간이나 기다려야 했다. 기차가 연착되면서 또 말썽을 부렸다. 인도여행은 타이밍이 중요하다고 하는데, 장거리 기차를 탈 때는 무조건 늦어질 수 있는 시간을 감안해 여정을 수립하는 것이 좋다. 기차가 발차하는 역의 시간은 대체로 지켜졌지만, 도착을 예측할 수 없는 곳이 인도다. 열차를 기다릴 때는 상당한 인내심이 요구된다. 기다림에 익숙한 인도인과 달리 울분을 삭이면서 마음을 달래야만 했다. 더욱 심각한 것은 기차 연착으로 인해 뒤따라오는 여정도 엉망이 된다는 점이다. 숙박을 구하는 문제부터, 식사시간이나 생체리듬까지도 여지없이 깨트려 놓는다. 그래서인지 인도여행은 서두르면 망친다는 말도 있다. 나그네가 된 넉넉한 마음으로 모든 것을 주위의 흐름에 맡기고 순응할 때, 인도여행을 만끽할 수 있다. 정말로 그렇다.

괄리오르 성곽에서 찍은 공작새 사진을 감상하고 있자니 기차가 들어왔다. 우리 좌석에는 이미 인도인들이 앉아 있었다. 기차표를 내밀자, 젊은이는 자리를 양보했지만, 노인은 한쪽으로 비켜 앉았다. 함께 앉자는 의미였다. 머리에 터번을 두른 것이 시크교를 믿는 노인이었다. 좌석은 침대식이라서 눕지만 않으면 여러 명이 앉을 수 있었다. 머리에 두른 터번이 특이해 송주와 사진촬영을 요청하자, 웃으면서 포즈를 취해 주었다. 검표를 해오던 차장이 노인에게 기차표 제시를 요구했다. 둘이 심각한 대화가 오가는 걸로 봐서 노인의 차표에 문제가 있는 것으로 보였다. 노인이 50루피 지폐를 차장의 뒷주머니에 찔러주면서 투덜거렸다. 만족한 차장은 아무 일도 없던 것처럼 검표를 계속해 나갔다. 현장에서 벌어지는 부패를 처음으로 목격한 우리는 할말을 잃었다.

잔시역에 도착하자, 호객꾼들이 벌떼처럼 몰려들었다. 여행자가 드물어서인지 릭샤꾼들에게 거의 포위를 당하다시피 둘러싸였다. 버스나 기차는 요금이 정해져 있었지만, 서민의 교통수단인 릭샤는 협상에 따라 크게 달라졌다. 여행을 시작한 지 한 달이 넘을 때

여행에서 스쳐가며 만나는 인연

기차에서 만난 어느 가족이 송주에게 과자를 사주면서 말을 걸어왔다. 고마운 마음에 힌두교의 성지인 리시케시에서 산 염주를 선물로 주자 기뻐 어쩔 줄 모른다. 여행에서 하루에도 많은 사람과 스쳐가는 만남이 있다. 우리네 인생처럼.

쯤 그들과 협상하는 방법을 조금은 알 수 있었다. 외국인에게 유창한 말을 구사하면서 적극적으로 접근해 오는 사람은 돈맛을 아는 장사꾼이다. 멀리하는 것이 좋다. 닳고 닳은 사람들보다야 언어는 조금 서툴러도 순진해 보이는 사람이 딱이다. 벌떼처럼 몰려드는 릭사꾼들을 뒤로하고 손님을 기다리는 나이가 어려 보이는 릭사꾼을 골랐다. 가이드북에 나오는 가격과 똑같이 불렀다.

인도에는 여행자를 상대로 생계를 유지해 나가는 장사꾼들이 곳곳에 포진해 있다. 그들 때문에 골치 아프다고 생각하면 정말로 여행이 힘들어진다. 하루 종일 시달리다 보면 피곤해진다. 그런 날이면 인도로 온 것을 후회하게 된다. 그런 마음을 떨칠 수 있는 방법이 있다. 그들처럼 생각하고 행동하면서 즐기면 그만이다. 그들의 믿음처럼 이미 수천 년 전부터 모든 만남이 정해져 있었다고 생각하면 모든 게 편하다. 구걸해 오는 거지마저 애처롭게 보이고, 릭사꾼들도 가격을 협상해야 하는 귀찮은 대상이 아니라 여행을 돕는 든든한 지원병으로 보인다. 현지인과 동화되어 마음껏 즐기는 것이 최고의 해법인 것이다.

잔시에서 오르차로 이동하는 릭사에서 아주 황당한 장면이 눈에 들어왔다. 실오라기 하나도 걸치지 않은 자이나교의 구도자를 목격한 것이다. 나체로 큰 붓을 손에 들고, 신발도 신지 않은 채 도로를 묵묵히 걸어가고 있었다. 그들은 정말로 손에 붓을 들고 다니면서 다른 생명체가 다치지 않도록 걸을 때마다 길을 쓸면서 이동하는 것이 아닌가? 옷을 입지 않는 것은 무소유를 실천하겠다는 의지다. 우리나라에서는 상상하기조차 힘든 장면이었다. 신과 종교의 나라로 불리는 인도에 오면 종교에 대해 많은 생각이 든다.

자이나교는 불교와 비슷한 시기인 BC 6세기 무렵에 갠지스강의 중류지방에서 태동했다는 것이 정설이다. 힌두교 베다의 권위를 부정하면서 해탈에 이르는 방법을 제시하고 있다. 마하비르에 의해 창시되었지만, 얼마 전까지도 석가모니와 동일한 인물로 봐오다가 수정되었다는 것이다. 인간의 운명이 카르마(Karma) 법칙에 따라 결정된다고 믿는 것은 인도인들의 근간을 형성하는 힌두교와 비슷하다.

신앙과 종교의 나라로 불리는 인도는 80% 이상이 힌두교를 믿는다. 이 외에도 이슬람교와 기독교, 시크교, 불교, 자이나교 등의 종교가 공존하고 있다. 세계3대 종교라 불리는 불교가 시작된 곳이지만, 불교도는 거의 1% 미만이다. 머리에 터번을 두른 인도인은 시크교를 믿는 사람들이다. 이들은 힌두교와 이슬람교의 장점을 결합한 종교로, 16세기에 생겨났다고 한다. 서로 다른 종교를 접목하는 과정에서 시련이 있었고, 덕분에 전투적으로 변해 머리에 터번을 두르고, 금속으로 만든 팔찌와 단검을 차고 다닌다.

인도를 대표하는 힌두교는 이들이 만든 통치철학과 긴밀한 관계가 있다. 윤회를 믿는 이들은 전생의 업보로 삶이 시작되고, 카르마(Karma) 법칙에 따라 정해진 운명(계급)으로 태어난다고 믿는다. 이러한 이유로 그들은 삶에 순응하고 만족한다. 누구를 원망하거나 탓하지 않는다. 유일신의 기독교와 달리, 힌두교에서 신의 숫자는 3억이 넘는다. 그들은 사람의 내면에는 신성이 있고, 명상이나 요가를 통해 해탈의 경지에 도달할 수 있다고 믿는다. 신앙의 나라인 인도는 알면 알수록 신비한 곳이다.

오르차에 도착하기 직전, 검문소에서 오토릭샤가 멈춰섰다. 그때 우리는 눈앞에서 벌어지는 아주 치사한 장면을 지켜봐야만 했다. 기차표를 검수하던 차장이 뒷돈을 받던 것을 목격한 직후라 충격은 더욱 컸다. 우리를 태운 기사의 면허증에 문제가 있는 것으로 보였다. 기사가 경찰관에게 10루피를 내밀자, 코웃음을 치면서 손가락 5개를 펼쳐 보였다. 우리가 뒷좌석에서 지켜보고 있는데도 아무렇지도 않은 눈치였다. 뭐라 투덜거리던 기사가 100루피를 건네자, 50루피를 거슬러주는 경찰의 손놀림이 너무 자연스러웠다. 송주가 무슨 일이 벌어지고 있는지 이해하지 못하는 것이 참으로 다행이었다.

릭사에서 내리면서 경찰관에게 빼앗긴 50루피를 팁으로 건넸다. 우리에게는 부담이 없는 돈이지만, 어린 기사는 행복해했다. 처음으로 들른 전망 좋은 호텔에서 하룻밤 방값으로 1,000루피를 부른다. 비수기인데도 비싼 값이다. 발걸음을 돌리자, 800루피로 값을 내렸다. 그래도 비싸다. 여행자가 낯선 도시에 도착해서 가장 먼저 해결해야 할 일이 숙소를 구하는 것이다. 숙소를 구할 때마다 공통점이 있었다. 방이 마음에 들면 가격이 비싸고, 가격이 저렴하면 방이 마음에 들지 않았다. 숙소를 정할 때는 항상 신중해야 한다. 가족의 안전은 물론, 여행의 만족도를 결정하기 때문이다. 돈만 충분하면 얼마든지 값비싼 호텔에 머물 수 있지만, 주머니 사정이 넉넉하지 못한 우리에게 호텔은 항상 그림의 떡이었다. 그렇다고 전혀 방법이 없는 것도 아니다. 가격이 저렴하고 시설이 좋은 방을 구하려면 발품을 많이 팔면 된다. 목적지에 도착하기 전부터 미리 장소를 몇 군데 정해놓고 장단점을 비교하면서 방을 구하는 방법이다. 이것은 일상에서도 마찬가지란 생각이 들었다.

호텔을 나와서 다른 곳을 찾아 이동할 때, 아내는 이번에는 한번 작정하고 궁전호텔에서 묵는 게 어떻겠냐고 물었다. 궁전을 리모델링한 호텔에서도 가격이 상당히 저렴한 곳이 옆에 있는데 가격

인도 오르챠(Orcha) 궁전호텔

왕궁을 개조해서 만든 호텔에서 하룻밤 방값 1,350Rs(32,000원)가 너무 비싸게 느껴져 식사와 함께 공연된 무희의 춤만 즐기고 발길을 돌려야 했다. 레스토랑은 텅 비어 있고, 우리 가족만을 위한 멋진 공연이 시작되었다. 궁전호텔에서 처음으로 즐기는 여유로움은 여행의 기쁨을 한층 북돋아 주었다. 일상에서도 이러한 여유로움은 가끔 필요할 듯하다.

도 3만 원(1,350Rs)에 불과하다는 것이다. 마음이 혹했지만, 다음에 들른 게스트하우스 방값이 6천 원(250Rs)이란 것을 보고 마음이 흔들렸다. 세계문화유산이 지척에서 보이고, 시설도 깨끗해서였다. 어림잡아도 궁전호텔이 5배 비싼 것이 너무 크게 느껴졌다. 소심한 남편으로 보이는 것이 싫어서 아내에게 선택권을 넘겼다. 주부인 아내도 잠시 망설이다가 어쩔 수 없이 게스트하우스를 선택했다. 3만 원이면 궁전호텔로는 아주 저렴한 가격이었는데도 말이다. 막상 아내가 게스트하우스를 선택하자, 안타까운 마음이 들었다. '아내에게 묻지 말고 그냥 궁전호텔에서 잘걸 그랬나.'라는 상념이 스쳤다. 호텔에서 묵을 수 있었지만, 현지에서 피부로 느껴지는 돈의 차이가 너무 컸다. 아내도 내 마음을 읽었는지 그냥 해본 소리라며, 대신에 식사는 궁전호텔에서 하자고 해서 여장을 풀었다. 오랫동안 여행을 다녀서 소심해진 걸까?

게스트하우스에서 샤워를 마치고 궁전호텔로 저녁식사를 하러 갔다. 그곳에서 자지 못하는 아쉬움을 달래고 분위기 좋은 곳에서 전통공연을 보며 피로를 풀려는 목적에서였다. 모처럼 깨끗한 옷으로 차려 입고 호텔 로비로 들어섰다. 대리석 바닥이 무척 깔끔했다. 종업원의 안내를 받으면서 귀족이라도 된 듯한 기분이 들었다. 다시 마음에 파동이 일었다. '여기서 잘 걸 그랬나.'라는. 여행을 다니면서 어지간한 유물이나 풍광을 봐도 별로 감흥이 오지 않을 때가 있다. 그럴 때 분위기를 살릴 수 있는 방법이 음식이다. 멋진 식사는 여흥을 돋아주는 촉매제로, 여행을 한층 풍요롭게 만들어 주기 때문이다.

우리는 궁전호텔에서 융숭한 대접을 받았다. 비수기라 식당에는 우리뿐이고, 공연이 진행되지 않을지도 몰라 웨이터에게 물어보자, 잠시 후에 진행된다는 대답을 듣고 기뻤다. 드디어 대리석 위에 공연이 준비되더니, 악사 3명과 무녀가 등장했다. 익숙해진 인도 특유의 리듬이 연주되기 시작했다. 우리는 박수를 치면서 공연을 즐겼다. 우리 가족을 위한 단독 공연이라고 생각하니, 박수를 힘차게 치지 않을 수 없었다. 공연이 끝나갈 무렵, 내겐 고민이 생겼다. 팁으로 얼마가 적당할지 판단이 서지 않았기 때문이다. 관객이라고는 우리뿐이고, 라이브 공연을 4명이 했다. 식사를 마치고 레스토랑을 나오면서 아내가 물었다.

"여보, 조금 전에 팁으로 얼마를 줬어요?"

"아빠, 팁이 뭐야?" 녀석이 끼어 들자, 아내가 거들어줬다.

"팁이란 어떤 서비스를 받았을 때, 고마움의 표시로 별도로 돈을 주는 거야. 우리가 저녁을 먹고 지불한 돈은 음식값이고, 음악을 연주한 사람들에게는 고맙다고 챙겨준 돈이 팁이야.

팁은 감사한 마음을 세련되게 표현하는 서양 사람들의 매너인 셈이지."

"엄마, 그럼 매너는 뭐야?"

녀석이 대화에 끼어들면 항상 이런 식이다. 아직은 팁을 이해하기에 어린 나이다. 사실 내게도 어려운 것이 팁이었으니. 원칙적으로 팁은 좋은 서비스를 받았을 때만 주면 되지만, 아무래도 어색했다. 인도 무희에게 100루피를 줬다고 말하자, 아내도 그 돈이 아깝지 않을 만큼 멋진 공연이었다며 만족해했다.

다음 날 비가 억수로 쏟아지는 광경을 보면서 아침식사를 하고 있었다. 그때 동양인 한 명이 배낭을 메고 비를 철철 맞으며 게스트하우스 앞에서 주인에게 뭔가를 물었다. 방을 구하려는 것 같았다. 이를 지켜보면서 아내와 나는 지는 사람이 망고를 사주기로 내기를 걸었다. 나는 일본인이라고 주장했고, 아내는 한국인이라고 주장했다. 수염을 덕지덕지 지저분하게 기른 걸로 봐서 분명 일본인이었다. 갑자기 그가 우리 쪽을 휙 바라보더니 손을 흔들었다. 가까이 다가올수록 한국인이라는 사실을 알았다. 그의 손에 들린 비닐로 싼 가이드북 제목이 한글이었기 때문이다. 그가 단번에 우리를 알아본 것은 마날리에서 이미 본 적이 있어서였다고 한다. 자연스럽게 그와 합석하게 되었다.

한국인은 참으로 이상하다. 외국인은 낯선 사람을 만날 때면 항상 자기 이름부터 밝히고 상대방의 이름을 묻는 것과는 달리, 같은 한국에서 왔으면서도 어디서 왔는지 고향부터 묻는다. 다음에는 나이에 관심이 많고, 직업이나 가족 순이다. 김철호씨와 우리도 마찬가지였다. 그는 서울에 거주하는 30대 후반의 미혼으로, 회사를 그만두고 2달 일정으로 인도를 여행하고 있었다. 북인도를 시작으로 사막지대인 서인도에 들렀다가 동인도로 횡단해 오는 중이었다.

그를 보면서 학창 시절 때 인도에 왔던 추억이 떠올랐다. 나는 알고 있다. 낯선 타국에서 혼자 다니는 배낭여행의 의미를. 사람이라면 한번은 혼자서 배낭여행을 떠나볼 필요가 있다. 홀로 여행을 하면 처절할 만큼 외로운 고독과 싸워야 한다. 외국인과 대화를 나누는 것은 한계가 있어서 자신의 내면에 있는 자아(自我)와 대화를 나눈다. 그것은 아주 특별한 경험이다. 과거 자신의 모습을 객관적으로 바라볼 수 있다. 여행을 다니면서 눈으로 보는 수많은 관광명소나 유적지는 혼자 다니는 여행에서는 양념일 뿐, 요리 그 자체는 아니다. 여행은 눈이나 언어가 아닌, 가슴으로 즐기는 것이다. 낯선 현지인들과 부대끼면서 고국에 있는 그리운 얼굴들이 사무치게 그리워진다.

식사를 마치고 식사값도 얼른 계산했다. 내가 나이가 많고, 음식 값도 얼마 되지 않았기 때문이다. 외국인들은 더치페이를 좋아하지만, 한국인들은 다르다. 돌아가면서 내는 분위기다. 계산대 앞에서 서로 내겠다고 다투는 것을 외국인들은 이상한 눈으로 쳐다본다. 그들의 상식으로는 도무지 이해되지 않기 때문이다. 물론 나쁜 점도 있다. 함께 즐기고 각자의 비용을 나눠서 내는 것이 합리적일지 모른다. 계산할 때마다 신발을 항상 늦게 신는 친구를 만날 때는 그런 생각이 들기도 한다.

김철호 씨와 헤어질 무렵에 비가 그쳤다. 우리는 곳곳에 널린 유적들 중에서 약 2Km쯤 떨어져있는 락시미(Laxmi)사원으로 향했다. 발길이 한적한 사원 앞에는 늙은 노인이 입장객을 상대로 피리를 불고 있었다. 관광객을 대상으로 피리를 불면서 생계를 유지하는 것이 노인의 직업으로 보였다. 송주에게 10루피를 주면서 노인에게 적선하도록 시켰다. 베푸는 것을 아는 아이로 키우고 싶었기 때문이다. 사원에 들어서자, 내부에 장식된 화려한 장식과 공작새 모양의 벽화가 눈에 띄었다. 2층으로 올라가자, 오르차 전경이 한눈에 내려다보였다. 그곳에 앉아 아내에게 무릎을 베고 누우라는 신호를 보냈다. 눈에 넣어도 아프지 않을 멋진 경치였다. 과거와 현재가 공존하는 제3의 공간에 빠진 느낌이었다. 무릎을 베고 누운 아내의 콧노래 소리가 들렸다. 송주가 묵찌빠 게임을 제안했다. 행복이란 이런 느낌이 아닐까?

세계문화유산을 마음껏 둘러보고 재래시장에 들러 20루피를 주고 망고를 사오다가 김철호 씨와 다시 마주쳤다. 한적한 시골마을이어서 가능한 일이었다. 그를 우리가 머물던 게스트하우스 옥상으로 초대했다. 전망 좋은 옥상에서 망고를 함께 먹기 위해서였다. 서울에서 만났으면 서로 모르고 스쳐지나갔을 인연이었겠지만, 여기서는 차원이 달랐다. 같은 말을 사용한다는 이유 하나만으로도 가깝게 느껴졌다.

대화를 나누면서 그가 열정이 많은 사람이라는 사실을 알게 되었다. 일에 끌려가는 사람과 일에 미쳐있는 사람 그리고 적당히 지내는 사람이 있다면, 그는 일에 미쳤던 사람이었다. 일이 많아서 새벽에 출근해 심야에 퇴근하기를 밥 먹듯이 했고, 주말까지 희생하다 보니 혼기를 놓쳤다고 했다. 그렇게 일에 푹 빠져 살다가 자신의 삶에서 정말로 소중한 것이 무엇인지 되돌아볼 시간이 필요하다고 절실히 느꼈다고 했다. 다람쥐 쳇바퀴 돌듯이 숲에서만 정신없이 뛰다 보니 눈에는 나무밖에 보이지 않았고, 자신의 영혼을 구제할 목적으로 인도에 왔다는 그가 멋져 보였다.

원숭이 한 마리가 다가왔다. 근처에 사는 원숭이가 망고 냄새를 맡고 찾아온 것이다. 다른 원숭이와 달리, 흰색 점박이가 가슴에 붙어 있는 모습이 특이해 망고를 하나 던져주었다. 잠시 뒤 다른 원숭이가 자기도 망고를 달라며 손을 내밀었다. 녀석에게도 망고를 나누어 주었다. 그러자 문제가 발생하고 말았다. 주변에 살고 있던 수십 마리의 원숭이가 여기저기에서 우리를 향해 몰려들기 시작한 것이다. 급기야 우리는 원숭이들의 공격을 받고 방 안으로 대피해야만 했다. 값비싼 궁전호텔에서는 상상할 수도 없는 일이었다. 비록 게스트하우스에 머물렀지만, 전망 좋은 옥상에서 원숭이와 망고파티를 벌이면서 멋진 추억을 만든 것이다.

인생은 배낭 여행이다

08

죽음과 마주하면 인간은
진솔해진다

· · · · ·

오르차를 뒤로하고 6시간 동안 버스를 타고 카주라호에 도착했다. 버스를 6시간 타는 것쯤이야 조금도 대수롭지 않게 되었다. 사람에게 익숙해진다는 것은 신기하고 한편으로는 무섭다. 아그라로 이동할 때, 최악의 조건에서 14시간 동안이나 버스를 탔던 것에 비하면 식은죽 먹기나 다름없었다.

카주라호에도 호객꾼들이 극성이었지만, 우리가 머물 곳은 따로 정해져 있었다. 괄리오르에서 만난 대학생이 카주라호에 가거든 꼭 산치호텔에서 묵으라고 일러줬기 때문이다. 그의 말대로 주인은 친절했고, 방도 청결하고 가격도 저렴했다. 여행을 하면서 스쳐가듯 만나는 사람들이 알려주는 정보가 서로에게 큰 도움이 되었다. 우리가 이미 거쳐왔던 목적지가 다른 사람에게는 새로운 목적지가 되고, 다른 사람이 거쳐왔던 목적지가 우리에게는 가보지 않은 새로운 목적지이다. 처음에는 낯선 사람에게 말을 거는 것이 어색했지만, 시간이 지날수록 우리가 먼저 가슴을 열고 다가서기 시작했다. 그들과 이야기를 나누면서 모두 따뜻한 가슴을 가진 사람이라는 사실을 알게 되었다.

카주라호의 명물인 에로틱 조각상을 보면서 세계문화유산으로 지정될 만큼 특별하고 이색적인 사원에 아내의 탄성은 계속되었다. 엄청난 새떼가 창공을 가르는 모습도 경이로웠다. 자전거를 빌려서 한적한 시골길을 산책하듯이 카주라호로 온다던 김철호 씨가 도착했는지 궁금해졌다. 송주도 아저씨가 언제 도착할지 물었다. 그가 귀여워해 줘서 그런 것 같았다. 지금까지 무사히 따라와 준 송주가 대견했다. 눈에 넣어도 아프지 않을 녀석을 이곳에서 보니 감회가 새로웠다. 대학생 시절에 배낭 하나 덜렁 메고 혼자서 카주라호에 왔던 기억이 떠올랐다. 그때 인도의 어린이들과 냇가에서 사진을 찍었던 기억이 있다. 여기를 아내와 아이를 데리고 다시 왔다고 생각하니 만감이 교차했다. 그때는 냇가에 다리가 없었는데 새로 다리가 생겼고, 걱정 없고 꿈 많았던 대학생이었는데 지금은 걱정 많은 가장이 되어 돌아왔다. 말없이 흘러가는 시냇물을 보면서 타임머신을 타고 미래로 날아온 듯한 야릇한 기분이 들었다. 인도 아이들과 사진을 찍었던 곳에서 송주와 사진을 찍고 싶었다. 녀석을 가슴에 안고 아내에게 사진촬영을 부탁했다. 포즈를 취하면서 왠지 우리가 이곳에 다시 올지도 모른다는 생각이 들었다.

인도에서 우리는 여정의 최종목적지로 바라나시(Varanasi)를 정했다. 먼 옛날부터 인도의 신흥사상가들이 모여서 철학과 예술, 종교 등을 토론하며 인도의 문화를 이끌어온 곳이다. 힌두교의 최고 성지로 불리는 바라나시에는 지금까지도 힌두교의 장례의식이 이어져오고 있다. 공교롭게도 바라나시로 이동하는 기차에서 고등학교 친구의 죽음을 알리는 부고를 문자메시지로 받았다. 아직은 너무 빠르지 않은가. 친구의 죽음이 믿기지 않았지만, 사람이 태어나고 죽는다는 것이 무엇인지 생각에 잠겼다. 바라나시에는 죽음을 직전에 둔 사람들이 몰려든다. 갠지스강에서 최후를 맞이하려는 것이다. 인도인들이 여신의 이름을 따서 '강가(Ganga)'라 부르는 갠지스강은 히말라야에서 시작해 리시케시와 인도문화의 성지로 불리는 바라나시를 거쳐 벵골만으로 흘러들면서 장장 2,500Km의 대장정을 마친다. 그곳에서 진행되고 있는 시체를 태우는 의식을 아내가 어떻게 받아들일지 궁금하다.

인도여행 40일째. 드디어 바라나시에 도착했다. 다음 날 새벽에 아내에게 놀라지 말 것을 각별히 당부하고 화장터로 향했다. 화장터 근처에서 우리를 반갑게 맞아준 사람은 다름 아닌 사기꾼이었다. 장례식이 잘 보이는 곳으로 안내해 주겠다며 기부금을 달라는 것이다. 외국인 여행자만을 대상으로 사기를 쳐서 먹고 사는 인도인이었다. 여유 있게 그를 따돌리고 화장터에 들어섰다. 송주에게는 강가에서 불놀이를 구경할 거라고 미리 말해두었다. 사람의 시체를 태우는 장면이 너무 뚜렷할 때는 송주의 눈을 가렸다. 녀석은 다행히 눈치채지 못했다. 하지만 아내의 표정은 매우 심각해졌다. 개들이 태우다 만 사람의 인육을 먹고 있는 모습이 눈앞에 펼쳐지고, 코 끝을 자극하는 매캐한 냄새에 큰 충격을 받은 듯했다. 아! 바라나시. 너는 조금도 변치 않았구나.

그때 대나무로 짠 사다리 같은 들것에 하얀 천으로 둘둘 말린 시체가 도착했다. 아내는 내게 눈짓으로 물었다. 시신을 태우지 않고 강에 넣으려는 거였다. 인도인들은 죽은 다음에 향나무로 태워져 강물에 뿌려지기를 원하지만, 장례에 소요되는 비용 때문에 서민들은 그냥 물속에 수장한다. 시신을 배에 싣더니 노를 저어 나가다가 물속에 넣고 돌아왔다. 사람의 죽음을 간단하게 처리하는 모습을 지켜보면서 나도 언젠가는 죽는다는 막연한 생각이 확 달아났다. 관념적으로만 생각해 왔던 죽음에 대한 생각이 조금 바뀐 것이다.

오후에는 바라나시 대학의 박물관으로 향했다. 일본인으로 보이는 동양인이 우리에게 다가와 일본인이냐고 물었다. 한국인이라고 답하자, 서울에 가본 적이 있다며, 자기는 일본인인데 인도가 무서워죽겠다고 했다. 어찌된 일인지 그때까지도 일본인을 한 번도 만나지 못했다는 것이다. 비자 문제 때문에 인도로 여행을 온 하와이에 거주하는 일본인 2세 여성으로, 우리에게 다음 일정을 물었다. 대학의 구내식당으로 밥을 먹으러 갈 거라고 하자, 자기는 불교의 성지인 사르나트에 간다며 연락처를 적었다. 하와이에 오면 한턱 쏘겠다며 대기 중인 택시를 타고 떠났다.

그녀와 헤어지고 나서 아내에게 저 여성이 무척 외로워 보여 감상에 젖었냐고 했더니, 아내는 아니란다. 일본인들은 냉정해서 자신의 속내를 쉽게 보이지 않는데도 집주소를 적어줄 정도라면 진심이라는 것이다. 구내식당을 찾아 이동하면서 놀라운 장면을 목격했다. 대학 캠퍼스에서 야생 공작새가 놀고 있는 것이 아닌가.

구내식당에서 밥을 먹고 있을 때, 그녀가 점심을 함께 먹자고 다시 찾아왔다. 티켓창구로 안내해 12Rs식사쿠폰을 사는 걸 도왔다. 아마도 놀랐을 것이다. 하룻밤에 7,000Rs의 5성급 호텔에 묵고 있다던 그녀에게 12Rs점심이라니. 식사를 마치고 아내와 그녀가 대화를 나누는 동안 잠깐 자리를 비켜줬다. 잠시 후 커피를 사다 주자 'Very Good'을 연발하면서 감동한다. 일본의 남편들은 이런 매너가 전혀 없다는 것이다. 우리는 언제가 될지 모르지만 하와이에서 다시 만나기로 약속하고 헤어졌다.

바라나시를 떠나기 전, 화장터에 다시 가고 싶은 생각이 들었다. 가족을 데리고 갔을 때는 아내와 송주를 챙기느라 경황이 없었다. 머릿속에서 시체가 불타고 있는 모습이 떠나질 않았다. 게스트하우스에 가족을 두고 혼자 가트를 찾았다. 20여 구의 주검이 태워지면서 화장이 한참 진행 중이었다. 화장터 주위에는 개들이 맴돌면서 탄 시체가 강물에 던져지기를 기다리고 있었다. 개들 중에는 꼬리를 빳빳이 세우고 터줏대감 행세를 하는 놈도 보였다. 인도인들은 개에게는 전혀 관심도 없었다.
시신이 잘 타도록 타다 만 시체의 허리를 부러뜨리면서 몽둥이질을 해댔다. 강에는 배를 타고 지켜보면서 눈물을 흘리는 관광객도 보였다. 화장터 옆에는 아이들이 아무렇지도 않게 물장구를 치면서 수영을 즐기고 있었고, 아낙네들은 빨래를, 바로 옆에는 명상에 잠긴 사두가 눈을 지긋이 감은 채로 가부좌를 틀고 앉아 있었다. 도대체 이곳이 사람이 사는 곳이란 말인가? 나룻배에서 화장

인도에서도 가장 인도다운 곳, 바라나시(Varanasi)

마크 트웨인은 말했다. 바라나시를 보지 않았다면 인도를 본 것이 아니다. 바라나시를 보았다면 인도를 다 본 것이다. 역사보다, 전통보다, 전설보다 오래 된 도시다.

터를 구경하고 있는 외국인들의 표정이 오히려 심각할 뿐이었다.

인도인들이 화장터 옆에서도 표정이 밝은 이유는 삶을 순환적으로 보는 힌두 신앙 때문이다. 그래서인지 이곳에서는 산 자와 죽은 자의 경계가 무의미하게 느껴진다. 어쩌면 이들의 믿음처럼 죽음이란 삶의 끝이 아니라 새로운 시작일지 모른다는 느낌이 든다. 신비한 힘을 가진 철학과 신앙의 나라 인도. 종교적인 유대감 속에 철학이 살아 숨쉬고 세계 여행자들이 가장 힘겨워하면서도 다시 찾고 만다는 아주 특별한 곳이다.

사람들도 특이하지만, 그들과 더불어 사는 고삐 없는 동물도 이색적이다. 도로에 아무렇지도 않게 누워서 되새김질을 하고 있는 소가 그렇고, 도시 곳곳에 널 부러져 자고 있는 개들도 우리의 누렁이와는 왠지 다르다. 도심의 쓰레기더미를 뒤지고 있는 돼지 가족도 그렇고, 운이 좋으면 도심에서 노는 공작새도 볼 수 있다. 동물원에서나 볼 수 있는 원숭이들은 지천에 깔려있고, 어딜 가든 하늘에는 새떼가 창공을 가른다. 여행을 하면서 이들과 마주칠 때마다 신이 모든 생명을 만들고, 마지막으로 만든 인간이 만물의 영장이라는 신념이 흔들렸다. 자연과 더불어 살아가는 인도의 철학은 과연 어디에서 왔을까?

인도의 정신세계를 지배하고 있는 힌두교는 한마디로 규정할 수 없는 특별한 종교다. 이들이 믿는 힌두교는 일정한 교리체계나 교권조직이 없는데도, 대부분의 인도인들은 힌두교로 시작해 힌두교로 삶을 마감한다. 이들은 살아가면서 발생하는 모든 문제를 과거에 자신이 쌓은 업보(Karma)에서 기인했다고 생각한다. 여기서 벗어나는 길이 해탈이라고 믿는다. 얼핏 보기에는 이들의 종교나 철학이 현실을 부정하는 것처럼 생각되지만, 깊이 있게 들여다보면 이들의 종교야말로 현실과 이상이 매우 조화를 이룬 균형잡인 신념이다. 서양의 종교와 철학이 서로 타협하거나 상충되면서 발전해 오지만, 인도는 종교와 철학이 이론과 실천이 되어 발전해 왔다는 것이다.

이러한 종교와 철학이 인도인들의 생활방식을 지배하다 보니 이방인에게는 인도의 모든 것이 관광상품이다. 해탈을 목적으로 떠도는 600만 명이나 되는 사두와 계속 마주치다 보면 '정말로 삶은 무엇이고, 우리는 왜 사는 것일까?'라는 철학적 문제와 직면하게 된다. 거지들이 당당하게 적선을 요구할 때마다 돈을 줘서 업보를 잘 쌓는 것이 당연해 보인다. 거지들의 행동도 특이하다. 자신에게 돈을 주는 것이야말로 선업을 좋게 쌓는 것이므로, 오히려 자신에게 고마워해야 된다고 생각한다. 우리와는 너무도 다른 다양성이 존중되는 곳이다.

'람람삿트헤!(신은 진실하다!)'를 외치며 한 구의 시신이 또 들어왔다. 흰 천으로 둘둘 말려서 이집트의 미라처럼 보였다. 강물에 푹 담근 뒤에 태워질 순서를 기다렸다. 죽음이 처리되는 장면을 지켜보면서 나는 사두라도 된 듯이 가부좌를 틀고 명상에 잠겼다. 인도인들의 믿음처럼 성스러운 물에서 목욕을 하면 과연 죄가 씻길까? 화장되어 강물에 뿌려지면 윤회의 속박에서 벗어날 수 있을까? 죽음을 향해 달려가고 있으면서도 죽음은 나와는 거리가 먼 문제로 생각해 왔던 것이 나도 반드시 죽는다는 확신으로 바뀌는 것을 느꼈다. 누구나 죽음을 말하기 꺼리지만, 생이 있으면 반드시 죽음도 있다. 끝없이 욕망을 갈망하다가 죽을 때 초라해지지 말고 지금부터라도 진지하게 살겠노라고 다짐하면서 자리에서 일어났다. 어차피 죽을 거라면 나머지 인생은 멋지게 살자는 결심이었다.

죽음과 진지하게 마주하다가 게스트하우스로 돌아오는 길에 사두를 만났다. 다리를 다쳤는지 목발을 세워 놓고 염주를 파는 모습이 측은해 보였다. 그의 옆에 걸 터 앉았다. 기다렸다는 듯이 내게 얼른 염주를 내밀었다. 돈은 받지 않을 테니, 그냥 가지라는 것이다. 염주를 하나씩 굴리면서 숫자를 세어보니, 108에서 5개가 부족했다. 5개가 부족하다는 내 말에 새것을 내주면서 내게 이름을 물었다. 대화를 나누면서 62세의 자이살메르 출신인 그가 출가한 지 30년이 넘은 배테랑급 사두라는 사실을 알게 되었다. 그가 강물로 목욕을 했는지 물었다. 바라나시에 도착하면 목욕을 하겠노라고 아내와도 약속했지만, 흙탕물로 변한 갠지스강을 보면서 망설이던 때였다. 인도를 좋아하지만 힌두교인이 아니기 때문에 목욕할 필요까지는 없는 것 같다고 변명했다. 그러자 사두가 던진 말은 내 마음에 큰 파장을 일으켰다.

"그건 하나도 중요하지 않다. 정말 중요한 것은 네 마음이다."

그에게 염주의 가격을 묻자, '108Rs'이라는 값을 불렀다. 그에게 목걸이를 다시 되돌려주고 20Rs를 주었다. 사두는 두 손을 가슴에 공손히 모으고 '나마스테!'라며 내 영혼의 편안함을 위해 기도해 주었다. '당신의 내면에 있는 신에게 경배를'이라는 뜻으로, 이들은 인간의 내면에는 신성이 있다고 믿고 있다. 명상을 통해 그를 깨워서 해탈하는 것이 그들에게는 삶의 목표가 되기도 한다.

새벽에 다사스와메트 가트로 갔다. 어제 화장터에서 사두와 헤어지고 돌아오면서 갠지스강에서 목욕을 하기로 작정한 것이다. 아내와 송주는 들어가지 못할 거라고 놀렸지만, 옷을 하나씩 벗기 시작했다. 옆에서 이를 지켜보는 인도인들의 시선이 느껴졌다. 갠지스강으로 서서히 들어갔다. 그때 누군가 뱃전에서 손을 내밀었다. 꽃을 파는 어린아이였다. 꽃을 받아 간절한 마음으로 소원을 빌면서 물에 띄워 보냈다.

"갠지스강이여! 지금까지의 삶을 반성합니다. 성공을 위해 앞만 보고 달리면서 다른 사람의 마음을 많이도 아프게 했습니다. 지금부터는 새로운 마음으로 제2의 인생을 시작하려고 합니다. 제게 힘을 주십시오."

성스러운 갠지스강과의 약속이니 어떠한 어려움도 헤쳐나갈 수 있을 것 같았다. 눈에서는 뜨거운 눈물이 흘러내렸다.

저녁에 기차를 타고 바라나시를 떠난다고 생각하니, 이곳에 오겠다던 김철호 씨가 갑자기 보고 싶어졌다. 송주에게 물어보니 마찬가지였다. 그의 이야기를 먼저 꺼낸 사람은 아내였다. 그때까지도 서로 연락처를 주고받지 않아서 여기서 만나지 않으면 영원히 만나지 못할 것 같았다. 이번에는 우리가 그를 찾아 나섰다. 서로 같은 가이드북을 들고 다녔기 때문에 발품을 많이 팔면 그를 찾을 수 있겠다 싶어 한국인이 많이 몰리는 게스트하우스를 뒤지기 시작했다. 가트를 중심으로 세 번째로 들른 한국인이 운영하는 게스트하우스에는 주인이 자리를 비워서인지 볼 수 없었다. 인도인 종업원에게 혹시나 하는 마음으로 김철호 씨의 인상

착의를 설명하자, 그런 사람은 없다고 했다. 아쉬운 마음으로 돌아서려고 하자, 잠깐 기다리라며 위층으로 올라간 종업원이 누군가를 데리고 왔다. 턱에 수염이 없어 얼핏 보기에는 그라고 기대하지 않았지만, 깔끔하게 면도한 김철호 씨였다. 나보다 아내와 송주가 더 좋아했다.

이번에는 전화번호부터 서로 교환했다. 그와 나는 공기밥이 포함된 라면을, 송주는 김밥과 오이냉채를, 아내는 김치찌개를 시켰다. 오랜만에 맛보는 한국 음식도 반가웠다. 커피와 콜라도 넉넉하게 주문했다. 저녁에 이곳을 떠나고 거기에 그를 다시 만난 기쁨까지 더해졌으니, 식사를 든든하게 시켰다. 그와는 느낌이 통했다.

"철호 씨, 화장터에 다녀왔어요?"

"예, 그걸 보면서 산다는 게 정말로 별거 아니란 생각이 들었어요. 치열하게 직장생활을 할 때는 그런 것에는 관심도 없었는데..."

바라나시에서 대부분의 여행자가 그렇듯이, 그도 충격을 받은 게 분명해 보였다. 한국에 돌아가서 다시 시작하겠다는 결심도 듣기 좋았다.

"이번에 돌아가면 제대로 다시 시작하고 싶어요. 지금까지 직장생활을 하면서 피해의식에 사로잡혀 있었던 것 같아요. 사고가 터질 때마다 동료들이나 상대방을 탓하면서도 정작 매너리즘에 빠진 제 자신에 대해서는 생각지도 못했다는 사실이 무척 한심했어요. 저번에 카주라호에서 말씀드린 인사고과에서 제가 승진에서 누락된 이유도 곰곰이 생각해보니 상사를 탓할 게 아니라 제게 문제가 있었다는 사실도 여기서 깨달았어요"

그는 이전과 많이 달라 보였다. 그의 말을 들으면서, 상사들 눈치나 보면서 제 밥그릇만 챙기기에 급급했던 내가 오히려 부끄러웠다.

"너무 자신을 탓할 것까진 없어요. 직장은 때론 불합리한 곳이니까요."

"그렇기도 하지만 세상의 모든 일에는 원인과 결과가 있는 것 같아요. 대부분이 문제가 발생하면 그 원인을 외부의 탓으로 돌리지만, 1차적인 책임은 온전히 자신에게 있는 것 같아요. 인도라서 그런지 특히 그런 생각을 많이 했어요. 인도인들이 말하는 수천 년 전부터 모든 것이 정해져 있었다는 카르마(Karma)라는 것도 허무주의로 보일 수 있지만, 자신이 선택한 결과를 겸허하게 수용하려는 것 같아요."

평범한 직장인이던 그가 인도로 여행을 떠나오기는 쉽지 않았을 것이다. 이전에 비해 많이 성숙해진 그는 무척 행복해 보였다. 그의 말대로 우리의 삶은 언제나 선택의 연속이고, 보기에 따라 모든 것은 내가 선택한 결과다. 태어나는 것이야 어쩔 수 없겠지만, 학교를 졸업하고 직장생활을 시작하거나, 배우자를 만나서 결혼하기까지 모두 자신이 선택한 삶의 결과인 것이다. 그에게 갠지스강에서 목욕을 해보라고 권했다. 아침에 시도해 보니 좋았다며 용기를 주었지만, 그는 물이 더럽지 않냐고 물었다. 그때 게스트하우스에 돌아온 한국인 여주인이 거들고 나섰다.

"그 물은 생각처럼 더럽지 않아요. 실제로 연구기관에서 물의 청결도를 검사했는데, 중급수 등급이 나왔어요. 인도인들의 믿음이 대단하잖아요. 불가사의한 말 같지만, 그들의 믿음이 그토록 강하기 때문에 강물이 청결하다는 말도 있어요. 저도 처음에는 목욕하기가 두려웠지만 지금은 아무렇지도 않은 걸요."

그녀를 보면서 한국인으로 태어나 이곳에서 인도인의 아내로 살고 있는 것이 어쩌면 그녀의 운명(Karma)일지도 모른다는 생각이 들었다. 2001년 인도로 배낭여행을 와서 남편을 만나 결혼했다고 한다. 그녀의 딸은 벽에 걸린 결혼식 사진에서 엄마와 아빠의 얼굴을 모두 닮아 있었다. 쉬가 마렵다는 송주를 데리고 화장실에 다녀오는 사이 그가 음식값을 계산해 버렸다. 왜 그랬냐고 물으니까, 우리는 셋이라 돈이 많이 들어가고, 물가가 비싼 서울에서 언어 먹기 위해 그랬다고 했다.

게스트하우스를 나서자, 그가 따라 나섰다. 이제는 됐다며 그만 들어가라고 몇 번을 말했지만 계속 따라왔다. 우리는 그렇게 얽히고 설킨 바라나시 뒷골목을 말없이 한참 동안 걸었다. 문턱에 턱턱 걸쳐서 잠들어 있던 개들이 깨어나 사납게 짖어 대고, 가끔은 쓰레기더미를 뒤지는 소들과 마주치면 힘겹게 비켜가야만 했다. 쓰레기가 널려있고, 소변 냄새가 고약해서 코를 막아야 할 지경이었지만, 마음만은 포근했다. 그만 돌아가라고 권유해도 김철호 씨는 자기가 좋아서 배웅하는 거라며 미소를 지었다. 10여 분을 그렇게 더 걷다가 우리는 몇 번이나 악수를 나누면서 헤어지는 아쉬움을 달랬다. 그는 우리가 인도에서 만난 들뜬 대학생들과는 질적으로 달랐다. 아내는 직장생활을 해봐서 세상을 알기 때문에 그렇다라고 하면서,

그를 꼭 집으로 초대하겠다고 진지하게 말했다.

여행45일째. 바라나시를 끝으로 인도에서의 여정을 뒤로하고 델리로 향하는 장거리 열차에 올랐다. 보름 전에 예비자 명단으로 기차표를 예약했는데도, 좌석은 하나밖에 주어지지 않았다. 셋이서 침대 하나에 12시간을 달려야 했지만, 감사한 마음이 들었다.

사리를 걸치고 청소하는 인도 여인

인도의 길거리는 온통 쓰레기 천지다. 화장실은 없는데 쓰레기통이 있다는 것이 오히
려 이상할 정도다. 그런 인도에 거리를 청소하는 청소부가 낯설게 보였다. 인도에도 서
서히 자본의 물결이 파고들면서 변화가 시작된 것이다.

바라나시에서 영혼이 조금은 성숙해진 것이다. 침대에 아내와 아이를 눕히고 귀퉁이에 엉덩이를 간신히 붙인 채 걸터 앉았다. 주위의 다른 좌석에도 가장으로 보이는 인도인들도 그렇게 앉아 있었다. 그들과 서로 눈인사를 나눴다.

건너편 어두운 차창 밖으로 다양한 인도의 얼굴이 떠올랐다. 어려운 여건에서도 미소를 잃지 않는 사람들. 아무리 비가 많이 와도 뛰지 않아 답답해 보이는 사람들이다. 만디에서 우리를 초대해 준 교사부부에게 특히 고마운 마음이 들었다. 델리에 도착해 암리차르를 시작으로 북인도에서 중부 지역까지 대륙을 횡단한 시간이 꿈만 같았다. 그리고 보니 우리가 여행을 시작한 지도 어느덧 절반이 지나가 버렸다.

기차가 3시간을 연착해 오전 10시 무렵에야 종착역인 뉴델리역에 도착했다. 파하르간지로 향하는 우리에게 4명의 거지가 몰려와 적선을 요구했다. 자신보다 어린 동생을 품에 안은 아이가 있고, 신발을 신지 않은 아이도 있다. 웃으면서 10Rs씩을 건네자, 더 달라고 아우성이다. 대기 중이던 릭샤꾼들이 협상을 걸어왔다. 늙은이부터 소년까지 연령층도 다양하다. 그들은 전쟁을 치러야만 통과시켜줄 기세다. 그들에게 바로 앞에 있는 숙소로 간다며 거침없이 앞으로 나갔다. 똑같은 거리를 가면서도 입국할 때와는 상황이 달라졌다. 아내도 처음에 도착했을 때와 느낌이 다르다고 말한다. 50여 일 동안 인도를 여행하면서 이들의 문화에 익숙해진 것이다.

숙소를 구하고 신발을 다시 꿰매기로 했다. 이미 세 번이나 수선했는데도, 신발에 계속 문제가 생겼다. 아내는 이제 그만 새 신발을 사자고 졸랐지만 버리기가 아까웠다. 모든 물건이 헤어지고 닳을 때까지 수선해서 사용하는 인도인들에게 미안했기 때문이다. 때마침 길거리에서 좌판을 벌려놓고 신발을 수선하는 노인을 발견했다. 수선이 끝나고 노인에게 값을 묻자, 이를 옆에서 지켜보고 있던 영어로 대화가 가능한 인도인이 수작을 걸었다. '100Rs'라는 것이다. 터무니없는 소리였다. 나는 인도가 좋아서 다시 왔는데 당신 같은 사람을 보면 실망스럽다며, 주인도 아니면서 웬 참견이냐고 대꾸했다. 그때 누군가 내 어깨를 두드리며 인도식 홍차인 짜이를 내밀었다. 왜냐고 묻자, 인도에 다시 왔다는 말을 듣고 그냥 좋아서 주는 거란다. 천의 얼굴을 가진 인도인의 두 얼굴을 동시에 만난 것이다.

인도를 떠나기 전에 반드시 풀어야 할 2가지 숙제가 있었다. 우선 송주를 병원에 데리고 가는 일이었다. 바라나시에서 허벅지에 종기가 생겼는데, 심각할 정도로 골음이 많이 나왔다. 파하르간지에서 가까운 종합병원을 찾았다. 환자들이 북새통을 이루고 있었다.

어느 정도 예상은 했지만 등록을 마치는 데만도 많은 시간을 기다려야 했다. 다시 진찰실 앞에서 무작정 기다리면서 한숨을 쉬다가, 지나가는 간호원에게 도움을 청했다. 외국인임을 확인하더니 순서를 앞으로 이동시켜 줬다. 기다리는 사람들에게 연신 미안하다고 말하자, 모두가 괜찮다고 했다. 착한 사람들이었다. 우는 아이를 달래면서 치료를 마치고 약국에 가서 약을 사고서야 마음이 놓였다. 나머지 하나는 한국으로 소포를 붙이는 일이었다. 태국에서는 필요가 없게 된 두꺼운 인도의 가이드북과 기념품을 보내려고 사설우체국을 찾았다. 소포가 잘 도착할지 걱정이 되어 주인에게 묻자, 불쑥 엽서를 내민다. 자기 나라로 돌아간 여행자들이 소포를 잘 받아서 고맙다고 보내준 엽서라고 한다. 가게의 벽에는 각국에서 보내준 다른 엽서들이 빼곡히 붙어 있었다. 일종의 보증수표인 셈이다. 안심하면서 소포를 붙였다.

마지막 날 아침에 공항으로 가는 택시를 타려고 거리로 나왔다. 건너편에서 공짜로 짜이를 준 인도인이 리어카에서 옷을 팔고 있었다. 배낭을 열고 미리 챙겨둔 티셔츠를 꺼내 그에게 내밀었다. 옷에 입을 맞추며 악수를 청했다. 근처의 릭샤꾼들이 우르르 몰려와 협상을 벌이기 시작했다. 공항으로 출국할 거라며 잠시 후 예약해 둔 택시가 온다는 말을 믿지 않고 계속 흥정을 벌였다. 이를 지켜보던 옷장수가 사실이라고 말하자, 늙은 릭사꾼은 머쓱해하며 송주에게 말을 걸었다.

"안녕, 이름이 뭐니?"

"송주, 코리아!"

녀석은 묻지도 않은 '코리아'까지 한 번에 대답해 버렸다. 계속 받아왔던 질문이기 때문이다.

"넌 행운아다. 20년 후에 다시 인도에 꼭 오거라. 그때는 내가 너를 태워주겠다. 꼭, 가족과 함께 와야 한단다."

그는 송주의 볼을 어루만져 주고 다른 손님을 찾아 떠났다. 릭사를 끌고 사라져가는 그의 어깨가 고단해 보였다. 잠시 뒤에 택시를 타고 공항으로 출발했다. 도로 옆에는 도심과 공항을 연결하는 지하철공사가 한참 진행 중이다. 지하철이 개통되면 사이클릭사는 델리에서 사라질지도 모른다.

인도에서 태국으로 입국한 우리는 방콕에서 하룻밤을 머물고 바로 아유타야로 출발했다. 관광대국인 태국의 수도 방콕은 마지막에 다시 와서 쇼핑을 즐기기로 했다. 인도에 비해 태국은 여행을 하는 데 모든 것이 수월했다. 인도에서 고생을 너무 많이 해서 더욱 그런 것 같았다. 물가가 인도에 비해 2배 정도 비싼 것을 제외

인도 여행의 파트너 사이클릭샤

인도를 여행하려면 릭샤꾼들과 끊임없이 협상을 벌여 나가야 한다. 지겨울 정도로 끈질기게 따라붙는 이들을 흥정의 골칫거리로 생각하느냐, 여행의 동반자로 생각하느냐에 따라 여행의 즐거움은 달라진다.

하면 호텔이나 버스, 기차 등이 월등했다. 태국은 관광대국이라 불리기에 충분한 시설을 갖추고 있었다.

아유타야에 도착해 호텔부터 잡았다. 에어컨과 깨끗한 욕실이 완비된 호텔의 하루 숙박료가 400바트(12,000원)였다. 인도에서는 한 번도 자보지 못한 에어컨이 딸린 방이었다. 인도와 달리 습도가 높고, 여행의 잔여일수도 얼마 남지 않아서 부담스럽지 않았다. 2~10km 내외로 곳곳에 있는 아유타야의 유적을 둘러보기에 오토바이가 안성맞춤이었다. 택시보다 비용이 저렴한 오토바이를 타기에도 도로 사정이 좋았다. 무엇보다 인도만큼 위험해 보이지도 않았다.

오토바이를 대여해 주는 가게에서 시범운전을 해봐도 되냐고 묻자, '한국인'이냐고 되물어왔다. 그렇다고 하자, 먼저 계약서에 서명부터 하고 오토바이를 타라는 말을 했다. 이유인즉, 한국인들은 시범운전을 한답시고 그 자리에서 사고를 낸다는 것이다. 옆에서 이를 지켜보던 아내가 못내 불안했는지, 자신이 없으면 택시를 타자고 했다. 자존심이 달린 문제였다. 오토바이를 탄 지 오랜 시간이 흘렀어도 충분히 자신이 있었다. 과거에 사고를 당한 경험이 있어서 오토바이가 얼마나 위험한지도 누구보다 잘 알았지만, 오토바이를 탈 때만 느낄 수 있는 상쾌한 기분도 잘 알고 있었다. 계약서에 서명을 하고 나서 오토바이를 타고 거리로 나왔다.

오토바이가 시내를 벗어나자, 기분이 상쾌해졌다. 내가 맨 앞에서 오토바이를 운전하고, 아들은 가운데 태우고, 아내는 맨 뒤에 앉았다. 운전을 하는 내게 가족의 운명이 달려있다고 생각하니, 더욱 조심스러운 마음이 들었다. 등뒤에 바싹 달라붙어 마냥 좋아하는 아들의 체온과 불안한 마음을 달래고 있는 아내의 조마조마한 마음도 느껴졌다. 오토바이로 세계문화유산을 한가롭게 둘러보면서 가족이야말로 내게 가장 소중한 존재라는 사실을 가슴으로 느낄 수 있었다. 너무 가까이 있어 평소에는 잊고 살았던 것이다. 가족에 대한 상념이 머리를 떠나지 않았다.

인도와는 다르게 곳곳에 널린 깨끗한 길거리 음식도 태국의 매력이었다. 녹부리에 도착했을 때, 길에서 마주친 원숭이 가족들도 퍽 온순했다. 인도 원숭이들과는 다르게 사람들을 공격하지 않았고, 살며시 다가와 먹을 것을 달라고 앙증맞게 손을 내미는 모습도 귀여웠다. 심라에서 먹을 것을 재빨리 낚아 채가던 인도 원숭이와는 너무 달랐다. 먹을 것이 풍부한 태국과 달리, 도심에서 먹거리를 구하는 인도 원숭이들이 측은하게 생각되었다.

세계문화유산으로 유명한 수쿠타이에 도착한 후, 깔끔한 유적지를 보고 깜짝 놀랐다. 일본의 지원으로 역사유적과 자연을 절묘하게 조화시켜 놓은 수쿠타이의 경치는 한 폭의 수채화처럼 아름 다웠다. 자전거를 빌려 타고 멋진 경관을 만끽하면서도 일본인들 은 정말로 무서운 민족이라는 생각이 떠나질 않았다. 제2의 일본 이라고 불릴 만큼 일본 자동차와 전자제품이 일상화되어 있는 태 국의 이면에는 일본의 치밀한 전략이 숨겨져 있다고 생각하니, 씁쓸한 미소가 지어졌다. 옆에서 자전거를 타고 있는 아내에게 물었다.

"여보! 인도와 태국 중에서 어디가 좋아?"

"송주는 태국!"

묻지도 않은 녀석이 태국을 꼽았다. 아이들의 눈은 정확하다고 하는데, 뭐가 녀석의 마음을 사로잡았는지 궁금했다.

"뭐가 좋은데?"

"맛있는 게 많고, 깨끗해."

녀석의 대답은 의외로 간단했다. 태국에 온 뒤로 길거리에서 음식 을 자주 사줬고, 호텔이나 식당에 들어갈 때마다 우리도 모르게 깨끗하다는 말이 튀어나왔고, 그때마다 녀석이 들었던 것이다. 아 이의 눈에 그렇게 보이는 것이 너무나 당연했다. 아내가 돌아서더 니 '딩동댕~' 하며 아이의 의견에 적극 찬성하고 나섰다. 무슨 일 이든 아내와 녀석은 한 편이 되었다.

여행을 시작한 이후에 지금까지 별탈 없이 따라와 준 아내와 송주에게 고마웠다. 북인도 심라에서 몸살로 끙끙 앓던 송주를 등에 업고 병원을 찾아 돌아다닐 때는 마음이 무척 아팠다. 인도음식에 적응하지 못하고 옷에 설사를 자주할 때도 그랬다. 40도가 넘는 인도의 폭염을 견디지 못하고 등에 땀띠가 나서 아프다고 징징대면서도 지금까지 무사히 잘 따라와 준 대견한 녀석이다.

다음 목적지는 태국에서 방콕에 이어 제2의 관광도시로 불리는 치앙마이였다. 화려한 역사문화와 전통이 살아있는 태국의 천년고도라는 명성에 걸맞게 웅장한 불교사원이 가는 곳마다 눈에 띄었다. 장기간 여행자를 위한 패키지 상품도 다양했다. 송주와 아내를 위해 하루짜리 관광상품을 골랐다. 코끼리와 대나무보트를 타고 소수민족이 사는 마을을 방문하는 상품이었다. 즐겁게 여행을 마치고 피로를 풀려고 마사지 숍으로 향했다. 한국에서는 무척 비싼 타이마사지가 이곳에서는 전혀 부담 없는 가격이었다. 마사지를 받고 있을 때 의자에 앉아서 놀고 있던 송주가 노래를 흥얼거리기 시작했다.

"정글 숲을 지나서 가자! ♪~엉금엉금 기어서 가자~□ 늪지대가 나타나면은♬~ 악어떼가 나올라, 악어떼!!"

마사지에 취해 있던 아내가 갑자기 아이와 정글을 탐험해 보자는 황당한 아이디어를 내놓았다. 가능한 일이겠냐고 묻자, 가이드북에 정글을 트레킹(Trekking)하는 상품이 있다며 내게 선택권을 넘겼다. 녀석을 위해서라면 망설일 이유가 조금도 없었다.

태국 동남부에 위치한 '카오야이(Khao Yai) 국립공원'으로 가는 길은 멀었다. 치앙마이에서 아침 6시에 출발한 버스가 공원에 진입하는 1차 관문인 코랏(Khorat)까지 도착하는데는 꼬박 14시간이 걸렸다. 저녁 8시 무렵에 차에서 내린 우리는 식사를 할 겨를도 없이 버스를 옮겨 타고 밤 10시 무렵이 되어서야 2차 목적지에 겨우 도착할 수 있었다. 7km 떨어진 게스트하우스까지 가려면 택시를 타야 하는데, 기사들이 배짱을 부렸다. 200바트를 내지 않으면 모두가 움직이지 않을 태세였다. 인도 릭샤꾼들과는 차원이 달랐다. 관광객들을 다루는 방법을 잘 알고 있는 눈치였다. 우리 돈으로 6,200원이면 얼마 되지 않았지만, 그들의 거만한 태도에 무척 기분이 상한 아내는 편의점으로 들어가 근처에 숙소가 있는지 알아봤지만 허사였다.

편의점을 나선 아내는 다시 택시 기사에게 150바트에 가자며 최후통첩을 날렸지만, 들은 척도 하지 않았다. 닳고 닳은 그들이 무척 얄미웠다. 늦은 밤이라 우리가 어쩔 수 없이 이용하게 될 거라고 확신에 찬 표정이었다. 아마도 지금까지 수많은 여행자가 거기에 순응해 왔을 것이다. 달리 방법이 없다고 생각한 나는 아내에게 그냥 택시를 타자고 눈짓했지만, 그녀는 달랐다. 협상이 끝났다며 길 건너편에 있는 오토바이 택시를 향해 걸어가는 것이 아닌가? 운전하는 사람을 포함해 3명이 오토바이에 타는 것은 불가능해서 오토바이 택시는 처음부터 내겐 고려의 대상이 아니었다. 더군다나 배낭을 멨고, 또 한밤중에 오토바이가 얼마나 위험한가? 그것은 내 편견이었다.

오토바이 택시와 협상을 벌이던 아내가 내게 건너오라고 손짓했다. 놀랍게도 그녀는 오토바이 하나에 70바트씩 2대로 협상을 마쳤다. 송주를 가운데 앉히고 뒷자리에 타면서 투덜거리는 내게 아내는 인도인들의 믿음인 카르마(Karma)에 맡기자며 다른 오토바이에 웃으면서 올라탔다. 아내가 탄 오토바이가 먼저 출발하고, 송주와 나를 태운 오토바이가 떠날 때, 건너편에서 유심히 지켜보던 택시 기사들에게 손을 크게 흔들어 주었다. 그렇게 호락호락넘어가지 않는 '한국인(Korean)'임을 확실하게 보여준 것이다.

달리는 오토바이에서 불안에 떨었다. 하늘에는 쏟아질 듯이 엄청나게 많은 별이 떠있고, 앞에는 배낭을 멘 아내를 태운 오토바이가 질주하고 있다. 도로 사이 정글에서는 금방이라도 호랑이가 튀어나올 것처럼 수풀이 우거졌다. 현실이 아니라 마치 꿈을 꾸고 있는 느낌이다. 문득 지금쯤 한국에 있었다면 회사에서 야근을 하거나 술이나 마시고 있었을 것이라고 생각하니 쓴 웃음이 나왔다. 직장에 다닐 때는 뭐가 정말로 소중한지 알지 못했던 것 같다. 가족이 세상에서 가장 소중하다는 말을 자두 들어와서일 거다. 머리로는 알면서도 가슴으로는 그러한 사실을 느끼지 못한 것이다. 정말로 소중한 것이 너무 가까이에서 자주 보이면 그것의 소중함을 모르는 것이 우리 인간의 모습일지 모른다. 지금은 알겠다. 가족과 오랫동안 여행을 다니며 현지인들과 생활하면서 가슴으로 깨달았기 때문이다. 직장인에게 가장 소중한 것은 다름 아닌 나와 함께 살아가고 있는 바로 가족이다.

혹시라도 두려운 마음에 오토바이 속도계에서 나는 눈을 떼지 못했다. 뒤에서 속을 태우고 있는 아빠의 마음도 모른 채 송주는 오토바이를 탄 것을 무척 즐거워했다. 신이 나서 엄마가 탄 오토바이를 따라잡아야 한다며 계속 고함을 질렀다. 나는 왜 녀석처럼 즐거워만 할 수 없는 것일까? 20여 분을 달린 오토바이는 마침내 목적지에 도착했다. 그때 도로 옆에 자리 잡은 게스트하우스에서는 각국에서 온 여행자들이 파티를 즐기고 있었다. 그들은 우리 가족이 밤의 정적을 깨며 2대의 오토바이에 나눠 타고 나타나자,

어이없다는 듯이 쳐다보았다. 그들의 시선을 온몸으로 받으면서 마당에 있는 식탁에 앉아 먹을 것부터 주문했다. 식당이 딸린 이곳에서 정글탐험 상품을 운영했다. 식사가 끝나자마자 주인이 제시한 상품을 보면서 아이에게 적합한 상품을 골랐다.

다음 날 아침 일찍부터 게스트하우스가 분주했다. 식사를 마치고 기다리던 여행자들에게 지프가 배정되었다. 유일하게 아이가 딸린 우리는 베테랑으로 보이는 가이드가 지휘하는 차를 배정받았다. 정글 거머리가 기어오르는 것을 막기 위해 목이긴 특수 양말을 제공하더니 안전교육을 시작했다. 교육이 끝나자, 지프가 국립공원을 향해 달렸다.

공원에 들어서자마자 우리는 행운을 잡았다. 1.5m 크기의 도마뱀이 도로를 천천히 가로지르고 있는 것이 아닌가! TV에서나 볼 수 있는 장면이 눈앞에서 펼쳐지자, 기대감에 마음이 부풀어 올랐다. 감탄하면서 도마뱀을 향해 카메라를 터트리자, 한참 포즈를 취하던 녀석은 혀를 날름거리며 정글 속으로 유유히 사라져갔다. 이렇게 멋진 광경을 뒤따라온 다른 팀은 보지 못했다. 정글 트레킹은 온전히 그날 운이 좌우한다는 말이 실감났다. 연인으로 보이는 젊은 프랑스 커플과 태국 커플 그리고 우리 가족이 한 팀이었다.

지프가 다시 밀림 속 깊은 곳으로 들어가다가 시동을 끄더니 망원경을 준비했다. 가이드가 집게 손가락을 입에 대고 눈을 크게 떴다. 만국공통어인 바디랭귀지를 송주도 금방 이해했는지 소리를 죽였다. 정적이 흐르자, 새소리와 동물들의 울음소리가 여기저기서 들렸다. 망원경으로 뭔가를 포착한 가이드가 송주에게 빨리 와 보라고 손짓을 했다. 정글탐험에서 분명 골칫거리였을 녀석이 오히려 VIP대접을 받았다. 망원경을 한참 동안 들여다본 송주가 큰 새가 있다고 목소리를 낮춰 말했다. 녀석을 안으면서 아내에게 얼른 망원경으로 보라고 신호를 보냈다. 아내와 내가 망원경으로 새를 관찰한 이후에 프랑스 커플이 새를 보려던 순간, 아쉽게도 새는 날아가 버렸다. 송주는 여행의 장애물이기도 했지만, 가장 큰 무기이기도 했다. 송주 덕분에 혼빌(Hornbill)이라 불리는 거대한 밀림의 새를 우리 가족만이 유일하게 볼 수 있었다.

그때부터 우리는 송주가 마사지 가게에서 불렀던 노랫말처럼 본격적인 정글탐험을 즐겼다. 늪지대를 지날 때는 악어나 코브라가 나타날까 봐 두려웠지만, 그곳을 벗어나자, 자신의 영역을 표시한 곰의 흔적과 팔이 긴 나무원숭이도 볼 수 있었던 우리는 밀림에 서식하는 곤충이나 벌레 등을 확인하면서 밀림을 헤쳐 나갔

카오야이(Khao Yai) 국립공원 정글트레킹

정글에는 수백 년을 넘은 나무가 자라고 있는가 하면, 쓰러져서 다른 생명체에게 영양분을 공급하는 폐목도 많다. 태초부터 자연은 이러한 순환과정을 거듭해 왔을 것이다. 대자연은 위대하다.

다. 수백 년이 넘어 보이는 나무와 처음 보는 식물과 웅장한 폭포를 보면서 살아 꿈틀대는 대자연을 확인한 것이다. 무엇보다 잊을 수 없는 시간은 광활하게 펼쳐진 정글을 내려다보면서 도시락을 먹을 때의 멋진 추억이었다. 송주는 배가 고팠는지 게눈 감추듯이 밥을 후다닥 해치워 버렸다. 밥을 먹고 아내와 장난을 치는 모습을 카메라에 담았다. 소중한 순간을 놓치고 싶지 않아서였다.

09

여행은 때론 인내심을
요구한다

• • • • • •

게스트하우스 주인은 아주 친절한 사람이었다. 우리를 버스터미널까지 태워다 주기로 한 것이다. 카오야이 국립 공원에서 정글트레킹을 마치고 캄보디아로 가려면 태국의 국경 마을인 포이펫으로 이동해야만 했다. 태국에서 캄보디아로 넘어가는 육로에서 앙코르와트로 가는 가장 가까운 경로였다. 버스터미널로 향하는 택시에는 게스트하우스에서 함께 묵었던 다른 여행자도 동승하기로 되어 있었다. 서민들의 이동수단인 태국의 택시는 소형트럭 짐칸을 개조해서 만든 독특한 형태였다. 의자가 측면으로 배열되어 있기 때문에, 자리에 앉으면 모르는 사람과 서로 마주보고 앉아야 했다. 국경까지의 거리가 300Km로, 버스를 4번이나 갈아타야 했기 때문에 우리는 마음이 급했다. 아침 일찍 출발하기 원했지만, 함께 탑승하는 사람이 9시에 떠나길 원해서 우리의 출발도 늦어진 것이다. 이처럼 여행을 하는 동안에는 우리의 의지와는 상관없이 다른 여행자나 여건들 때문에 여정이 크게 영향을 받는 경우가 많았다.

초조한 마음을 억누르면서 기다리고 있자니, 커다란 배낭을 앞뒤로 짊어진 금발의 여행자가 다가왔다. 저 사람 때문에 우리의 출발이 늦어졌다는 원망스러운 마음도 들었지만, 재빨리 배낭을 받아서 차에 든든하게 고정시켜 주었다. 고맙다고 밝게 웃는 그녀와 자연스럽게 대화가 시작되었다. 아내가 먼저 물었다.

"우리는 앙코르와트를 관광하려고 포이펫으로 가는 중인데, 어디로 가세요?"

"방콕에 들렀다가 치앙마이로 갈 예정입니다."

그녀는 미국인으로, 회사를 그만두고 이직하는 과정에서 한 달 일정으로 태국을 여행하고 있다고 했다. 그렇게 시작된 두 여자의 대화는 버스가 터미널에 도착할 때까지 계속되었다. 그녀는 치앙마이에 5일을 머물렀던 아내에게 정보를 원했다. 그런 그녀의 마음을 잘 이해한 아내는 놓쳐서는 안 될 중요한 볼거리부터 자기가 참여했던 요리강습(Cooking class)까지도 생생하게 들려주었다. 터미널에 도착해 서로 다른 목적지를 향해 버스표를 끊었다. 그녀에게는 우리가 이미 다녀온 치앙마이(Chiang Mai)가 다음의 목적지가 되고, 우리에게는 수많은 사람들이 다녀간 앙코르와트가 목적지이다. 사람들은 그렇게 서로의 목적지를 향해 가다가 인연이 되어 만난다. 누군가와는 옷깃만 스치고, 누군가와는 깊이 있는 대화도 나눈다. 때론 여행에서 만난 작은 인연이 평생의 배우자로 발전하는 경우도 있다.

우리를 태울 버스가 도착했다. 언제나 자리가 남아도는 우리나라 버스와는 다르게 사람들로 만원이었다. 다행히 송주는 인심이 좋아 보이는 아주머니가 무릎 위에 앉혀 준다. 늙은이보다 어린이를 우선시하는 태국의 문화다. 방콕으로 향하는 국도를 1시간 남짓 달려 1차 목적지인 사라부리(SAraburi)에서 사케우(Sakaew)로 가는 버스를 갈아타려고 버스에서 내렸다. 터미널에는 과일의 천국이란 것을 증명이라도 하듯이 다양한 열대과일이 잔뜩 진열되어 있었다. 형형색색의 선명한 색깔과 독특한 모양이 우리를 매료시켰다. 한국에서는 비싼 가격 때문에 손이 가기 어려운 과일을 부담 없는 가격으로 사고 나서 버스를 갈아탔다.

버스가 출발하자, 차장이 요금을 받기 시작했다. 버스에는 자리가 많아서 아내가 송주를 데리고 앉고 나는 건너편에 앉았다. 차장이 다가오자, 아내는 2장의 차표를 내밀며 턱으로 나를 가리켰다. 차장이 송주를 가리키며 태국말로 뭐라 중얼거렸다. 아내는 차장이 아이의 표를 별도로 요구하는 것으로 알고, 터미널에서 차표를 구입할 때, 아이는 표가 없어도 된다고 해서 표를 구입하지 않았다고 말했다. 애써 영어로 설명했지만, 차장은 알아듣지 못했다. 차장이 다시 뭐라 요구하자, 아내는 당황했다. 옆에서 재미있게 지켜보고 있던 나는 송주를 번쩍 들어올려 내 무릎 위에 올려놓았다가 다시 내려 놓으며 차장에게 이거냐는 신호를 보냈다. 차장은 환하게 웃으면서 '바로 그거다.'라는 듯이 엄지손가락을 치켜세웠다. 차장이 아내에게 하고 싶었던 말은, 지금은 승객이 없어서 괜찮지만 나중에 사람이 채워지거든 승차권을 사지 않은 아이는 무릎 위에 앉히라는 것으로 나는 알아 들었다. 어렸을 적에 우리나라도 그랬기 때문이다. 시골에서 버스요금을 아끼려고 나를 항상 무릎 위에 앉혀가던 어머니의 모습이 떠올랐다. 그리고 보니 우리의 여행도 어느덧 보름밖에 남지 않았다. 어머니가 그리워졌다.

사케이에 버스가 도착한 것은 오후 2시 무렵이었다. 식사시간이 지나서 몹시 배가 고팠지만, 먼저 국경마을로 가는 버스부터 챙겨야 했다. 다행인지 불행인지 국경으로 향하는 버스가 시동을 켜놓고 바로 출발할 것처럼 보였다. 점심을 포기하고 버스를 타지 않을 수 없었다. 버스가 2시간을 달려 국경마을의 관문에 도착하는 동안 과일로 배를 채웠다. 국경에 도착하자, 택시기사들이 우르르 몰려들었다. 몹시 시장했던 우리는 터미널 안에 있는 식당으로 향했다. 버스에서 내릴 때부터 우리를 따라온 택시기사는 식당에서 우리를 기다리겠다는 눈치였다. 식사를 마치고 우리가 자리에서 일어나자, 기다렸다는 듯이 쏜살같이 달려와 국경까지 50바트에 가자며 아내의 배낭을 챙겼다. 식사를 하는 동안에 줄곧 기다린 게 마음에 걸려서 택시를 탈 수밖에 없는 상황이었다.

국경으로 출발한 택시가 3Km가량을 달렸을 무렵에 기사가 우리에게 캄보디아의 비자(VISA)를 발급받았는지 물었다. 국경을 넘으면서 받을 거라고 하자, 거기는 복잡하니 중간에 있는 비자발급소에서 미리 받는 게 좋다며 우리를 그곳으로 안내했다. 비자발급소에 도착해 서류를 작성하면서 기사에게 고마운 마음이 들었다. 직원에게 비자발급 비용을 묻자, 인당 1,000바트(30$)란다. 아내가 미화로 20$이 아니냐고 책을 내밀자, 잠시 당황하던 직원은 뭐라 중얼거리면서 한 달 전에 비용이 올랐다고 한다.

"여보, 아무래도 이상해요. 비자 값이 너무 비싸."

"설마, 캄보디아 정부에서 운영하는 곳인데, 거짓말이야 하겠어?"

"그런데 송주의 비자는 어떻게 하죠? 일단 물어보죠."

아이를 가리키며 비자를 발급해야 되는지 묻자, 의외의 대답이 돌아왔다. 아이가 아직 어리니까 비자는 필요 없고 아빠인 내 비자에 아이를 동반했다는 표시를 해주면 된다고 했다. 묻지도 않은 택시기사의 도움으로 비자를 해결했다고 생각하자, 그에게 팁을 주기로 마음먹었다. 택시가 검문소를 통과해 드디어 국경에 도착했다.

그런데 이상한 일이 벌어졌다. 정부에서 일하는 사람처럼 옷을 깔끔하게 차려 입은 사람들이 우리에게 다가오더니 여권제시를 요구했다. 미심쩍었지만 국경이라 그러려니 하고 여권을 내밀자, 그들이 갑자기 캄보디아의 입국카드를 작성해 주기 시작했다. 이상한 점은 택시기사와 그들이 잘 아는 것처럼 보였다. 그때 그들의 목에 걸린 신분증을 확인한 아내는 택시기사에게 화를 내기 시작했다. 정부요원을 가장한 그들은 다름 아닌 국경에서 앙코르와트까지 외국여행자를 수송하는 캄보디아의 택시기사들로, 일종의 거래였던 셈이다. 기분이 몹시 불쾌해진 나는 기사에게 팁을 한 푼도 주지 않고 태국의 출국심사장을 통과했다.

국경을 걸어서 넘으면서 얼마 가지 않아 우리는 억울한 사실을 알게 되었다. 캄보디아 입국장으로 향하는 곳에 명시된 비자 가격이 '20$'이었기 때문이다. 택시기사와 공무원이 결탁된 사기를 제대로 당한 것이다. 억울해서 다시 태국으로 돌아가 비자를 발급한 캄보디아 직원과 시비를 따지고 싶었지만, 시간이 허락하지 않았다.

캄보디아로 넘어와 경찰에게 신고해도 대수롭지 않게 생각했다. 썩을 대로 썩고, 부패할 대로 부패한 관료들이 국경에 널렸다는 말이 실감났다. 다행스러운 것은 여권에 찍힌 '아동1인 동반'이라는 비자만으로도 송주를 데리고 캄보디아의 입국심사장을 무사히 통과할 수 있었다는 사실이다. 20$씩 3명이 비자를 받을 때나, 아내와 내가 30$씩 비자를 받았을 때나 국경을 넘으려면 어차피 60$이 필요하다며 위안을 삼았다. 우여곡절을 겪은 끝에 국경을 통과하고 캄보디아에 들어섰을 때, 아내가 남긴 말이 걸작이다. 다시 인도에 온 느낌이라며 열악한 환경을 퍽 안타까워했다. 킬링필드로 기억되는 캄보디아. 모든 것이 태국에 비해 훨씬 열악해 보였다. 움푹움푹 패인 채 곳곳에 물이 고여있는 비포장 도로가 가장 먼저 눈에 들어왔다. 국경 하나를 두고 태국과는 너무 다른 환경에 놀라웠다.

인도와 마찬가지로 호객꾼들이 집요하게 따라붙었다. 그중에서도 태국 출국심사소를 통과했을 때부터 따라온 호객꾼이 가장 집요했다. 그는 우리를 안내하는 집사처럼 행동하면서 이곳은 국경이라 위험하니 당장 떠나는 것이 좋다고 우리를 설득했다. 자기 형이 택시기사고, 50$에 시암립까지 가도록 해주겠다는 것이다. 버스로 10$이면 충분하지만, 이곳은 누구도 믿을 수 없는 국경이었다. 가이드북에 나오는 버스터미널을 공무원에게 묻자, 버스가 없다며 택시를 불러 우리를 태우고 가라고 지시하는 것이 아닌가.

방법은 두 가지였다. 어두워지기 전에 숙소를 잡고 국경에서 하룻밤을 자고 아침에 출발하는 방법과 심야택시를 타고 150Km의 비포장도로를 3시간 동안 달리는 것이다. 진퇴양난의 상황에서 우리는 국경을 벗어나기로 결심했다. 호텔에 머무는 비용과 시간을 고려해서다. 어떤 택시를 탈지 망설이다, 처음부터 우리를 집사처럼 안내해 준 사람을 택했다. 그의 안내를 받으며 그가 형이라고 부르는 택시를 탔다. 아내가 송주를 데리고 뒤에 타고 나는 기사 옆에 앉았다.

하얀 흙먼지를 일으키며 택시가 질주하기 시작했다. 태국과 달리 우리나라처럼 차들이 우측통행을 했다. 끝이 보이지 않은 광활한 지평선으로 석양이 아름답게 물들고 있었다. 택시는 석양을 뒤로 하고 비포장 도로를 전속력으로 달렸다. 전기설비가 열악한 캄보디아라, 어둠이 깔리자 사방이 캄캄해졌고, 마주 오는 차도 10여

분에 1대 꼴로 비켜갔다.

그런데 언제부턴가 택시기사의 표정이 이상해지기 시작했다. 불안하고 초조한 표정을 짓던 그는 가끔씩 몸을 비틀기까지도 한다. 그가 주머니에 손을 넣어 무언가를 만지는 순간 '찌리링'하는 쇠가 부딪치는 소리가 났다. 이상한 낌새를 눈치 챈 아내는 내게 혹시 칼 소리가 아니냐고 물었다. "설마?"라고 답하면서도 덜컥 겁이 났다. 사방이 암흑천지이고 여기서 우리를 어떻게 처리한다고 해도 귀신도 모를 일이라 생각하니 등골이 오싹해졌다. 특정 지점에서 동료를 기다리게 하고 우리를 그곳으로 데려갈지도 모른다는 생각까지 들었다. 오죽했으면 내가 먼저 선제 공격으로 제압해버릴까라는 마음까지 먹었겠는가! 갑자기 택시가 멈춰서더니 기사가 재빨리 밖으로 튀어 나갔다. 저쪽으로 황급히 달려가던 택시기사는 바지를 내리더니 소변을 보기 시작했다. 아내와 나는 얼마나 불안에 떨었는지 모른다.

우리가 여대생인 박나리 양을 만난 곳은 앙코르와트를 방문했을 때였다. 멀리서 혼자 걸어오는 모습이 한국 학생이란 느낌을 받았다. 서양인들은 동아시아의 한국이나 일본, 중국인을 잘 구분하지 못하지만, 우리는 80% 이상을 느낌으로 안다. 비슷한 것 같

대자연은 위대하다

세계인들이 가장 많이 찾는다는 캄보디아에 있는 앙코르와트를 방문했을 때 인간이
만든 세계문화유산을 오래된 나무가 망친다는 표지판의 글이 눈에 띄었다. 하지만 나
무의 입장에서는 인간이 만든 유적이 장애물일지 모른다. 앙코르와트에서 인류와 자
연이 공존해야 하는 이유를 깨달았다.

으면서도 3개국이 확실히 다른 생김새와 문화를 가지고 있기 때문이다.

여학생이 혼자 다니는 것이 기특해 혼자 온 이유를 물었다. 사연이 있었다. 학교에서 팀으로 응모한 배낭여행에 당첨되어 태국으로 3명이 왔는데, 그중 2명은 태국 푸켓으로 떠났고, 자기는 앙코르와트가 좋아서 머물고 있다고 했다. 정보를 교환하다 한국음식이 먹고 싶다고 하길래, 시내에 있는 북한식당을 추천해 주었다. 학생과 헤어지고 앙코르와트에서 최고의 명물이라는 일몰을 감상한 다음에 시암립으로 돌아와서 내침 김에 저녁을 먹으러 북한식당으로 갔다. 놀랍게도 박나리 양이 혼자서 냉면을 먹고 있었다. 학생을 다시 보자, 배낭여행을 떠났다가 허리띠를 졸라맸던 기억이 떠올랐다. 어쩔 수 없이 써야만 되는 숙박비나 교통비, 입장료 이외에는 먹을 것에는 얼마나 소심했는지. 다시 만나게 된 것이 반가워 우리는 자연스럽게 합석했다. 식사를 하면서 대화를 나누다 보니 학생에게도 고민이 있었다. 서울에서 교대에 다니고 있다는 그녀는 부모님이 원해서 들어간 학교였을 뿐, 자기에겐 다른 꿈이 있어서 그걸 해보고 싶다는 것이다. 그러면서 한국에 돌아가면 교대를 자퇴하고 다시 공부를 시작해 다른 대학에 진학하겠다는 속내를 털어놓았다.

학생의 말을 들으면서 회사를 그만두고 서른이 넘어 교대에 다시 들어간 후배가 생각났다. 세상은 재미있다. 다른 사람이 그토록 간절하게 이루고 싶어 하는 꿈을 자신은 이미 이룬 사람이라는 사실을 전혀 모르기 때문이다. 세상에는 자기가 이루고 싶어 했던 꿈과 직업이 같은 사람이 얼마나 될지 궁금해졌다. 학생은 교사라는 직업을 다른 사람들이 얼마나 이루고 싶어 하는 꿈인지를 잘 모르는 것 같았다. 학생의 꿈이 궁금했다. 조심스럽게 물어보자, TV드라마에서 한때 유행했던 호텔리어가 되는 것이 꿈이란다. 학생의 외모나 성격을 고려할 때, 교사가 어울려 보였다. 아직은 사회를 잘 모르는 학생에게 조언해 주고 싶었다.

"학생은 교사라는 직업을 남들이 얼마나 부러워하는 직업이란 걸 잘 모르겠지만, 그 꿈을 위해 회사를 그만두고 다시 교대로 진학한 사람들도 많아요."

"잘 알고 있어요. 우리 반에도 LG나, 삼성에 다니다가 들어온 언니들도 꽤 있거든요."

의외로 후배 같은 직장인이 많은 것 같았다. 아내가 더 이상 말하지 말라고 눈치를 했지만, 거기서 그만둘 수는 없었다. 학생 시절에 만났던 중년의 신사가 떠오르면서, 학생을 만난 것이 어쩌면 운명일지도 모른다는 생각이 들었다.

"그럼, 이렇게 해보는 건 어떨까? 당장은 학교를 포기하지 말고 일단 졸업해서 교사가 된 다음에 판단해 보는 방법이지. 그러면 학생에게는 2가지 선택권이 주어지지."

학생은 눈을 크게 뜨고 집중하기 시작했다. 다음 말을 기대하는 눈치였다.

"첫째는 1~2년 교사생활 하다가 그 길이 정말 아니라고 확신이 들 때, 교사를 그만두고 지금 원하는 호텔리어를 다시 시작하는 방법이고, 둘째는 교사생활을 하면서 호텔리어를 병행하는 투 잡스(two jobs) 방법이지."

그러자 학생은 그 방법을 생각해내지 못한 것이 한이라도 되는 듯이 자신의 온몸에 전율이 느껴질 정도로 명쾌한 해법이라며 내게 고마워했다. 거기다 음식값까지 계산해 주자, 갑자기 서울에서 연락해도 되냐며 전화번호를 달라고 성화를 부렸다. 기뻐하는 학생을 보자, 우리까지도 기분이 좋아졌다. 학생 시절에 공항에서 중년의 신사로부터 받았던 따뜻한 마음을 학생에게 되돌려준 것 같은 넉넉한 하루였다.

10

목적지가 분명하면
길은 있다

· · · · · ·

　　캄보디아에서 다시 태국으로 들어오려고 국경에
도착했다. 캄보디아의 출국심사장에서 여권을 제시하고 무사히
통과한 다음에 태국의 입국장으로 향했다. 아뿔싸! 거기서 심각한
문제가 생기고 말았다. 송주의 여권을 받아 든 태국의 입국심사
직원은 아이의 여권에 캄보디아 비자가 없기 때문에 입국을 허가
할 수 없다며 완강한 태도를 보였다. 캄보디아 측에서 별도의 비
자 없이 내 여권에 '아동 1인 동반'으로 표기했다며 내 여권에 찍
힌 그들의 서명을 보여줬지만, 절대로 입국할 수 없다는 것이다.
그제야 일이 크게 꼬였음을 알았다. 잘못하다 송주가 국제미아가
될 수도 있다고 생각하니 눈앞이 아찔해졌다. 어쩔 수 없이 캄보
디아의 출국심사소로 다시 돌아가 아이의 여권을 제시하며 도장

을 찍어줄 것을 요구했다. 캄보디아 직원은 입국할 때부터 아이의 비자를 받지 않은 것이 문제라며 도장 찍기를 거부했다. 아이의 비자는 필요 없다며 내 여권에 '아동1인 동반'으로 당신이 표기해 주지 않았냐며 하소연했지만, 들은 척도 하지 않고 무조건 기다리라고 했다. 몹시 초조해졌다. 1시간이 지났을 무렵에 캄보디아에서 입국을 담당하던 직원이 부르더니, 먼저 아이의 비자부터 받아오라고 지시했다. 비자를 받으려고 비자발급소로 향할 때, 분위기가 심상치 않음을 느낀 송주가 '엄마, 아빠 왜 그래?'라고 물었지만, 설명해 줄 방법이 없었다. 그때 캄보디아의 경찰이 다가와 도와주겠다며 호의를 베풀어 왔다. 지푸라기라도 잡는 심정으로 그에게 상황을 설명하며 도움을 청하자, 비자신청서를 작성하기 시작했다. 모든 것을 깔끔하게 해결하려면 돈이 필요하다며 비자20$과 무비자 입국에 대한 벌금으로 80$을 포함해 100$에 해결해 주겠다는 것이다. 부패한 경찰의 속이 훤히 보였다.

입국할 때 송주의 여권에 비자를 받지 않은 것을 후회해도 소용이 없었다. 만일의 경우를 대비해 영사관의 도움을 받자며 전화번호를 알아본 다음에 비자발급소로 향했다. 예상과 달리 비자발급소에서는 20$을 내밀자 즉각 비자를 발급해 주었다. 다시 캄보디아의 입국심사장에 가서 여권을 내밀자 말없이 도장을 찍어 주며 건너편 출국심사장을 가리켰다. 다시 캄보디아의 출국심사소로 가서 마지막으로 송주의 여권에 출국도장을 받고 나서 말할 수 없이 기뻤다. 문제를 해결하는 데 꼬박 2시간이 소요되었지만, 중요하지 않았다.

다시 태국의 입국심사장으로 돌아와 입국을 거부하던 직원에게 송주의 여권을 당당하게 내밀었다. 그는 태국의 출입국법 때문에 어쩔 수 없었다며 입국도장을 '꽝'하고 찍어주었다. 천신만고 끝에 국경을 무사히 통과하자, 아내는 송주를 힘껏 끌어안았다. 초조함이 심했던 만큼 기쁨도 컸을 것이다. 한 번의 포옹이 수천 마디의 말보다 더 많은 것을 말해줄 때가 있다.

다시 태국으로 입국한 우리는 제2의 푸켓으로 떠오르는 섬, 코창(Kochang)으로 여정을 잡았다. 태국에는 세계적으로 유명한 해변이 많았지만, 거리상으로 가깝고 리무진 버스가 바로 대기하고 있었다. 몇 개의 동선을 놓고 고민하다 내린 결론은 여행이 얼마 남지 않았기 때문에 무리하게 돌아다니는 것보다 여정에서 지친 몸을 달래려면 섬이 좋겠다는 결론을 내렸다. 리무진 버스를 타고 몇 시간을 이동해 다시 배로 갈아타고 섬에 도착한 우리는 처음으로 수영장이 딸린 호텔을 잡았다. 여행이 얼마 남지 않아서 돈을 아낄 필요가 없었다. 드넓게 펼쳐진 수평선을 보자, 가슴까지 탁

트였다. 아내와 아이를 데리고 쇼핑에 나섰다. 준비하지 못한 수영복을 사려는 것이다.

가게에 들러 수영복을 사고 골목길을 돌아설 때였다. 갑자기 오토바이가 나타나더니 내 팔목을 쳤다. 충격으로 그 자리에서 쓰러지면서 수영복 가방을 놓치고 말았다. 아내와 송주는 깜짝 놀랐지만 크게 다치지 않아서 다행이었다. 오토바이를 운전한 사람은 20대 초반의 젊은 아가씨로, 미안하다는 말을 남기고 근처에 있는 자신의 집으로 들어가 버렸다.

아픔도 잊은 채 그녀에게 달려가 무례함을 탓하자, 그녀는 크게 놀랐다. 그녀는 우리를 태국사람으로 오해했다며 미안해서 어쩔 줄 몰라 했다. 현지인이라면 괜찮다는 것인지 이해가 되지 않았다. 그리고 보니 앞에 서있는 송주의 얼굴이 까맣게 그을려 있었다. 아내는 많이 다치지 않아서 다행이라며 오후의 일정을 포기하고 호텔에서 수영을 즐기자고 했다. 투숙객이 거의 없는 수영장은 우리를 위해 준비된 것처럼 보였다. 친절한 여주인은 송주에게 튜브와 공을 가져다줘서 깊은 물도 걱정할 필요가 없었다. 수영장에 걸터앉아 아내에게 궁금한 것을 물어봤다.

"이번 여행에서 당신이 가장 기억에 남았던 장소는 어디야?"

한참을 망설이던 아내는

"리시케시에서 레푸팅이 끝나갈 무렵, 갠지스강에서 몸을 던졌을 때가 가장 좋았어요. 태국이 깨끗해서 좋기는 하지만 인도만큼 기억에는 오래 남을 것 같지는 않아. 당신은?"

바라나시에서 목욕을 했던 때라고 말하자, 고개를 끄덕이던 아내는

"오랫동안 여행을 하면서 느낀 것은 '인생은 여행이다.'는 말처럼 정말로 우리의 삶이 여행이라는 생각을 많이 했어요."

아내의 말을 무심코 듣다가 망치로 뒤통수를 세게 얻어 맞은 것 같은 기분이 들었다. 곰곰이 생각해보니 그랬다. 정말로 인생은 여행일지 모른다. 아내와 나는 인생과 여행의 공통점을 하나씩 찾아 나섰다. 인생에서 많은 사람을 만나는 것처럼, 우리는 여행을 하면서 많은 사람을 만났다. 인생에서 돈이 중요한 것처럼, 여행에서도 경비가 중요하긴 했지만, 삶에서 돈이 전부가 아닌 것처럼, 여행에서도 돈이 전부가 아니라는 사실도 일치했다.

우리가 머무는 호텔에는 여행상품을 안내하는 책자가 많았다. 그 중에서 아내의 눈길을 사로잡은 것은 스노쿨링이었다. 망설일 이유가 없었다. 송주도 좋아할 거라며 상품을 예약했다. 다음 날 아침 일찍 배를 타고 섬으로 출발했다. 날을 잘못 골랐는지, 가랑비가 점점 굵어 지더니 거센 파도가 치기 시작했다. 우리를 태운 선장은 노련한 솜씨로 가파른 파도 사이를 가르며 달렸지만, 배에

탄 여행자들의 표정은 몹시 굳어졌다. 목적한 섬에 도착하자, 하늘은 언제 그랬냐는 듯이 맑게 개었고, 에메랄드 빛 바다에서 스노쿨링이 시작되었다.

송주를 어떻게든 달래서 바닷속으로 데리고 들어가려고 했지만, 녀석은 공포에 질려 있었다. 아내를 닮아서 겁이 많다고 놀렸지만, 사실 4명의 누나 밑에서 자란 나도 무서웠다. 구명조끼를 입었지만, 바닥이 보이지 않을 정도로 검푸른 바다가 두렵게 느껴진 것이다. 우리는 할 수 없이 뱃전에서 낚시를 즐겼다.

점심을 먹고 배가 출발할 때가 되자, 다시 주위가 어두워지기 시작했다. 우려했던 폭풍우가 다시 휘몰아치기 시작했다. 배가 뒤집힐지도 모른다는 두려움에 간이 콩알만 해졌다. 배가 심하게 흔들리면서 배멀미를 호소하는 사람이 늘었고, 뱃전에까지 물이 튀어올랐다. 그나마 다행이었던 것은 승무원들의 표정이 아무렇지도 않았다는 사실이다. 매일 그렇다는 듯이 웃으면서 원숭이처럼 뱃전에 매달려 놀고 있었다. 배가 항구에 무사히 도착하자, 감사한 마음이 들었다. 폭풍우가 거세게 휘몰아치지 않았더라면 느끼지 못했을 마음이다.

다음 날 해변을 산책하다 황당한 장면을 목격하고 말았다. 해변가에 위치한 5성급 호텔의 수영장에는 세계 각국에서 피서를 온 사람들이 수영을 즐기고 있었는데, 바다에서 해수욕을 마친 동양인 한 명이 모래가 덕지덕지 묻은 채로 호텔 수영장으로 다가왔다. 모두가 '에이 설마?'라는 표정으로 지켜봤지만, 그는 아무렇지도 않게 수영장에 있는 동료의 이름을 부르면서 멋지게 다이빙하는 것이 아닌가. 그가 부른 이름은 '진호야!'라는 한국말이었다. 수영장 주변에는 해수욕을 즐긴 다음에 반드시 샤워를 하고 풀장에 들어가라는 안내판이 곳곳에 설치되어 있었지만, 그것을 보지 못한 것인지, 읽지 못하는 것인지. 같은 한국인으로서 낯이 뜨거워 얼른 그 자리를 피했다.

코창에서 휴식을 마치고 육지로 향하는 배를 기다리고 있을 때, 멀리서 여자 셋이 다정하게 걸어왔다. 가까워질수록 들리는 그들의 말이 귀에 익숙한 한국말이라 인사를 나눴다. 그들은 전세버스로 태국을 여행하고 있는 단체관광객이었다. 우리가 인도를 거쳐왔다고 하자, 꼭 가보고 싶은 곳이라며 인도가 어떤 나라인지 아내에게 물었다. 아내가 어떻게 대답할지 무척 궁금했다. 아내는 쉽게 말할 수 있는 나라가 아니라 잘 모르겠다고 얼버무렸다.

승선을 알리는 신호를 받고 페리에 올랐다. 매점에서 진열된 과자를 송주가 먹고 싶어 하는 눈치였다. 어떤 과자가 먹고 싶은지 묻자, 녀석은 손가락으로 점 찍어둔 과자를 가리켰다. 돈을 건네며

칭찬해 줬다.

"우리 송주는 저번에도 과일을 혼자 사왔지~"

"그때 잘했지~!"

아내까지 옆에서 거들자, 잠시 주저하던 녀석이 용기를 내어 돈을 받아 매점으로 터벅터벅 향했다. 과자를 턱하고 짚더니 매점 아가씨에게 돈을 내밀었다. 처음부터 이를 지켜보던 점원이 거스름돈을 건네면서 녀석의 볼을 쓰다듬으며 뭐라 칭찬해 주는 것처럼 보였다. 외국에서 과자를 혼자 사오다니, 대견한 녀석이다.

코창을 떠나 4시간을 달려 도착한 찬타부리에서 여장을 풀면서 아내가 호텔에 일기장을 두고 온 것 같다며 울먹였다. 호텔방에 있던 여행책자와 일기장이 뒤섞여버렸고, 그것도 모른 채 방에 두고 떠나온 것이다. 아무리 피곤해도 일기를 꼭 쓰고 잠자리에 들었던 아내에게 그것이 얼마나 소중한 것인지 알고 있었다. 다시 섬으로 돌아가 일기장을 찾자며 안심시켰다. 그러자 아내가 오히려 반대하고 나섰다. 처음에는 코창으로 다시 돌아가려면 100km에 이르는 거리를 두 번이나 버스를 갈아탄 다음에, 다시 페리를 타고 섬으로 들어가서 택시를 타고 호텔로 이동하는 번거로운 과정이 내게 미안해서인줄 알았다. 하지만 그게 아니었다.

아내는 내게 의미심장한 말을 남겼다.

"한번 떠나온 길을 다시 되돌아가고 싶지는 않아요. 여행도 일
주일밖에 남지 않았는데, 그럴 시간이 있으면 차라리 계획에
없던 파타야(Pataya)를 가는 편이 낳겠죠."

그러면서 내 일기장의 뒤편에 자기 일기를 쓰기 시작했다. 그래도
가족과 추억이 담긴 소중한 일기장인데 찾아야 되지 않겠냐고 묻
자, 그것은 이미 지나가버린 과거의 시간이고, 중요한 것은 내일
이라며 일정을 짜자고 졸랐다.

아내의 말에 깜짝 놀랐다. 그렇다. 나는 이미 지나가버린 과거의
시간을 후회하면서 시간을 낭비한 적이 많았다. 그럴 필요가 조금
도 없는데도 말이다. 지나간 시간은 이미 과거일 뿐이다. 중요한
것은 아내의 말처럼 내일이다. 과거에 얽매이게 되면 그것은 다시
허망한 과거가 된다. 오늘을 열심히 산다면 과거와 미래는 자연스
럽게 따라올 것이다.

다음 날 아내는 현명한 방법을 생각해 냈다. 여행정보센터를 찾아
가 상황을 설명하고 도움을 청한 것이다. 전화로 확인해 보니 주
인은 다행히 일기장을 잘 보관하고 있다고 했다. 간호원인 친구가
다음주 방콕으로 교육을 받으러 갈 일이 있다며 그때 전달받는 것
이 어떻겠냐고 하면서 친구의 휴대폰 전화번호와 약속 장소를 알
려줬다. 다행히 우리가 계획했던 방콕의 일정과도 맞아 떨어졌다.

뜻이 있는 곳에 분명 길은 있었던 것이다.

찬타부리를 떠난 우리는 다음 목적지를 아내의 의견에 따라 파타야로 정했다. 거리상으로 방콕에서 가까운 관광도시라 망설였지만, 오히려 그것이 사람의 마음을 끌게 하는 묘한 마력이 있었다. 사람이 많을 거라는 우리의 예상은 빗나가고 말았다. 우리나라에서 여름철 휴가가 몰려있는 7~8월이 파타야는 오히려 최고의 비수기였던 것이다. 그래서인지 대부분의 호텔과 여행 설비가 50% 이상씩 파격적인 할인행사를 벌이고 있었다. 50%로 할인된 수영장이 딸린 호텔을 잡는데 조금도 망설일 필요가 없었다. 우리가 여행하는 동안 묵어왔던 저렴한 숙박시설에서 벗어나 처음으로 엘리베이터가 딸린 화려한 호텔에서 아침식사까지 해결했다.

파타야에서는 한국인들과 자주 마주쳤다. 여름휴가를 활용해 단체로 관광을 떠나온 사람들이었다. 파타야를 떠나기 전에 화려한 만찬을 즐기려고 가격이 상당히 높은 부페식 레스토랑에 갔다. 그때 벽에 한글로 쓰여진 문구를 발견하고 우리는 말없이 발길을 돌려야만 했다.

"음식 남길 시 100바트 벌금!!"

11

부모님과의 이별을
준비해야만 한다

● ● ● ● ●

최종 목적지인 방콕에 도착하자, 귀국이 실감나기 시작했다. 인도에서 북인도를 시작으로 중앙인도를 가로질러 카주라호와 바라나시를 경유해 도착한 델리를 떠나 태국으로 입국해 아유타야를 거쳐 치앙마이와 포이펫 국경을 넘어 캄보디아에 다녀온 시간이 꿈만 같았다. 가족 모두가 여기까지 무사히 올 수 있었던 것도 어쩌면 눈에 보이지 않지만 누군가의 보살핌 때문이라고 생각하니 감사한 마음이 들었다. 어쩌면 어머니의 기도 때문일지도 모른다.

가족과 여행을 떠나기로 결심한 다음에 내가 풀어야 할 과제들 중에서 나를 가장 압박한 것은 부모님을 설득하는 문제였다. 그분들 상식으로는 도무지 이해가 가지 않는 일이었다. 시골에서 농사를 짓고 계시는 부모님에게 매너리즘에 빠진 나를 리프레시(Refresh) 시키고 건강도 회복하겠다는 말이 어디 가당키나 하겠는가? 더군다나 어머니가 지병을 앓고 계셔서 충격을 받으면 안 되는 상황이었다. 회사를 이직한 전적이 있어서 이번에 들어간 회사는 오래 다니라고 고향에 갈 때마다 신신당부하기 바쁜 어머니셨다. 아내와 머리를 맞대고 생각해 낸 아이디어가 해외에 파견근무를 가야된다는 착한 거짓말이었다.

여행을 떠나기 직전에 직장동료였던 고향 후배의 아버지 부고(訃告)를 받았다. 꼭 가서 위로해 줘야 할 후배였다. 고속버스를 타고 장례식장이 있는 전주가 아닌, 고향부터 찾아갔다. 부모님에게 해외 파견근무를 나가게 되었다는 말을 하고 상가집으로 갈 계획이었다. 갑작스러운 아들의 방문을 좋아하시기보다, 어머니는 혹시라도 무슨 변고가 있는지부터 물으셨다. 안심시켜 드리고 읍내로 외식을 나가자고 하자, 아버지는 좋아하셨지만 어머니는 한사코 집에서 먹자고 고집을 피우셨다. 간신히 설득해 윗집에 사시는 어머니 친구분과 함께 읍내 식당으로 갔다.

"아버지. 제가 해외로 3개월 파견근무를 나가게 되었어요."

"그래… 어디냐?"

"인도입니다. 가서 회사일 좀 하고 와야 합니다."

"아가야, 그그 위험하지 않타냐?"

깜짝 놀란 어머니는 자식의 안전부터 걱정이시다. 대학시절 이미 다녀온 나라라 괜찮다며 어머니를 안심시켜 드렸다.

"아따, 별걸 다 걱정하네. 외국 댕겨오면 승진한다고 그러더만. 좋은 일인께 쓸데없는 걱정은 붙들어 매더라고."

옆집 아주머니가 고맙게도 거들어 주셨다.

"그런데 아버지, 제가 8월 15일에나 들어올 예정인데, 아버지 칠순이 8월 3일이라 가족모임에는 참석하기가…"

"쓸데없는 걱정 붙들어 매고, 회삿일이나 잘 마치고 오랑께~"

아버지보다 어머니 말이 빨랐다. 당사자인 아버지도 섭섭하시겠지만 잘 다녀오라고 하셨다. 수심이 가득한 어머니를 달래며 돌아서는 발걸음이 한없이 무거웠다.

세계여행자의 허브라 불리는 카오산로드에서 숙소를 구하는 일은 쉽지 않았다. 거리의 유명세가 말해주듯 각국에서 여행을 즐기려고 떠나온 사람들로 북적거렸다. 인종의 구분 없이 넘쳐나는 사람들과 이들을 위해 준비된 길거리 음식, 여행상품, 그리고 현란한 네온사인 불빛 아래서 다양한 길거리 공연이 펼쳐지고 있었다. 여행자의 진한 채취와 숨소리를 느끼며 거리를 활보하는 것만으로도 가슴이 뜨겁게 고동쳤다. 이들 중에는 막 여행을 시작하려고 도착한 사람도 있고, 우리처럼 여행을 마무리하려는 사람도 있을 것이다. 여행을 시작하려는 사람이 부럽게 보이고, 떠나야만 하는 우리는 아쉽게 느껴졌다.

방콕에서는 해야 할 일이 많았다. 아내의 일기장을 찾는 일이 먼저였다. 우리는 일기장을 돌려받기 전에 그들에게 고마운 마음을 전할 선물을 준비하러 쇼핑에 나섰다. 관광대국의 심장부인 방콕을 쇼핑의 천국이라 부르는 이유를 알 것 같았다. 엄청난 쇼핑몰과 다양하게 완비된 관광인프라에 입을 다물지 못할 정도였다. 그럴수록 우리의 고민은 커져만 갔다. 현지인에게 선물로 무엇이 좋을지 감을 잡을 수 없었기 때문이다.

한국에 있는 가족이나 친구라면 몰라도 현지인에게 무엇이 좋을지 감이 잡히지 않았다. 선물이라는 게 아무리 주는 사람의 마음이라고는 하지만, 우리는 그들보다 잘 사는 나라에서 온 외국인이다. 코창에서 방콕까지 먼 거리임에도 일기장을 전해주려는 그들의 따뜻한 마음에 보답할 수 있는 뜻깊은 선물로 준비하고 싶었다. 오전 내내 쇼핑몰을 돌면서 고민하다 결국 스카프 두 개를 사서 약속한 장소로 향했다. 호텔 주인의 친구라는 그녀를 우리는 몰라봤지만, 그녀는 단번에 우리를 알아봤다. 일기장을 전달받은 아내는 그녀의 손을 움켜잡고 몇 번이나 고맙다는 마음을 전했다.

아내가 행복해하는 마음이 그녀에게도 전해졌을 것이다.

입국을 앞두고 우리는 방콕에서 쇼핑을 마음껏 즐기기로 작정했다. 여행을 시작한 인도에서 돈을 절약해 여유가 있었고, 남은 돈을 한 푼도 남김없이 쓰고 빈손으로 한국에 들어가기로 했다. 먼저 송주에게 추억이 될 만한 기념품과 아버지의 칠순을 위한 선물부터 사기로 했다. 거대한 쇼핑몰에는 마사지 숍과 의료상품과 이미용은 물론 의류, 음식 등 없는 것이 없을 정도로 화려하게 상품이 진열되어 있었다. 자기부상 열차가 시내의 쇼핑몰과 쇼핑몰을 공중으로 연결하면서 달리는 모습도 퍽 인상적이었다. 정부적인 차원에서 외국인에게 비자를 면제하고 관광을 언제든 자유롭게 즐길 수 있도록 방콕을 탈바꿈시킨 것이다.

우리는 송주에게 옷을 사주려고 태국 실크를 세계적인 브랜드로 키운 짐톰슨(Jim Thompson) 매장에 들렀다. 시내 중심에 위치한 매장에는 외국인 관광객들로 무척 붐볐다. 가격이 생각했던 것보다 비쌌다. 녀석의 티셔츠를 구입하고 나오는 중에 노부부로 보이는 두 명의 노인과 마주쳤다. 매장에서 나오는 우리를 보자, 기다렸다는 듯이 저쪽에 가면 저렴한 쇼핑몰이 있다며 우리가 그곳을 모르는 것을 안타까워했다. 어떻게 가는지 물었더니, 신호등을 건너서 조금만 가면 된다며 능숙하게 영어를 구사했다. 우리는 노부부에게 고맙다는 말을 건네고 가보기로 했다.

길을 건너려고 신호등을 기다리던 우리에게 다른 노인이 다가와 어디에 가는지 말을 걸어왔다. 저쪽에 있는 저렴한 쇼핑몰에 간다고 하자, 때마침 잘되었다며 자기도 그쪽으로 가는데 길을 안내해 주겠다는 것이다. 노인의 말에 저렴한 쇼핑몰이 더욱 기대되었다. 국적을 묻는 노인에게 한국에서 왔다고 하자, 갑자기 〈대장금〉이나 〈주몽〉, 〈허준〉 같은 탁월한 드라마를 만드는 한국인의 저력을 칭찬하기 시작했다. 동남아에서 불고 있는 한류의 바람을 확인하면서 기분이 좋아졌다. 영어를 능숙하게 구사하는 노인에게 젊었을 때 직업을 묻자, 무역상사에서 중역으로 은퇴했다고 자신을 소개했다.

이런저런 이야기를 나누면서 한참을 걸어도 금방이라던 노인의 말과 달리 쇼핑몰은 한적한 곳에 위치해 있었다. 조금 의심스러웠지만, 걸어온 시간이 아깝고 해서 끝까지 노인을 믿어 보기로 했다. 목적지에 도착한 노인은 빌딩을 가리키며 안으로 들어가라는 말을 남기고 어디론가 사라져버렸다. 허름한 빌딩에 들어서자마자 우리는 속은 것을 금방 알게 되었다. 그곳에는 수입품이라는 보석과 모조품이 진열되어 있었고 쇼핑객도 없이 한산했다. 주인이 얼른 다가와 우리를 극진하게 맞이했지만 불쾌한 심정으로 발길을 돌렸다.

30여 분이나 걸어왔던 길을 되짚어 돌아가면서 녀석이 다리가 아프다고 칭얼거려도 하소연할 곳이 없었다. 한참을 가다가 건너편에서 우리를 안내해 준 노인과 처음에 부부로 보였던 노인이 함께 모여서 이야기를 나누고 있는 모습이 눈에 띄었다. 그들은 쇼핑객을 대상으로 호객행위를 하는 노인들이었던 것이다. 도로를 눈썹이 휘날릴 정도로 가로질러 달려가 그들 앞에 멈춰 서자 크게 당황했다. 아이가 딸린 가족에게 그렇게까지 했어야 되는지 다그쳤다. 아내도 무척 통쾌해했다.

그들을 뒤로하고 걸으면서 마음이 개운하지 않았다. 누군가와 다투거나 화를 낸 뒤에 화를 낸 사람의 마음도 편치 않아서다. 내면의 자아(自我)로부터 '노인들을 그냥 이해했어도 되지 않았겠느냐.'라는 물음도 들려왔다. 늙는다는 것은 과연 무엇일까? 저들이 길거리에서 호객행위를 할 수밖에 없는 이유도 분명 있을 텐데. 마음이 꺼림직했다.

노인들과 헤어지고 쇼핑몰을 둘러보면서 아버지의 칠순을 기념할 선물을 사고 싶었지만, 적당한 물건을 찾기가 어려웠다. 칠순이라 조금은 특별한 선물을 사고 싶었다. 수명이 길어지면서 60이라는 환갑보다 칠순이 더 중요하기 때문이다. 사람에게 70의 의미는 무엇이고, 내게도 그때가 올까를 생각하다가 그만 머리를 설레설레

흔들었다. 지금은 아버지의 선물을 사는 것이 중요하다. 아내가 갑자기 박수를 치며 좋은 생각을 해냈다. 진작에 그걸 생각하지 못한 것이 억울할 정도였다. 그 생각은 출국할 때 면세점에서 사는 것이었다. 그때부터 우리는 편안한 마음으로 쇼핑을 즐길 수 있었다.

마침내 여행을 마치고 한국으로 입국하는 날이 되었다. 출발할 당시만 해도 오지 않을 거라고 생각했던 입국일이 닥치자 기분이 묘했다. 아이와 아내는 아침부터 기분이 들떠서 좋아했지만, 아버지의 선물을 사지도 못했고, 귀국하고 나서 가장으로서 헤쳐갈 일이 걱정된 것이다. 면세점에서 선물을 사려고 공항에 일찍 도착했다. 아내가 낸 아이디어는 시계였다. 시계는 일생에서 칠순이 풍기는 시간적인 의미도 있을 뿐만 아니라 오래오래 사시라는 의미도 담으면서 여행을 다녀온 기념품이라는 3박자가 모두 맞아 떨어졌다. 더군다나 어머니에게도 똑같이 사 드릴 수 있었다. 시계 값은 브랜드에 따라 천차만별이었다. 면세점을 두루 살피다 적당한 시계를 골라 포장하면서 나도 모르게 한숨이 나왔다. 이게 부모님께 드리는 마지막 시계가 아니었으면 좋겠다는 말을 듣고, 아내도 그런 말을 들으니 슬퍼진다고 했다. 사람마다 차이가 있겠지만, 나는 아이가 태어났을 때야 비로소 부모의 마음을 조금 알게 되었다. 철이 들기 시작한 것이다. 아이가 자라면서 부모의 마음이 들여다보이기 시작했다. 아이를 지방에서 키울 때 고향을 방문한 나는 부모님에게 새집을 지어드리겠다고 덜컥 약속해 버렸다. 아내와 이미 상의된 일이라고 안심시켜 드렸지만, 사실은 아니었다. 아내를 먼저 설득한 다음에 부모님에게 말하는 것이 수순이겠지만, 아내를 나중에 설득하기로 하고 일을 저질렀다. 아내에 대한 믿음이 컸고, 그래야지 가능할 것만 같았다. 내 말을 듣고 당황하던 아내의 표정을 생각하면 지금도 미안한 마음이 든다. 돈이 1, 2백만 원 들어가는 것도 아니고, 수천만 원이 소요되는 일을 누가 쉽게 동의할 수 있겠는가?

아내가 내게 섭섭해한 것은 자신과 미리 상의하지 않고 일을 저질렀다는 점이다. 1주일간 외면하던 아내는 그렇게 해드리자며 닫혀있던 마음의 문을 열었다. 적금을 해약해 계약금으로 송금하고 나서 긴축재정에 돌입했다. 그렇게 해서 7개월 만에 새집이 지어졌고, 마을 사람들은 부러워했다.

부모님의 선물을 준비한 후, 홀가분한 마음으로 비행기에 올랐다. 그리운 사람들의 얼굴이 하나둘씩 떠올랐지만, 어머니가 가장 보고 싶었다. 이번 여행에서 부모님의 소중함을 다시금 깨달은 것이다. 여행을 다니면서 멋진 풍경이나 세계적인 문화유산과도 마주할 때마다 부모님의 얼굴이 가장 먼저 떠올랐다. 아내도 장인·장모님이 생각나기는 마찬가지인 것 같았다. 우리가 편하게 여행을 즐길 수 있는 것도 어쩌면 일제강점기를 겪고 6.25라는 한국전쟁과 보릿고개를 넘긴 부모님 세대의 눈물겨운 희생이 있었기에 가능했을 것이다. 어느덧 과거가 되어버린 여행의 추억을 되새기는 동안 우리 가족이 탄 비행기는 한국을 향해 이륙했다. 기내에서 식사를 마친 후 물을 마시고 있을 때, 아내가 내 옆구리를 꾹 찌르며 물었다.

"여보, 우리가 이번 여행에서 가장 잘한 결정이 뭔지 알아요?"

"글쎄... 부모님 선물로 시계를 산 거?"

"잘 생각해 보세요."

"그럼, 예정에도 없던 앙코르와트에 다녀온 거?"

아내가 무슨 의도로 물었는지 의중을 파악하지 못한 나는 아내의 대답이 궁금했다.

"아버님 칠순에 참석할 수 있도록 입국일을 앞당긴 결정이에요. 그때 그렇게 하지 않았더라면 칠순 행사에 참석하지 못할 것이고, 당신이 말한 앙코르와트에도 가지 못했을 테고…그 결정 덕분에 모든 것이 잘 풀린 거 같아요."

아내의 말이 옳았다. 실제로 입국을 앞당긴 결정으로 처음에 계획했던 여정과 모든 것이 크게 달라진 것이다. 아내의 질문은 계속

되었다.

"인생과 여행에서 우리가 찾지 못한 공통점이 하나 더 있어요. 그게 뭘까요?"

어려운 질문이다. 아내의 눈빛은 확신에 차 있었다. 눈만 껌뻑거리고 있던 내게 아내는

"인생이나, 여행에서나 자기가 마음먹기에 따라 얼마든지 여정을 바꿀 수 있다는 점이 똑같아요. 우리가 일정을 바꿔서 이렇게 일찍 귀국하는 것처럼."

아내의 말이 옳았다. 여행을 다니면서 계속 선택해야만 하는 순간이 우리에게 주어졌고, 그 판단에 따라 여정이 크게 달라졌다. 아내가 다시 내게 주머니에 돈이 얼마가 남았는지 물었다. 대답하지 못하자, 거기에 우리가 찾지 못한 여행과 인생에서 가장 큰 차이가 있다고 말했다. 여행이 끝나는 날을 미리 알고 있던 우리는 거기에 맞춰 돈을 다 쓰고 입국하고 있지만, 언제 죽을지 모르는 사람들은 죽는 날을 모르기 때문에 돈에 대한 끝없는 집착을 보인다는 것이다.

드디어 배낭여행을 마치고 우리 가족은 인천공항에 무사히 도착했다. 공항버스를 타려고 이동할 때, 송주가 우리에게 물었다.

"엄마 아빠, 여기는 말이 똑같아서 좋다."

녀석을 바라보니 여행을 떠날 때보다도 부쩍 자라 있었다.

◆ 부부는 함께 늙어가는 진정한 사랑이다.
◆ 부부는 서로의 부족함을 채워주는 존재다.
◆ 부부는 눈빛 하나로도 마음을 통하는 소중한 동반자이다.
◆ 부부는 익숙함 속에서도 설렘을 잃지 않는 싱그러운 사랑이다.
◆ 부부는 서로에게 최고의 친구이자 연인인 소중한 관계다.
◆ 부부는 역사를 만들어가는 아름다운 이야기의 주인공이다.

Part 03

부부끼리
떠나는
배낭여행

유럽의 3대 야경으로 손꼽히는 부다페스트

같은 아파트 단지에 거주하던 이웃과 같은 학교에 학생을 둔 학부모란 이유
로 친분을 쌓다가 돈독한 관계로 발전했다. 그러던 어느 날 그들은 헝가리로
발령을 받았다. 몇 년 뒤에 그들은 우리를 자신의 집으로 초대했고, 우리는
유럽으로 배낭여행을 떠났다. 부다페스트에서 파노라마처럼 펼쳐지는 장엄
한 야경을 보면서 그들의 초대에 감사한 마음이 들었다. 작게 시작된 관계가
우리의 여정을 바꾸어 놓은 것이다. 돌이켜보면 사람들과의 관계는 필연 이
외에 사소한 인연이 없음을 깨닫는다.

01

인간관계의 힘

. . . . .

"삐그덕!"

미국에 사는 처형이 방문하는 날이었다. 인천공항에서 승용차 트렁크에 짐을 싣던 나는 허리에 갑작스러운 통증을 느꼈다. 처형은 한국을 방문할 때마다 여행가방에 잔뜩 선물을 담아왔다. 가족들이 허리의 통증을 눈치채지 못하도록 간신히 짐을 실었다. 복잡한 공항주차장을 빠져나오자, 시원스럽게 뚫린 공항고속도로가 펼쳐졌다. 처형은 미국의 꿈(American Dream)을 좇아 결혼한 이후에 곧바로 미국으로 향했고, 고생 끝에 그 꿈을 이루었다. 미국에서 태어난 조카들도 명문대를 졸업하고 고액연봉을 받는 사회의 일원으로 성장했다. 한국의 샐러리맨이라면 누구나 한 번쯤은 품었을 꿈을 실현한 것이다. 아내와 처형의 허물없는 대화가 오가는 동안에 맞장구를 쳐주면서도 내 머릿속은 복잡해졌다. 허리가 계속해서 욱신거렸기 때문이다.

유럽여행 일자가 다가올수록 허리의 상태는 점점 악화되었다. 아픈 몸을 겨우 이끌고 침을 잘 놓기로 유명한 친구의 한의원을 찾았다. 반갑게 맞아주는 친구를 보자, 마음이 편안해졌다. 고교 동창생으로, 대학시절 신촌에서 함께 하숙을 했던 허물없는 친구다. 물론 같은 방을 쓰면서 친구와 다툼도 있었다. 아무리 가까운 사이라도 같은 방을 쓰다 보니 서로의 단점이 보였다. 고비가 있었지만, 서로의 마음을 터놓는 편지를 써서 해결하던 추억이 떠올랐다.

"그래, 어쩌다가 또 허리를 다쳤냐? 컨설팅은 잘되고?"

"그냥 무거운 가방을 들다가 조금 삐끗했다. 그런데 직장생활할 때가 좋았지. 컨설팅은 프로젝트 따기가 여간 쉽지 않아. 이럴 줄 알았으면 직장생활을 좀더 전략적으로 했어야했는데…"

솔직한 심정이었다. 회사를 몇 차례 옮기면서 달려온 지난 세월이 주마등처럼 스쳐 지나갔다. 사실 컨설팅의 세계는 약육강식이라는 정글의 법칙이 적용되는 살벌한 곳이다. 프로젝트를 수주하려면 경쟁자를 실력으로 제압해야만 하고, 새로운 오더를 따려면 맡겨진 프로젝트에도 최선을 다해야만 한다. 적당히 눈치껏 해도 월급이 따박따박 나오는 샐러리맨과는 차원이 달랐다.

"그러게 상사들한테 잘 보이고, 성질 좀 죽이고 살았어야지!"
지난해 직장을 사직하고, 컨설팅을 시작한 내게 던진 친구의 말이 정곡을 찔렀다. 39살에 임원이 되어 조금이라도 성과를 내기 위해 직원들을 닥달하던 모습이 스쳐지나갔다. '지금 알았던 것을 그때도 알았더라면 참으로 좋았을 텐데.'라는 생각도 부질없이 느껴졌다. 내 직선적인 성격을 잘 알고 있던 친구가 침을 놓기 시작했다. 허리가 아픈데 다리와 팔에 침을 놓는 것이 신선했다. 친구의 숨소리와 손놀림에서 최선을 다하고 있음이 느껴졌다. 그래서인지 허리의 통증이 한결 가벼워졌다. 친구는 내게 추나요법으로 온몸을 치료해 줬고, 마지막은 물리치료로 마무리했다. 한의원에 들어올 때, 허리를 펴지 못하고 꾸부정하던 걸음걸이가 편해져서 놀랐다. 그래서인지 친구의 한의원에는 항상 손님으로 가득했다. 계산대에서 카드를 내밀자, 간호원은 원장님이 약은 주되, 돈은 받지 말라고 지시했다며 한사코 결재를 거부했다. 친구의 배려에 감사하며 한의원을 나섰다. 집으로 돌아오는 길에 친구들을 떠올려보니, 내게는 4가지 유형의 친구가 있었다. 초등학교 시절의 깨복쟁이 친구, 고등학교 동창과 대학친구 그리고 직장생활을 하면서 만난 사회친구였다. 그중에서 나는 고등학교 친구가 마음이 가장 편해서 좋았다.

아내와 산책을 다녀오는 길에 대기업에 다니는 고교동창 친구에게 전화가 왔다. 지방에서 친구가 올라와 번개모임을 하니까 무조건 빨리 오라는 것이다. 얼마쯤 걸릴지를 묻길래, 대략 1시간 30분이 소요된다고 답했다. 아내도 잘 아는 친구들이라 서둘러서 운동을 마치고, 약속장소인 인덕원으로 향했다. 스마트폰의 안내를 받으며 약속장소에 도착했다. 6개월 만에 보는 반가운 얼굴들이라 뜨겁게 포옹했다. 술잔이 한 바퀴를 돌고 나서 지방에서 올라온 친구가 내게 뜻밖의 제안을 던졌다. 컨설팅을 그만하고 자기가 겸임하고 있는 회사의 대표로 오라는 진지한 제안이었다. 당황했지만 설렜다. 친구는 술자리에서 나눌 말이 아니라며 다음 날 만나서 이야기를 나누기로 했다.

다음 날 친구와 카페에서 만났다. 그는 자기 사업을 하면서 지인의 부탁으로 다른 회사의 대표이사를 겸임하고 있었다. 들어보니 창업한 지 3년이 된 바이오 벤처회사로, 대표이사의 적임자로 오너에게 나를 적극적으로 추천했고, 이미 확답을 받아놓았다는 것이다. 나는 궁금한 것을 마음껏 물어봤고, 친구는 회사의 모든 것을 속시원하게 알려주었다. 회사의 장점과 단점을 파악하면서 고민하지 않을 수 없었다. 몇 가지 걸림돌이 있었다. 그중에서도 회사가 대전에 있다는 사실이 가장 마음에 걸렸다. 친구도 신중하게 판단할 것을 주문했지만, 기회라고 생각되었다. 컨설팅보다 일이 수월하고, 필요하다면 대전으로 가지 못할 이유도 없다는 마음이 들었다. 아내와 상의해 보고 연락을 주기로 했다.

집으로 돌아와 아내에게 배낭여행을 떠나기가 힘들지도 모른다고 말했다. 아내는 크게 당황했다. 자초지종을 설명하자, 오랫동안 준비해 온 여행이고 다녀온 뒤에도 고려해 볼 수 있는 일이라며 나를 설득했다. 아내의 말이 옳았지만, 뭔가에 한번 꽂히면 당장 해결해야만 직성이 풀리는 성격이라 유럽여행과 대전행을 놓고 선택해야만 했다. 하나를 선택하면 하나는 반드시 포기해야만 한다. 여러 가지 정황을 고려한 끝에 친구에게 미안한 마음을 알렸다. 아내는 내게 스마트폰에서 구글 지도를 열게 한 다음, 유럽의 도시 지명을 찾아 입력하면서 여행의 동선이라며 공부할 것을 권유했다. 그제야 나는 10년 만에 다시 배낭여행을 떠난다는 사실이 실감나기 시작했다.

이번에 계획된 배낭여행은 순전히 헝가리에 거주하는 지인(진호의 아빠, 엄마)의 초청으로 시작되었다. 같은 아파트 단지에 살던 우리는 아이들이 초등학교에서 같은 반이 되면서부터 친근한 이웃으로 발전했다. 고향에서 택배로 보내온 많은 음식을 나누어 먹거나 집으로 초대해 식사를 함께하고, 외식도 함께하는 사이로 발전했다. 그러던 중에 지인이 헝가리로 발령이 나면서 가족 전체가 이주하게 된 것이다. 그것이 벌써 5년 전의 일로, 지난해 10월에 잠시 귀국한 그들과 외식을 하는 중에 정식으로 초대를 받게 된 것이다.

출국하기 한 달 전부터 아내는 구청 도서관에서 유럽여행 책자를 빌려왔다. 그중에서 유시민의 『유럽 도시기행』이 눈에 띄었다. 읽어보니 책이 조금 어렵게 느껴졌다. 예전에 배낭여행을 떠나기 전에 가슴에 새긴 "여행을 떠날 때는 100번 보는 것보다 오히려 1번 읽는 게 낫다."는 뜻의 '백견이 불여일독(百見 不如一讀)'이란 말이 떠올랐다. 여행 목적지에 대해 공부를 많이 한 다음에 여행을 떠나라는 말이다. 정보를 습득한 이후에 보는 것과 모르는 상태에서 단순히 눈으로만 봤을 때의 차이점은 참으로 크고, 특히 의사소통이 어렵고 문화적으로 차이가 큰 외국으로 여행을 떠나려면 더욱 필요할 것이다.

K기업의 강연을 끝으로 배낭여행 준비가 완료되었다. 오래 전에 인도로 배낭여행을 다녀온 경험이 있어 배낭은 최대한 간편하게 꾸렸다. 속옷 5벌과 티셔츠와 반바지는 3벌씩, 슬리퍼와 면도기를

비롯한 세면도구가 전부였다. 여정을 기록할 노트와 책으로는 시집 하나를 챙겼다. 지인이 특별히 부탁한 청양고추와 단팥빵도 충분히 준비했다. 우리는 지인의 집을 베이스캠프로 삼아 부다페스트에서 3박을 하고, 크로아티아를 거쳐 슬로베니아로 넘어간 후 오스트리아 비엔나를 둘러보고, 다시 지인의 집에 들러 서울로 돌아오는 일정을 잡았다.

드디어 출발하는 날이 되었다. 인도와 동남아로 가족과 3개월간의 배낭여행을 다녀 온 지도 어느덧 10년이 흘렀다. 그래서인지 마음이 더욱 설렜다. 평소부터 아내와 조금이라도 젊었을 때 여행을 다니자는 약속을 했고, 이를 실행으로 옮기게 된 것이다. 항상 느끼지만 막상 여행을 떠나 현지를 돌아다닐 때보다 여행을 떠나기 직전에 더 행복함을 느낀다. 물론 여행을 떠나면서 불안한 마음도 있다. 하나를 선택하면 하나는 반드시 포기해야만 하기 때문이다. 하지만 포기한 것보다 아내와 떠나는 이번 여행이 내 인생의 향방을 다시 결정해 줄 것만 같았다.

우리를 태운 비행기가 부다페스트로 출발하기 위해 활주로에 들어섰다. 힘차게 이륙하는 비행기에서 행복과 불안한 마음이 교차했다. 12시간 동안이나 비행기를 타야 된다는 사실이 무척 부담스러웠다. 영화를 연달아 3편 보고, 음악을 듣고, 식사도 2번 하면서 잠을 자다 깨다를 반복하다 보니, 어느덧 비행기가 곧 착륙한다는 안내 방송이 들려왔다. 비행기가 착륙할 때마다 항상 작은 공포심을 느꼈다. 그러면서도 왠지 짜릿했다. 공항에 착륙해 입국절차를 마치고 여행가방을 찾아 출구로 나왔을 때, 우리를 초대한 진호 아빠가 마중을 나와 기다리고 있었다. 지금까지 공항에서 영접을 받아보기는 처음이라 어색했다. 누군가 우리를 기다려준 사람이 있다는 사실 하나만으로도 유럽이 아니라 마치 제주도에 온 듯한 포근함을 느꼈다. 서로 반갑게 악수하며 초대에 감사한 마음을 전했다. 공항을 벗어나면서 헝가리에 대한 다양한 정보를 우리에게 알려주었다. 그렇게 40여 분을 달려 마침내 지인의 집에 도착했다. 시내 중심가에 위치한 현대식 8층 고급아파트에는 진호 엄마가 돼지고기에 메론을 곁들인 프로슈토와 와인을 차려 놓고 우리를 기다리고 있었다. 7개월 만의 만남이지만, 어제 본 것처럼 친근하게 느껴졌다. 우리는 여장을 풀 겨를도 없이 발코니에서 8시까지 담소를 나눴다. 유럽이라 9시까지도 해가 지지 않았고, 집밖으로 산책을 가자는 제안에 우리는 지인을 따라 밖으로 나왔다. 그제야 부다페스트의 길거리가 하나둘씩 눈에 들어오기 시작했다. 길가에 가지런하게 들어선 대리석 건물이 눈에 띄었고, 트램과 전기 버스가 다닐 수 있도록 도로의 상단에 설치된 전기선과 가로등에서 유럽의 감성도 느껴졌다. 그들이 우리를 영웅광장으로 안내했다. 웅장한 영웅들의 조각상에서 역동성이 느껴졌다. 광장을 뒤로하고 놀랍게도 우리나라 애국가를 작곡한 안익태 선생의 동상이 세워져 있는 것을 보고 그곳에서 사진촬영을 했다. 광장의 뒷편에는 지하 1000m에서 끌어올린 온천수로 유명한 세체니온천이 있었다. 고대 로마시대에 부상병을 치료하기 위한 수단으로 활용된 온천은 지금도 헝가리에 전국적으로 500여 개가 있다는 것이다. 부다페스트의 밤공기는 시원하고 무척 상쾌했으며, 길가의 가로수들도 저마다 진한 향기를 뿜내고 있었다.

다음 날 우리는 진호 엄마를 따라 나섰다. 본격적인 부다페스트의 관광을 위해서였다. 진호 엄마는 가장 먼저 부다성으로 방향을 잡았다. 버스를 타고 부다성 앞에서 내려 꾸불꾸불한 길을 따라 부다성으로 올라갔다. 올라갈수록 서서히 모습을 드러내는 시내의 전경이 예술처럼 느껴졌다. 부다페스트는 도나우강(다뉴브강)을 기점으로 부다와 페스트로 나뉜다. 언덕을 뜻하는 서쪽의 부다라는 지명과 평지를 뜻하는 동쪽의 페스트가 합해져 오늘날의 부다페스트로 재탄생된 것이다. 부다성의 정상에서 바라본 도심 풍경은 참으로 아름답고 매력적이었다. 하지만 우리의 눈길을 끈 것은 성 안에 있는 국립미술관이었다. 유럽에서의 첫 여정을 감동 있는 미술관 관람으로 시작하는 것에 만장일치로 동의했다. 주저함이 없이 티켓을 끊어 설레는 마음으로 입장했다. 나는 미술관이 그토록 거대하고 웅장한지 미처 예상하지 못했다. 6층까지 관람하는데 무려 3시간이 넘게 소요되었다. 지금까지 그렇게 거대한 미술관을 가보지 못했던 터라, 전시관의 규모와 작품의 다양성에 깜짝 놀랐다. 헝가리에서 유명한 화가들의 작품이 총망라되어 있고, 근대에서 현대까지 과거와 현재가 조화를 이룬 멋진 전시회를 보면서 깊은 감명을 받았다.

미술관 관람을 마치고 나온 우리는 근처에 있는 맛집을 골랐다. 스마트폰의 구글맵을 활용해 레스토랑의 메뉴와 고객들의 평점을 꼼꼼하게 확인하면서 괜찮은 이탈리안 레스토랑을 찾았다. 스마트폰이 나오면서 이전 같으면 감히 생각할 수도 없는 편리함이다. 코로나 팬데믹 이후 인플레이션이 심화되고, 부다성 안에 위치한 특별한 음식점이어서인지 가격이 서울보다 비싸게 느껴졌다. 유럽인들은 1인 1메뉴를 시켜서 각자가 즐기는 문화지만, 우리는 피자와 파스타 등의 다양한 메뉴를 주문해 서로 음식을 나누어 먹었다. 길거리의 야외 레스토랑에서 처음으로 마시는 에스프레소가

부다페스트의 그레이트 마켓 홀

부다페스트를 방문한 여행객이라면 반드시 들러야 할 관광명소다. 파리의 에펠탑을 설계한 에펠이 디자인한 철제건축물로, 죽기 전에 꼭 봐야 할 세계건축 1001로 꼽혔던 건물로 유명하다. 여행객들이 현지국의 시장을 방문하는 가장 큰 이유는 그들에게서 삶의 진정성을 엿볼 수 있기 때문이 아닐까?

유달리 맛이 좋았다. 정말로 유럽에 왔음을 실감하는 순간이다. 이들의 야외에 놓인 길거리 카페문화가 참으로 부럽다. 땅은 좁고, 사람이 많은 서울의 길거리에서는 실현될 수 없는 꿈같은 풍경이다.

식사를 마치고 진호 엄마는 우리를 대성당으로 안내했다. 자기는 이미 수차례 들어가 봤으니, 우리만 들어가라고 권했다. 그도 그럴 것이 입장료가 꽤 비쌌다. 성당안으로 들어서자, 드높은 천장과 곡선의 디자인에 압도되고 말았다. 뭐라 형언할 수 없는 아름다움과 경건함이 잔뜩 묻어났다. 여기저기를 촬영하며 소중한 순간을 담아 밖으로 나왔다. 우리를 기다리고 있던 진호 엄마는 어땠는지 물었고, 나는 엄지손가락을 치켜세웠다. 성곽에 도착하자, 사진 촬영하기 좋은 포인트가 곳곳에 널려 있었다. 미술을 전공한 진호 엄마의 촬영 실력은 우리와는 차원이 달랐다. 더군다나 그녀는 어디가 사진의 핵심 포인트인지를 이미 잘 알고 있었다. 세계 각국에서 온 관광객들과 함께 어울려 사진을 촬영하면서 그 순간을 마음껏 즐겼다.

부다성을 뒤로하고 강을 건너 페스트 지역으로 넘어왔다. 훌륭한 가이드를 따라 이동한 곳은 전세계 관광객들에게 가장 인기가 높은 '이슈트반' 대성당이었다. 성당으로 가는 길에는 노천카페들이 즐비했고, 좌우로 빈틈없이 들어선 대리석 건물의 위용도 대단했다. '숭고하다'라는 뜻의 이슈트반 성당에 도착하니, 교복을 입고 단체로 수학여행을 온 학생들이 눈에 띄었다. 우리는 성당 앞에 있는 광장의 노천카페에 앉아 여유로운 시간을 보냈다. 다음 목적지는 관광객들의 필수코스로 유명한 국회의사당이었다. 성당에서 가까운 국회의사당의 자태는 놀랍도록 세밀했다. 세계에서 두 번째로 규모가 큰 부다페스트 국회의사당의 야경은 아름답기로 특히 유명했다. 1902년에 완공된 국회의사당의 길이는 268m였고, 가장 높은 첨탑의 높이는 96m에 달했다. 국회의사당 앞에는 각종 행사가 개최되는 광장이 있고, 그곳에는 이미 세계 각지에서 온 관광객들로 북적거렸다.

퇴근 무렵에 국회의사당 근처에서 근무하고 있는 진호 아빠와 연락이 닿았다. 우리는 그의 차를 타고 집에 도착했다. 부엌으로 달려간 진호 엄마는 우리를 위해 특별요리인 김치찌개를 준비했다. 유럽에서 먹는 김치찌개의 맛은 아주 특별했다. 저녁식사를 마치고 집 앞에 있는 노천가페로 와인을 마시러 나갔다. 그들은 토요일인 다음 날 우리를 위해 와이너리를 방문하는 여정을 설명해 주었다. 지인의 초청을 받고 아내가 배낭여행을 진짜로 떠나자고 제안했을 때 망설이자, 와인을 마음껏 사주겠다는 말에 현혹되었을 정도로 와인의 애호가인 나는 무척 기대되었다. 우리와 주말을 어떻게 보낼지 미리 계획해 둔 그들의 따뜻한 마음이 느껴졌다.

우리는 아침 일찍 토요일 아침마다 장이 열린다는 근처의 노점마켓을 방문했다. 풍성한 과일과 빵, 야채가 저렴한 가격으로 직송되어 판매되고 있었다. 과일철이라 체리와 수박, 넓적복숭아 등을 넉넉하게 샀다. 집으로 돌아온 우리는 와이너리로 출발했다. 토요일 아침인데도 고속도로가 막히지 않아 자동차들이 쌩쌩 달렸다. 차창 밖으로 펼쳐진 헝가리의 광활한 대평원을 보면서 놀라지 않을 수 없었다. 1시간 30분을 달려 드디어 와이너리에 도착했다. 와인 숍에 들러 중고가의 와인으로 4병을 샀다. 와인 숍의 주인은 무척 친절하고 배려심이 깊은 사람이었다. 와인 전문가로서의 자부심과 직업의식이 투철해 보였다. 나는 와인을 즐기고 싶었지만, 운전을 하는 진호 아빠를 생각하여 마시지 않기로 마음먹었다. 돌아오는 길에 리조트에 들러 주변의 드넓은 포도밭에서 사진 촬영을 하며 순간을 만끽했다.

집으로 돌아온 우리는 휴식을 취한 후, 부다페스트의 야경을 보기 위해 부다성으로 향했다. 유럽에서 3대 야경으로 파리와 프라하, 부다페스트를 손꼽는다. 그래서인지 우리의 기대는 그만큼 컸다.

유럽감성을 상징하는 노천카페

여행에서 만난 수많은 노천카페에서 그들의 여유로움보다 야근이 많은 대한민국 직장인들의 분주한 모습이 교차했다. 세계노동시간 1위 국가인 대한민국(OECD/남미 제외)의 직장인들에게 절대적으로 휴식이 필요하다. '빨리 빨리' 문화에서 탈피해 '저녁이 있는 삶'이 보장되어야만 한다. 기계도 계속 달리면 고장날진데, 하물며 사람이야 오죽하겠는가?

승용차를 부다성 뒤쪽에 주차하고 성곽으로 향했다. 시간이 지날수록 서서히 부다페스트의 야경이 드리워지기 시작했다. 하나둘씩 가로등이 켜지고, 현수교의 불빛과 국회의사당을 밝히는 화려한 불빛은 가히 환상적이었다. 눈앞에 펼쳐진 야경을 보면서 문득 생각이 들었다. 사람들과의 인연과 관계다. 이들 가족과의 인연과 초대가 없었다면 이곳에 오지도 못했을 것이다. 그만큼 인생에서 인간관계가 소중하다는 생각이 들었다.

일요일인 다음 날 아침에 지인의 차를 타고 버스정류장으로 향했다. 배낭에 들어갈 물건을 최대한 줄였음에도 무게가 상당했다. 전날까지는 지인의 안내를 받으며 편안하게 관광을 즐겼다면, 지금부터는 우리가 스스로 알아서 풀어가야만 하는 배낭여행의 시작이다. 그래서인지 긴장되어 갑자기 배가 아프기 시작했다. 30여 분을 달려 버스터미널에 도착했다. 지인과 작별하고 크로아티아의 수도인 자그레브(Zagreb)로 가는 버스를 기다렸다. 잠시 뒤에 시간에 맞게 자그레브행 플릭스버스가 도착했다. 우리는 여권과 스마트폰에 입력된 버스표를 제시하며 승차했다. 자그레브까지는 4시간을 넘게 달려야 한다. 자리에 앉자마자 나는 스마트폰으로 그간에 확인하지 못한 이메일과 메시지를 체크했다.

02

스마트폰으로 스마트한 여행 즐기기

● ● ● ● ●

　　부다페스트에서 4시간을 달려 크로아티아의 수도인 자그레브에 도착했다. 숙소까지는 걸어서 30여 분이 걸렸다. 부다페스트에 비해 작은 소도시라 마음이 편했다. 가장 먼저 슈퍼마켓에 들러 장을 본 다음에 스파게티로 늦은 점심을 해결했다. 숙소가 너무 깨끗하고, 모든 요리를 해먹을 수 있도록 취사도구도 완벽하게 갖춰져 있었다. 특별하게도 창문 밖으로 보이는 커다란 뽕나무에는 검게 익은 오디가 주렁주렁 달려 있었다. 아내가 호텔이 아닌 주거형 숙박으로 예약했고, 여러 가지 정황을 고려할 때, 현명한 아내의 바른 선택이었다.

축구로 유명한 크로아티아는 인구가 약 400만 명으로, 발칸반도에서 아드리아해를 끼고 있다. 면적은 한반도의 1/3정도의 크기로, TV 프로그램에서 소개된 이후로 우리나라 관광객이 기하급수적으로 늘었다는 것이다. 우리는 가장 먼저 5시부터 진행되는 도보관광(Free walking tour)에 참여했다. 도보관광을 진행하는 가이드는 직업의식이 투철한 프로였다. 세계 각국에서 모인 20여 명을 이끌고 이리저리 다니면서 다양한 정보를 들려주었다. 특히 지진이 잦아서 문화재를 연중으로 수리하고 있다는 말에 솔깃했다. 1시간 30분 동안 진행된 가이드의 설명을 들으면서 아픔과 기쁨이 공존하는 자그레브가 매력적인 도시로 다가왔다. 흥미로운 사실은 밤에 스페인과 유로파리그(UEFA) 결승전이 개최될 예정으로, 자그레브의 중심가인 반 옐라치치 광장에서 길거리 응원이 펼쳐진다는 것이었다. 지난해 카타르월드컵에서 3위를 차지한 크로아티아의 저력이 결코 우연이 아니었음을 입증하는 경기라고 생각되었다.

조금이라도 나은 저녁식사를 위해 스마트폰으로 레스토랑을 고르고 골라 깔끔한 곳을 찾았다. 음식의 맛도 중요했지만, 단연 1순위는 담배를 피우지 않는 실내에 위치한 좌석이었다. 이곳은 남녀노소를 가리지 않고 대부분이 흡연을 즐기는 것처럼 보였다. 이를 입증하듯 카페마다 담배연기가 자욱했다. 메뉴판을 보면서 우리에게 익숙한 깔라마리와 맥주를 주문했다. 늦은 점심을 먹었기에 저녁은 건너뛸 생각이었다. 아내와 나는 조금이라도 젊었을 때, 배낭여행 오기를 잘했다며 맞장구를 쳤다. 넉넉하지 않은 살림이지만, 여행에는 돈과 시간을 아끼지 말자는 대화를 나누었다. 시간이 지날수록 축구를 응원하기 위해 노천카페마다 대형스크린이나 TV가 설치되고, 크로아티아를 상징하는 선명한 모자이크가 세겨진 유니폼을 입은 사람들로 인산인해를 이루었다. 불행하게도 우리가 자리 잡은 곳에는 TV가 없었다. 레스토랑을 나와 수많은 인파 속을 헤집고 다니면서 경기를 관람할 수 있는 마땅한 자리를 찾았지만, 모든 카페가 담배연기로 가득해 경기를 보기가 곤란했다. 그래도 유로파 결승전이 열리는 날에 자그레브의 한복판에 있다는 사실이 무척 좋았다.

다음 날 아침에 눈을 떠보니 아내가 아침식사를 이미 준비해 놓았다. 그릭요거트와 복숭아, 사과와 빵 그리고 모닝커피다. 아내가 창가에 늘어진 뽕나무에서 딴 오디를 그릭요거트에 넣어 먹으니 꿀맛이다. 아침 7시부터 열린다는 시장으로 향했다. 시장에는 다양한 과일과 야채, 식재료가 판매되고 있었다. 특이할 점은 시장 옆에 위치한 공중화장실이 무료라는 것이었다. 대부분의 화장실이 유료인 유럽에서 무료 화장실만 보면 우리는 본능적으로 생리적인 욕구를 해결했다. 여기저기 화장실이 무료인 우리나라와는 상황이 완전히 달랐다. 화장실에 다녀온 뒤에 광장의 중앙에 위치한 카페에 들러 에스프레소를 시켰다. 그런데 문제가 생겼다. 손자와 함께 있어 담배를 피우지 않을 것처럼 보였던 할머니가 연달아 담배를 피웠기 때문이다. 소소한 담소를 나눈 우리는 매일 12시에 대포를 발사하는 건물로 발걸음을 옮겼다. 거기에는 이미 많은 여행객들이 대포소리를 듣기 위해 몰려와 있었다. 19세기부터 시작된 대포 발사는 처음에는 전쟁에서 도시를 방어할 목적에서 시작되었다가, 지금은 정오를 알릴 목적으로 지금까지 계속 이어져오고 있다는 것이다. 정오가 되자 정말로 대포가 굉음을 울리며 발사되었고, 동시에 성당의 종소리도 울려퍼졌다. 관광객들은 모두 환호성을 질렀다. 스토리텔링으로 잘 만들어진 그들의 관광상품이 무척 흥미로웠다.

시내 한복판에 자리한 숙소로 돌아왔다. 치즈와 빵, 샐러드가 오늘의 훌륭한 점심식사다. 식사를 마치고 잠깐 침대에 누웠는데, 나도 모르게 낮잠에 빠졌다. 우리나라와 7시간의 시차적응이 문제였다. 2시간쯤을 자고 일어나자, 내가 깨기를 기다리던 아내와 다시 밖으로 나왔다. 민족박물관과 국립문서보관소를 지나 식물원 길을 따라 걸었다. 크로아티아 관광청에서 발행한 지도가 있었지만, 스마트폰의 구글 지도가 더 정확하게 실시간으로 정보를 제

인생은 배낭 여행이다

공해 줬다. 월요일이라 식물원이 문을 닫아 아쉬웠다. 대신에 국립극장 앞에 있는 '생명의 우물'이라는 작품이 무척 인상 깊게 느껴졌다. 노천카페에서 생맥주로 갈증을 달래고, 발길이 닿는 대로 걷다 보니 뜻하지 않게 부유층들이 모여 사는 부촌에 도착했다. 출입문이 예사롭지 않은 현대식 건물들이었다. 길바닥도 번들거리는 대리석이 아닌, 아스팔트로 깔끔하게 포장된 도로였다. 길가에는 라벤더와 로즈메리가 가득해 허브 향기가 코끝을 달콤하게 자극했다. 부촌의 향기를 뒤로하고 숙소로 돌아와 다음 여정을 준비했다.

새벽에 우는 새소리에 눈을 떠보니 어느새 아침이다. 아내는 콧노래를 부르며 주먹밥과 삶은 계란, 과일과 샌드위치를 점심으로 준비하고 있다. 오늘은 이번 여행에서 최고의 하이라이트인 '플리트비체(Plitvicka Jezera)' 국립공원에 가는 날이다. 유네스코 세계문화유산에 등재된 플리트비체는 크로아티아에서 가장 오래되고, 규모가 큰 국립공원으로, 영화 〈아바타〉의 모티브가 된 장소로 유명했다. 공원에는 16개의 호수와 크고 작은 90여 개의 폭포가 환상적인 경관을 뽐내고 있다는 것이다. 여행의 4대 콘텐츠인 잘거리와 먹거리, 볼거리, 놀거리 중에서 단연 으뜸은 볼거리가 아닐까? 국립공원 안에는 상업시설이 없기 때문에 아내가 도시락을 준비했다.

짐을 꾸려 숙소를 나섰다. 터미널에 도착해 5번 플랫폼에서 버스를 탔다. 공교롭게도 뒷자리에 한국인 커플이 앉았다. 둘이서 대화하는 소리가 자연스럽게 들렸다. 커플이 아니라 여행에서 만난 사이로 남자는 공기업에, 여자는 대기업에 다니는 것 같았다. 나도 모르게 여행에서 만난 그들이 어떠한 만남으로 발전할지 궁금해졌다. 2시간을 달려 드디어 플리트비체에 도착했다. 숲속이라 그런지 기대했던 호수가 전혀 보이지 않았다. 우리는 예약해 둔 호텔로 향했다. 체크인 시간이 되지 않아서 호텔에 배낭을 맡기고 도시락과 과일, 삶은 계란을 작은 배낭으로 옮겨 담았다. 조금이라도 빨리 호수를 보고 싶은 마음에 분주하게 움직였다. 매표소 앞에서도 호수는 보이지 않았다. 스마트폰에 입력된 QR코드로 표를 체크하고, 3대가 연결된 셔틀버스에 올랐다.

여러 개의 코스 중에서 아내는 H를 선택했다. 인터넷에서 블로거들이 추천하는 조금은 힘들지만 가장 환상적인 코스다. 셔틀버스는 세계 각국에서 모인 사람들을 태우고 H코스의 출발점으로 향했다. 10여 분을 달려 도착한 곳에 내리자, 물이 흐르는 영롱한 소리가 작게 들리기 시작했다. 드디어 코스로 진입했다. 호수를 따라 조성된 산책길은 인공미가 조금도 가미되지 않은 100% 목재로 만들어졌다. 길을 따라 3분여를 걸었을 때, 드디어 웅장하고 영롱한 호수가 하나둘씩 위용을 드러내기 시작했다. 숲으로 들어갈수록 새소리와 폭포소리가 어우러졌고, 바닥이 훤히 들여다보이는 영롱한 초록빛 호수가 눈을 상쾌하게 만든다. 어떻게 이토록 아름다운 호수를 하루만 보고 떠날 수 있겠는가! 정말로 요정이 금방이라도 나타날 것 같은 동화 속 풍광에 말문이 턱 막혔다. 그런데 시간이 지날수록 배가 고팠다. 점심을 먹을 수 있는 적당한 장소를 찾는 것이 급선무였다. 다행스럽게도 산책길의 중간중간에는 앉아서 휴식을 취할 수 있는 나무의자가 놓여 있었다. 아내와 나는 적당한 장소를 발견하고 도시락을 꺼냈다. 영롱한 호수를 앞에 두고 주먹밥과 샌드위치, 삶은 계란으로 점심을 먹을 수 있다는 사실이 믿기지 않았다. 어느 노부부도 우리 옆에 앉더니 샌드위치를 먹기 시작했다.

점심을 해결하고 본격적으로 호수의 경치를 즐겼다. 우리는 운이 너무 좋았다. 드높은 하늘과 해맑은 날씨, 그리고 무엇보다 풍부한 수량으로 폭포수가 한층 강렬했기 때문이다. 여행에서 날씨는 대단히 중요한 변수다. 때론 여행의 흥망을 결정하는 핵심적 변수가 되기도 한다. 하지만 여행에서 날씨보다 더 중요한 변수가 있다. 다름 아닌 여행의 동반자다. 이번 여행의 동반자인 아내는 거의 넋이 나간 사람처럼 좋아했다. 그런 아내를 위해 소중한 순간을 사진 속에 마음껏 담았다. 때론 실감난 동영상으로 우리만의 역사적인 순간을 기록으로 남겼다. 걷다 쉬다를 반복하며 4시간 동안 호수와 한몸이 되어 즐겼다. 지금껏 살아오면서 경험한 자연경관에서 단연 으뜸이었다. 누구에게라도 추천해 주고 싶은 죽기 전에 꼭 가봐야 할 최고의 명소였다. 어찌나 감동이 컸는지, 우리는 다음 날에도 아침 일찍 다시 호수를 찾았다. 원래 가고 싶었던 K코스가 폐쇄되어 공원에서 설계해 놓은 10여 개의 코스에 얽매이기보다 자유롭게 호수의 여기저기를 싸돌아 다녔다. 아내는 조금이라도 더 호수에 머물기를 원했지만, 다음 여정을 위해 호텔로 돌아와 짐을 챙겨 터미널로 향했다. "여보, 우리가 다시 또 이곳에 올 수 있을까?"라는 아내의 물음에 나는 "글쎄!"라는 여운을 남겼다.

버스를 타고 1시간을 달려 카를로바크(Karlovac)에 도착했다. 원래의 목적지는 유럽인들의 휴양지로 유명한 로빈(Rovinj)이었지만, 소도시에서 하루를 쉬어 가기로 했다. 배낭여행을 제대로 즐기기 위해서는 무리한 일정을 잡지 말아야 한다는 사실을 잘 알고 있다. 이틀 동안 플리트비체에서 너무 많이 걸어서인지 온몸이 지쳐 있었다. 저녁 늦게 도착한 숙소에서 여장을 풀고 그냥 자겠다는 나를 아내가 설득했다. 맛집에서 맥주를 사주겠다는 것이다. 아내의 유혹을 못이기는 척하며 근처에 있는 맛집을 찾았다. 작지만 깨끗한 식당에서 아내는 볶음밥과 우동, 그리고 로컬맥주와 깔라마리(Calamari)를 주문했다. 음식이 나오자 우리는 지금까지 무사히 여행하고 있음에 감사하며 축배를 들었다. 잠시 뒤에 도착한 2명이 우리의 식탁을 흘끔거리며 똑같이 주문하는 것 같았다. 작은 인연이라 싶었는지 아내가 말을 걸었다. 알고 보니 고려대학교에서 교환학생으로 수학했던 미국인들이었다. 늦게까지 훌륭한 식사를 마치고 녹초가 된 우리는 지친 몸을 이끌고 숙소로 돌아와 침대에 쓰러졌다.

5시에 기상해 한국에서 가져온 시집을 펼쳤다. 박희준 시인의 〈하늘 냄새〉라는 시의 시구가 마음에 쏙 들어왔다. "사람이 하늘처럼 맑아 보일 때가 있다. 그때 나는 그 사람에게서 하늘 냄새를 맡는다." 시구에 공감하며 시집을 챙겨오길 잘했다는 생각이 들었다. 무거운 배낭의 무게를 조금이라도 줄이기 위해 애쓰면서도 나는 시집을, 아내는 피천득님의 『인연』이라는 수필집을 챙겼다. 카를로바크는 여정의 목적지가 아니라 잠깐 들러가는 도시다. 일찍 숙소를 출발해 찾은 관광안내소는 휴일이라 문을 닫았다. 크로아티아의 건국일인 국경일이었기 때문이다. 숙소에서 제공해 준 지도를 보고 올드타운(Old town) 쪽으로 발걸음을 옮겼다. 온갖 무성한 나무가 도시 중앙부를 감쌌고, 자전거 도로가 매우 잘 정비되어 있었다. 2020년 대지진으로 파괴된 문화재의 복구공사도 진행 중이었다. 여기저기 아스팔트가 쩍쩍 갈라진 모습과 자갈로 메운 흔적이 곳곳에서 보였다.

올드타운을 벗어나 도심의 외곽에 자리한 성으로 발걸음을 옮겼다. 40여 분을 걸어 성에 도착했다. 국경일이라 성안으로는 들어갈 수가 없었다. 다행스러운 것은 성에서 운영하는 레스토랑이 영업 중이어서, 더위에 지친 우리는 레스토랑에 앉아 메뉴리스트를 보고 식사를 하기로 결정했다. 생각보다 합리적인 가격으로 고궁에 앉아 즐기는 호사스러운 식사도 괜찮을 것 같았기 때문이다. 고성에서의 식사는 한마디로 끝내줬다. 우리는 지금까지의 여정에서 최고의 식사로 손꼽았다. 무더위에 지친 우리는 한껏 에너지를 충전할 수 있었다. 성을 벗어나 돌아오는 길에서 커다란 공동묘지와 마주쳤다. 도심에 자리한 공동묘지가 신기해 구경하기로 했다. 혹독한 더위였지만, 이곳에서 죽은 이를 기리며 슬퍼했을 가족들을 생각하니 왠지 모를 경외하는 마음도 들었다. 또한 죽은 이를 이렇게 가까운 곳에서 기리는 이들의 문화가 우리와는 너무도 달라 부럽게 느껴졌다.

도심에서 마주친 공동묘지

도심에서 공동묘지와 마주쳤다. 혐오시설이라는 우리와는 너무도 달라 놀랐다. 묘비마다 고인의 생존했던 기간과 이름이 명시되어 있고, 가끔씩 묘비에 뭐라 뭐라 적혀있다. 그때 나는 버나드 쇼(Bernard Shaw)의 "우물쭈물하다가 내 이럴 줄 알았다"는 묘비명이 떠올랐다.

도심 속의 공동묘지를 뒤로하고 숙소에 들러 짐을 챙긴 후 버스터미널로 향했다. 우리는 로빈으로 향하는 버스를 타고 3시간을 달려 목적지에 도착했다. 유럽에서 손꼽히는 휴양지로 명성이 높은 로빈으로 들어서는 길목에는 벌써부터 수많은 승용차들이 주차로 몸살을 앓고 있었다. 우리의 숙소는 터미널에서 불과 200m 떨어진 중심가에 위치해 있었다. 슈퍼마켓에서 장을 보면서 와인도 샀다. 소도시의 관광지라서 그런지 값이 비쌌다. 저녁식사를 마친 우리는 산책을 나섰다. 가장 먼저 눈에 들어온 것은 바닥에서 닳고 닳아 맨들맨들한 돌길이었다. 너무도 부드럽고 매끄러워 넘어질 지경이었다. 이 정도로 부드러워지려면 도대체 얼마나 많은 시간과 사람들의 발길이 필요했을까? 생각할수록 깊게 빠져드는 묘한 매력이 있는 골목길이었다. 로빈의 밤은 화려한 불야성이었다. 길거리에 가득 들어선 노천카페에는 무수한 인파가 넘쳐났다. 카를로바크라는 한적한 곳에서 갑자기 관광지에 오니 마치 촌뜨기가 된 기분이었다. 어안이 벙벙해진 채로 로빈의 밤거리를 아내와 산책하는 것도 그리 나쁘지 않았다. 로빈에서 가장 유명하다는 유페미아(Euphemia) 성당을 둘러보며 로빈의 야경을 마음껏 즐겼다. 다음 날 우리는 그냥 로빈에서 즐기자는 내 의견과 달리, 버스로 40여 분 거리에 있는 폴라(Pula)를 찾았다. 기원전에 지어진 신전과 로마의 콜로세움보다 먼저 건립된 원형경기장이 있다는 말에 마음이 끌렸다. 버스에서 내려 걷다가 갑자기 우뚝 선 원형경기장의 웅장함에 말문이 턱 막혔다. 원형경기장을 뒤로하고 계획된 여행 동선을 따라 기원전 1세기 전에 세워진 아우구스투스의 신전을 먼저 찾았다. 유물은 완전하지 않았지만, 곧고 긴 석조의 원형 기둥을 보면서 수천 년의 역사를 거슬러 올라간 느낌이 들었다. 근처에 있는 서울의 독립문과 비슷한 개선문에서 기념촬영을 하고 아시안 식당을 찾았다. 아내는 두부요리를, 나는 소고기볶음밥을 시켜 나누어 먹었다. 싱가포르 아내와 크로아티아 남편이 공동으로 운영하는 식당으로, 그들은 한국에 호기심이 무척 많았다. 조카가 한국어를 공부하고, 10월에는 한국을 방문할 예정이라며 음식을 잘하는 도시를 추천해 달라고 요청했다. 맛의 고장인 전주를 추천해 주고 나왔다.

오랜만에 맛있는 점심으로 에너지를 충전한 우리는 오래된 골목길을 따라 도시의 중앙부에 자리한 성곽에 올라 폴라의 전경을 감상했다. 작지도 크지도 않은 역사가 살아있는 아름다운 항구도시다. 성곽을 내려온 우리는 오늘 여행의 하이라이트인 원형경기장을 다시 찾았다. 아레나로 불리는 초대형 석조건물로, 그 위용이 대단했다. 입장료를 내고 안으로 들어가 보니, 기원전에 건립되

었다는 사실이 믿기질 않을 정도로 건재하다. 23,000명을 수용할
수 있는 당대의 건축물이 놀라울 뿐이다. 거대한 외벽에 3층으로
쌓아 올린 석회암은 아직도 튼튼해 콘서트 장소로 활용되고 있다.
아레나에 한참을 앉아 있다가 나는 여행을 궁금해할 진호 아빠에
게 카톡메시지를 보냈다. 물론 상대방을 존중하기에 경어체로 썼
다. 인간관계에서 가까운 사이일수록 서로 존중해야 한다는 사실
을 잘 알고 있다.

　　"진호 아버님. 여행을 다니면서 생각하면 생각할수록 두 분께
　　감사한 마음이 듭니다. 지난해 직장을 사직하고, 나름 힘든 시
　　간을 보내던 찰나에 초대받은 이번 여행이 제 삶의 커다란 전환
　　점이 될 것 같습니다. 지금까지 나름 잘 살아왔는데 근래에 들
　　어 길을 잃어버린 느낌이었습니다. 그런데 다행스럽게도 이번
　　여행이 큰 동기부여가 되고 있습니다. 다시 한번 두 분께 감사
　　드립니다. 그리고 든든합니다. 두 분과는 평생을 함께할 인연이
　　라는 느낌이 듭니다. 여행 잘 마치고 부다페스트에 들어가서 출
　　국하기 전날 밤에 함께 만찬을 나누었으면 합니다. 진호 아버님
　　이 시간을 내주세요. 지금은 폴라에 있습니다. 감사합니다."
카톡에 쓰고 있는 글을 옆에서 지켜보던 아내는 너무 내용이 장황
하다며 핀잔을 주었다. 아레나를 떠나려던 찰나에 진호 아빠가 보

낸 장문의 답신이 도착했다.

"송주 아버님. 너무 부럽습니다. 제가 가장 좋아하는 곳인 폴라에 두 분이 계신다는 것 자체가 신기하면서도 또한 기쁩니다. 저도 25년 직장생활을 하면서 처음으로 경험한 여러 가지 것들과 또 개인적으로 아버지 돌아가신 것 등, 어려움을 겪었었는데, 송주 아버님, 어머님 등 주변 분들의 도움으로 잘 이겨낼 수 있었습니다. 그리고 송주 아버님과 어머님이 부다페스트에 오신 이후로 사업이 너무 잘되고 있습니다. 여행 잘 마무리하시고 부다페스트로 돌아오시면 즐겁게 여행이야기를 할 수 있는 시간을 갖도록 하시지요. 폴라나 피란은 역시 마음이 착한 분들께 어울리는 장소인 것 같습니다. 즐겁고 안전한 여행되시기를 기원 드립니다."

아레나를 뒤로하고 버스터미널에 도착해서 확인해 보니 표가 매진되어 당황했다. 다행히 2시간 뒤의 표를 예매하고 근처의 카페에서 시간을 보내다 로빈으로 돌아왔다. 저녁식사를 마치고 로빈의 석양을 보기 위해 다시 밖으로 나왔다. 북적거리는 인파를 뒤로하고 일몰을 볼 수 있는 곳에 자리를 잡았다. 9시 무렵에 해지는 노을과 함께 일몰을 감상하고 숙소로 돌아와 오늘도 무사했음에 감사한 마음으로 잠자리에 들었다.

크로아티아 폴라에 있는 아레나

기원전 로마시대에 건립된 원형경기장을 보면서 당대의 건축술에도 놀랐지만, 건설할 당시에 동원되었을 수많은 민초들의 원성이 들리는 것 같아 안타까운 마음이 들었다. 그들을 위로하는 마음으로 기도를 드리면서 문익환 목사님이 남긴 "시인은 바위를 뚫고 바위 뒤에 있는 꽃을 볼 수 있는 눈을 가져야만 한다."는 말이 떠올랐다.

꿀잠을 자고 새벽을 깨우는 새소리에 눈이 저절로 떠졌다. 이제
는 시차에도 완전히 적응했다. 식사를 마치고 아내의 권유로 로빈
의 외곽으로 산책을 나섰다. 지금까지 그래왔듯이 나는 익숙한 길
을 선호하고, 아내는 항상 새로운 길을 좋아했다. 골목길을 따라
걷다 보니 잘 다듬어진 정원과 언덕에 자리한 주택들이 바다를 바
라보고 있었다. 엽서에나 나올 것 같은 멋진 풍경이 마치 한 폭의
수채화 같았다. 우리는 그늘진 벤치에 앉아 한동안 말없이 바다
를 바라보았다. 길을 따라 내려가다가 규모가 큰 슈퍼마켓에 들렀
다. 독특하게 생긴 도넛을 사면서 무료 화장실에도 다녀왔다. 좀
더 내려가자 작은 항구가 나타났고, 휴가를 즐기는 사람과 낚시를
즐기는 사람들로 활기가 넘쳤다. 아내는 바닷가 바위에 걸터앉아
코발트 블루색의 바다를 보면서 콧노래를 불렀다. 우리 앞으로 한
무리의 노인관광객들이 인솔자를 따라 지나갔다. 말투가 이탈리
아 사람들이다. 잘 걷지 못하는 노인들을 보면서 조금이라도 젊었
을 때, 여행을 떠나온 우리의 선택이 옳았다는 생각이 들었다. 잘
다듬어진 골목길을 따라 유페미아 성당에 도착했다. 성당 안으로
들어갈 때는 입장료가 없었지만, 종탑에 올라가려면 4€를 내야
만 했다. 우리는 비용을 지불하고 종탑에 올라갔다. 나무로 만들

241

어진 비좁은 계단을 올라가면서 스릴도 느꼈다. 종탑에 도착해서 바라보는 로빈의 경치는 그야말로 환상적이다. 순간의 소중함을 기록하기 위해 아내를 동영상으로 촬영해 주었다.

종탑에서 내려와 점심을 해결하기 위해 레스토랑을 찾았다. 스마트폰으로 여기저기를 검색하던 아내가 마침내 바다요리 전문점을 골랐다. 뭘 시킬지 한참을 고민하던 우리에게 다가온 종업원은 단품 요리가 아닌, 2인 세트 메뉴를 추천했고, 동의했다. 하우스와인도 한 병 주문했다. 하지만 요리가 막상 나왔을 때, 우리는 실망하지 않을 수 없었다. 무엇보다 양이 적었다. 보기에는 좋았지만 작은 생선 2마리와 새우 4마리, 작은 골뚜기가 전부다. 3면이 바다인 우리나라의 풍성한 해산물에 익숙한 우리에게 이들이 가져온 세트 메뉴는 초라해 보였다. 설령 그렇더라도 우리는 싫은 내색을 하지 않고 와인을 곁들이며 만찬을 즐겼다.

식사를 마친 우리는 로빈 여행에서 백미로 손꼽히는 돌고래쇼(Dolphin Tour)를 보기로 결정했다. 주위에서 호객꾼들이 표를 경쟁적으로 판매하고 있었다. 배를 타고 멀리 나가서 2시간 내외로 운영되는 투어로, 20€다. 선상에서 와인과 술을 무제한으로 제공한다고 한다. 배의 크기가 너무 작지도 크지도 않은 적당한 크기로 40€를 내고 6시 30분 배를 예약했다. 배가 출항할 때까지는 3

시간 정도의 여유가 있었다. 우리는 로빈에서 값비싼 호텔들이 몰려 있는 건너편 해변가로 산책을 갔다. 그곳은 완전히 다른 세계였다. 명품 숍이 즐비하게 들어서 있고, 스마트폰으로 검색해 보니 하룻밤 방값이 80만 원을 육박했다. 이들은 바닷가에 팬스를 치고 해수욕을 즐길 수 있도록 사유화하고 있었다.

시간이 되어 돌고래쇼를 보러 가는 배에 올랐다. 배는 어린아이를 포함해 대략 30여 명을 태우고 출항했다. 항구를 벗어나자 승무원이 어른에게만 컵을 하나씩 나누어 주기 시작하더니, 알코올 도수가 높은 위스키를 한 잔씩 따라 주고 다녔다. 그때 아기를 안고 탄 젊은 부부가 우리 옆에 앉았는데, 아이가 심하게 울기 시작했다. 우는 아이를 쳐다보자 아이의 아빠가 내게 상황을 설명했다. 자기도 컵에 술을 달라고 우는 거라는 재미있는 말에 함께 웃었다. 이것이 인연이 되어 그들과 대화를 나누게 되었다. 이들은 영국에서 휴가를 온 30대 초반의 부부였고, 아이는 3살이었다. K-한류의 힘이었는지, 한국에 대해 잘 안다며 반갑게 인사를 나눴다. 서로 나이를 말하면서 깜짝 놀랐다. 그들은 우리를 30대 후반으로 봤다는 것이다. 우리가 서양인들의 나이를 맞추기 힘든 것처럼, 그들 또한 동양인들의 나이를 가늠하기 어렵다는 사실을 알게 되었다.

20여 분을 달렸을 때, 승무원이 내게 다가오더니 빈 컵에 와인을 따라주며 손가락으로 저쪽에 있는 해변가를 가리켰다. 누드해변이라는 것이다. 정말로 실오라기 하나 걸치지 않은 사람들이 해변가에서 해수욕이나 일광욕을 즐기고 있는 놀라운 광경이 펼쳐졌다. 말로만 듣던 누드해변을 직접 보고 나니 야릇한 기분이 들었다. 어느새 배는 돌고래쇼가 펼쳐지는 바닷가에 도착해 시동을 멈췄다. 그곳에는 이미 크고 작은 배들이 돌고래의 움직임을 예의주시하고 있었다. 드디어 돌고래들이 하나둘씩 나타나기 시작했다. 2~4마리의 돌고래가 수면 위로 몸을 드러내며 아름다운 곡선을 그렸다. 수족관이 아닌, 바다에서 직접 펼쳐지는 돌고래쇼를 보면서 살아있는 대자연의 위대함이 느껴졌다.

그런데 돌고래쇼를 지켜보는 배가 너무 많았다. 이쪽에서 나타나면 이쪽으로 배가 몰렸고, 저쪽에서 나타나면 저쪽으로 배가 몰렸다. 그러는 사이 10여 분이 지나도록 돌고래가 나타나지 않았다. 그때 아내에게 돌고래들 중에서도 슬램덩크의 '강백호'처럼 뛰는 것을 좋아하는 놈이 분명히 있을 거라는 나의 말이 채 끝나기도 전에 작은 기적이 일어났다. 정말로 돌고래가 점프를 하는 것이 아닌가! 나도 모르게 '아!' 라는 탄성이 절로 나왔다. 이를 확인이라도 하듯이 다시 한번 돌고래가 수면 위로 솟구쳐 올라 점프를 했다. 놀라운 장면을 목격한 영국의 꼬마도 '돌핀'을 외치며 좋

블레드 호수에서 일광욕을 즐기는 유럽인들

유럽인들은 다른 사람을 크게 의식하지 않는다. 이에 비해 동양인들은 타인의 시선과 관계를 의식하는 경향이 있다. 여행을 다니는 동안 왜 그런지가 내 화두이기도 했다. 유럽인들은 자기가 행복하면 남도 행복하다고 믿는다고 한다. 개인주의적인 관점으로 이들이 바라보는 훌륭한 사람은 남들보다 똑똑한 사람이다. 반면에 동양인은 모든 개체가 서로 관계를 맺고 있고, 나 또한 관계 속의 일원이라고 생각한다. 그렇기에 동양인들은 훌륭한 사람을 겸손한 사람으로 꼽는다.

아했다. 우리는 분명 행운아였다. 아무나 보기 힘들다는 점프하는 돌고래를 눈앞에서 직접 목격한 것이다. 뿌듯한 심정으로 돌아오는 뱃길에서 나는 다시 과거의 직장생활 속으로 빨려 들어갔다. 서쪽하늘의 지평선에 붉은 노을이 물들기 시작했다.

03

블레드성에서 바라본 호수

• • • • •

로빈에서 멋진 돌고래쇼를 감상한 우리는 크로아티아를 뒤로하고 다음 목적지인 슬로베니아에서 최고의 휴양지인 피란(Piran)으로 향했다. 로빈에서 피란까지는 그리 멀지 않은 거리로, 해안가를 달리는 버스의 차창 밖으로 멋진 해안의 풍경이 계속되었다. 마침내 버스가 국경을 넘어 슬로베니아의 포토로즈(Portoroz)에 도착했다. 거기서 피란까지 운행하는 버스가 있었지만, 아내는 해안선을 따라 아름답게 펼쳐진 도로를 걸으면서 감상하자는 아이디어를 냈다. 즐거운 미소를 짓는 아내의 제안을 차마 거절할 수 없었다. 마치 이번 여행의 컨셉이 도보여행처럼 느껴졌다. 지난해 3박4일 동안 아내와 제주도 올레길을 하루에 15km씩 걸었던 기억이 떠올랐다. 스마트폰의 앱에서 확인해 보니, 하루

평균 3만보 이상을 걸었다. 여행을 떠나오기 전에 집에서 걷기 운동을 하지 않았다면 불가능한 여정이라는 생각이 들었다. 포토로즈는 거대한 휴양지였다. 피란 방향으로 걸으며 해안가에서 많은 피서인파가 즐기는 해수욕을 구경했다. 해안가 쪽으로는 카지노와 호텔, 기념품 가게가 즐비했다. 40여 분을 걸어 마침내 목적지인 피란에 도착했다.

숙소에서 여장을 푼 뒤, 시장에 들러 쇼핑을 마치고 해수욕을 즐기기 위해 집주인이 추천해 준 해변가로 향했다. 절벽으로 가려져 사람들의 접근이 어려운 해안가로 누드비치가 가깝게 보여 깜짝 놀랐다. '저들은 왜 벗는 것일까?'라는 원초적인 질문이 꼬리에 꼬리를 물었다. 세상의 힘이 다양성이라고 하지만, 일반인들에게 보여지는 곳에서 실오라기 하나 걸치지 않은 그들을 이해하기 힘들었다. 우리는 사람들이 많지 않은 해변가에서 해수욕을 즐겼다. 무더운 날씨와 달리 바닷물이 생각보다 차가웠다. 바닥이 자갈이라 물은 깨끗했고, 발이 조금 아팠지만 기분만은 최고였다. 아내와 달리 나는 우리를 바라보는 서양인들의 시선을 의식했다. 수차례 아내로부터 다른 사람을 신경 쓰지 말라는 소리를 들었음에도, 나는 어쩔 수 없는 한국인이라는 생각이 들었다. 그래서인지 아내보다 빨리 나와 겉옷을 입었다. 멀리 보이는 초

인생은 배낭 여행이다

록빛 바다의 수평선과 언덕에 자리한 집들의 주황색 지붕이 비현
실적으로 다가왔다.

해수욕을 마치고 저녁식사를 하려고 미리 알아둔 식당으로 향했
다. 불행하게도 만석이라 입장이 불가했다. 어쩔 수 없이 주변의
식당을 살펴보니, 근처에 '사라예보 84'란 레스토랑이 눈에 들어
왔다. 아내는 재빠르게 스마트폰으로 식당의 평점을 검색하더니
들어가자고 했다. 메뉴판에 요리의 사진이 들어가 있어서 주문하
기가 무척 편했다. 아내는 굴라시스프를, 나는 소시지가 들어간
빵을 주문했다. 요리가 나왔을 때, 사진보다 훨씬 먹음직스럽게
보였다. 우리는 음식을 서로 나누어 먹었다. 굴라시는 우리의 소
고기육계장과 아주 비슷한 맛이었다. 소시지가 들어간 빵도 맛이
있어 저녁식사가 풍만해졌다. 맛과 가격을 고려할 때 후회 없는
선택이었다.

다음 날 아내가 나를 흔들어 깨웠다. 시간을 확인해 보니 새벽 4
시 30분이었다. 아내는 지금 출발해야지 환상적인 일출을 보고,
트레킹 코스도 완주할 수 있다는 것이다. 잠자리에서 일어나 정신
을 차리는 동안 아내는 시장에서 사온 사과와 빵을 가방에 챙기며
나를 재촉했다. 숙소를 나선 우리는 아무도 없는 고요한 새벽 골
목길을 따라 해안선으로 접어 들었다. 어느새 동쪽하늘은 붉은 빛

과 함께 여명이 서서히 밝아오기 시작했다. 그야말로 감동적인 일출이 시작된 것이다. 우리는 한참을 서서 눈부신 광경을 카메라에 담았다. 일출의 감동을 뒤로하고 지도를 보면서 한참을 걷다 보니, 둘레길의 일부 구간이 폐쇄되었다는 안내문구가 나타났다. 지도를 면밀히 살펴보던 아내는 우회로를 찾자며 나를 다시 재촉했다. 아내의 말을 따라 걷다 보니 정말로 새로운 길이 나왔고, 바닷가를 따라 펼쳐진 자연경관이 극치의 아름다움을 보여주었다. 그렇게 우리는 5시간 동안의 둘레길 산책을 무사히 마쳤다. 갈 때는 멀게만 느껴지던 낯선 길이 되돌아올 때는 익숙해져서 그런지, 시간이 무척 짧게 느껴졌다. 아내는 일전에 유럽으로 혼자 배낭여행을 왔을 때는 엄두도 내지 못했던 낯선 둘레길을 내가 있었기에 함께 다녀올 수 있었다며 만족해했다.

아무일 없이 둘레길 코스를 마쳤다는 기쁨으로 고급식당에 들러 와인과 함께 스테이크를 주문했다. 그런데 막상 음식이 나왔을 때, 우리는 크게 실망했다. 딱딱한 스테이크에 감자튀김을 곁들인 요리로, 맛이 한국의 돈가스에도 훨씬 미치지 못했기 때문이다. 그때 우리에게 관심을 보이던 종업원이 한국에서 왔냐고 물었다. 그렇다고 답하자, 자기도 한국에서 선원으로 일했다며 인천과 부산, 포항, 목포의 지명을 말하면서 인천이 가장 좋았다고 말한다.

반가운 마음에 약간의 팁을 테이블에 남겨두고 레스토랑을 나왔다. 다시 해수욕을 즐기자는 아내의 설득에 숙소에 들러 수영복으로 갈아입고 사람들이 많은 근처의 해안가로 향했다. 혼자만의 생각일까? 또 다시 동양인을 주목하는 외국인들의 시선이 느껴졌다. 하지만 나와는 달리, 아내는 신경 쓰지 않고 수영을 즐겼다. '나는 왜, 아내처럼 이들의 시선을 무시하지 못할까?'라는 화두가 머릿속을 떠나지 않았다.

숙소에서 샤워를 마친 우리는 석양을 보러 나갔다. 로빈에서 본 일몰과 비슷할 거라는 나의 예상은 정확히 빗나갔다. 다른 시간과 다른 공간, 다른 사람들과 함께 보는 석양이 어떻게 같을 수가 있겠는가? 시간은 이래저래 흐르고, 우리들 인생도 그렇게 흘러간다는 감상에 빠져 있을 때, 누군가 나에게 사진촬영을 요청했다. 핸드폰을 건네받고 살펴보니 중년의 여성이었다. 정성을 들여 좌우로 4번을 연속해서 찍어줬다. 그랬더니 고맙다는 말과 함께 어디서 왔는지를 물었다. 한국에서 왔다고 답하자, 자기들은 우크라이나에서 왔다는 말을 남기고 군중 사이로 사라져갔다. 전쟁 중인 우크라이나라는 말이 내 마음에 작은 파장을 남겼고, 나도 모르게 식사라도 대접해 주고 싶은 마음이 들었다. 나는 어떤 부모의 슬

슬로베니아의 휴양지 피란

유럽을 상징하는 석조건축물의 주황색 지붕과 대리석이 깔린 멋진 골목길에서 아내가
물었다. 전통적인 이들의 주택과 현대적인 서울의 주택 중에서 어디에 사는 것이 좋겠
냐는 것이다. 나는 현대적인 편리함을 택했다. 미관이 뛰어난 유럽의 대리석 건물은 주
차가 어렵고, 에어컨 설치도 무척 어렵다고 한다. 겉으로 보여지는 게 전부는 아니다.

하에서 태어나느냐만큼, 어떤 나라에서 태어나느냐도 참으로 중요한 변수라는 생각도 들었다.

다음 날에도 아침 일찍 일어났다. 아내가 일정을 설명했다. 저녁 7시 30분 차를 타고 슬로베니아의 수도인 류블랴나(Ljubljana)로 출발한다는 것이다. 그런데 불가피하게 이탈리아의 트리에스테(Trieste)에 들러 플릭스버스로 갈아타는 일정이다. 피란에서 류블랴나로 가는 직행버스가 있다는 사실을 여기에 와서 알았다는 것이다. 한국에서 예약할 때는 없는 것으로 나와 어쩔 수 없었다며 내게 미안해했다. 이처럼 여행에서 이론과 실제는 서로 다른 경우가 있다. 아침식사를 마치고 짐을 꾸려 넣은 배낭을 집주인의 친구 가게에 맡기고 피란의 하이라이트인 성곽으로 향했다. 사진을 셀카로 촬영하고 있을 때, 어느 중년의 한국인이 "사진 찍어 드릴까요?"라며 다가왔다. 최선을 다해 사진을 촬영해 준 그들과 담소를 나눴다. 그동안 여행 중에 몇 차례 한국인을 만났지만, 대화를 나누기는 처음이라 기분이 좋았다. 우리는 서로 정보를 교환했다. 여행의 동선이 서로 정확히 반대였다. 다음 목적지로 로빈을 계획하고 있던 그들에게 로빈을 강추했다. 반대로 류블랴냐로 떠날 우리에게 그들은 용다리 근처의 카페를 추천했다. 그들과 헤어진 후에 성곽의 정상에 올라 바라본 피란의 전경은 숨이 막힐 정도로 아름다운 경관이었다.

성곽에서 내려온 우리는 피란에서 가장 중심가인 광장의 카페에 앉았다. 아내는 카푸치노를, 나는 에스프레소를 시켰다. 커피를 마시는 동안 하늘에 먹구름이 서서히 끼기 시작했다. 여행에서 날씨가 너무도 중요한 변수임을 알기에, 스마트폰으로 비올 확률을 점검해 보니 공교롭게도 50%로 나왔다. 어차피 인간의 통제가 불가능한 날씨는 걱정하지 말고 운에 맡기기로 했다. 선선한 바람과 함께 지금 이 시간에 슬로베니아의 최고 휴양지인 피란에서 커피라니! 소름이 돋을 정도로 즐거운 시간이다. 그때 가벼운 빗방울이 한두 방울씩 떨어지기 시작했다. 나는 비가 본격적으로 내리기 전에 버스터미널로 가자고 제안했지만, 아내는 느긋했다. 어차피 날씨는 하늘의 운에 맡기기로 했고, 장대비는 내리지 않을 거라며 나를 안심시켰다. 예정된 시간보다 30분 빨리 카페를 나와 맡겨둔 짐을 찾은 후 버스터미널로 향했다. 도착했을 때보다 낯설지 않게 느껴지는 피란을 뒤로하고 발걸음을 재촉했다. 아내의 예상대로 더 이상 비가 내리지 않아 감사한 마음이 들었다.

류블랴나행 버스로 갈아타기 위해서는 40여 분의 시간적 여유가 있었다. 우리는 도시를 배경으로 사진을 촬영하고, 터미널 근처에 있는 대형할인점으로 들어갔다. 온갖 상품이 깔끔하게 진열된 것을 보면서 이곳이 서유럽임을 실감했다. 우리는 화장실에 다녀온 뒤에 지정된 플랫폼에서 버스를 기다렸지만, 시간이 임박해서도 버스가 나타나지 않았다. 초조해질 무렵에 플릭스버스 직원이 나타나 류블랴나행 버스를 타려면 밖으로 나오라고 안내했다. 우리는 그를 따라 여권과 승차권을 제시하며 2층 버스에 올랐다. 버스가 출발하자, 거짓말처럼 장대비가 쏟아지기 시작했다. 그렇게 3시간을 달려 버스는 슬로베니아의 수도인 류블랴나에 도착했다. 밤 11시 무렵에 버스에서 내린 우리는 이슬비를 맞으며 예약한 호텔로 향했다.

다음 날 아침 일찍 호텔을 나서 관광안내소로 향했다. 류블랴냐의 지도를 구해 시장을 찾아갔다. 제철과일이라는 체리 1kg을 사서 배낭에 넣었다. 현지의 물가를 고려할 때, 저렴한 가격은 아니었지만, 한국에 비하면 절반 수준이라 만족했다. 광장을 가로질러 카페에 자리를 잡았다. 모닝커피를 즐기기 위해서다. 즐거운 마음으로 커피를 마시고 산길을 따라 류블랴나 성으로 올라갔다. 티켓과 한국말로 된 오디오 가이드를 구매해 성안으로 들어갔다. 아름답게 펼쳐진 류블랴나의 전경도 대단했지만, 역사적 고적을 현대적 감각으로 재해석해 전시한 예술작품과 관람객들이 직접 경험할 수 있는 체험관에 큰 감동을 받았다. 슬로베니아의 역사와 미술품, 인형극 등이 체계적으로 진열되어 있었고, 남녀노소는 물론 외국인들도 누구나 쉽게 체험할 수 있도록 정보를 제공했다. 관람을 마치고 나오면서 비싼 입장료가 조금도 아깝지 않았다는 생각에 아내도 적극적으로 동의했다. 류블랴나 성은 우리나라의 고궁과 역사 문화유적이 가야 할 방향을 암시해 주는 것 같았다. 폐허가 되었던 고성을 다양한 체험공간으로 재탄생시킨 그들의 아이디어에 박수를 보냈다.

그런데 문제가 발생하고 말았다. 하루에 평균적으로 3만보(15km) 이상을 걷다 보니, 내 발바닥에 물집이 잡힌 것이다. 제대로 걷기가 힘들었던 나는 레스토랑에서 점심을 먹고 호텔로 돌아왔다. 아내는 혼자서라도 류블랴나 시내를 구경하고 싶다고 말했다. 아내가 호텔에서 물집을 터트려 물을 빼내고 나서 발바닥을 주물러 주었다. 군대시절 훈련소에서 발바닥에 물집이 잡힌 이후로 처음이라 당황스럽고, 아내에게도 창피한 마음이 들었다. 오후 늦게 호텔로 돌아온 아내는 좋은 중국식당을 발견했다며 저녁을 먹으러 가자고 졸랐다. 그때 갑자기 유럽으로 출장와서 중국식당을 찾던 일이 떠올랐다. 당시 나의 상사는 유럽에는 먹을 게 별로 없으니, 그럴 때면 중국식당에 가라고 조언했다. 중국식당에 도착한 아내

류블랴나의 관광슬로건 'WOW'

서울을 전세계에 마케팅하는 서울관광마케팅에서 본부장으로 일했던 내게 류블랴나의 관광슬로건인 'WOW'가 의미 있게 다가왔다. 서울은 Hi Seoul에서 Soul of Asia를 거쳐 I SEOUL U로, 지금은 다시 Seoul, my Soul로 시장이 바뀔 때마다 슬로건이 변경되었다. 1석 4조의 굴뚝 없는 산업인 관광대국으로 가기 위해서는 글로벌 환경에 부합된 키워드를 설정해 일관되게 강화시키는 전략이 필요하다.

는 베이징 오리 요리와 브로컬리 볶음을 주문했다. 마늘과 고추가 들어가 동양식으로 만들어진 중국요리가 우리의 입맛을 북돋아 주었다.

다음 날 호텔조식으로 아침을 해결하고 버스터미널로 향했다. 목적지는 블레드(Bled) 호수다. 슬로베니아에서 최고의 관광명소 중 하나로, 석회질이 함유된 초록빛 물과 절벽에 세워진 블레드성, 그리고 호수의 가운데 섬에 자리한 성모승천교회가 유명하다. 버스터미널은 생각보다 넓었다. 시간이 되어도 버스가 도착하지 않아 확인해 보니, 다른 플랫폼에서 이미 떠났다는 것이다. 낭패였다. 걱정하던 우리에게 버스티켓 담당자는 "뭐가 문제냐?"라며 수수료 없이 새로운 표를 발급해 주었다. 그렇게 우리는 약 1시간을 달려 블레드 호수에 도착했다.

기대가 너무 컸던 탓일까? 블레드 호수를 극찬한 많은 사람들의 블로그나 여행후기와는 달리, 막상 마주해 보니 그저 평범해 보였다. 아마도 플리트비체를 먼저 봐서 그럴지도 모른다는 생각이 들었다. 우리는 지도를 펼쳐 들고 호수 한 바퀴를 돌기로 했다. 우선 절벽에 의연하게 우뚝 솟아 있는 블레드성부터 오르기로 했다. 중간에서 성당을 둘러보고 오르막길을 따라 걷다 보니, 왠지 성으로 향하는 길이 아니라는 느낌을 받았다. 주민에게 물어보니, 조금만 올라가면 된다는 말을 한다. 한참을 올라가다가 느낌이 이상해 다시 물어보니, 조금만 가다가 왼쪽에 있는 샛길로 올라가면 된다는 말을 한다. 그렇게 우리는 비탈길을 따라 블레드 성에 도착했다. 알고 보니 일반 여행객들의 동선이 아니라 동네 주민들의 산책로를 따라 올라온 것이다.

산비탈을 따라 도착한 블레드성에서 바라본 호수는 아래에서 볼 때와는 너무도 달랐다. 노부부의 도움으로 호수를 배경으로 아내와 함께 사진을 찍었다. 조금이라도 좋은 사진을 찍기 위해 몇 번을 촬영해 주는 노부인의 마음에 감사했다. 호수의 뒷편으로 '율리아 알프스'가 선명하게 보였다. 거대한 산맥에서 만년설이 흘러내린 흔적이 멋져 보였다. 하지만 한편으로는 온난화 때문인지, 산의 정상에 있어야 할 만년설이 보이지 않아 두려운 마음도 들었다. 블레드성을 뒤로하고 비탈길을 따라 호수 주변을 도는 둘레길로 내려왔다. 산비탈 중간에는 쉬어가라는 듯이 나무벤치가 있었고, 우리는 배낭에서 도시락과 사과를 꺼내 점심을 해결했다.

호수의 폭이 1.3km이고 길이가 2.1km, 둘레가 6km인 호수를 한 바퀴 도는 데는 넉넉하게 2시간이 소요되는 것으로 나왔다. 호수를 산책하면서 가장 이해하기 힘들었던 사실은 3군데에 캠핑장과 수영장이 있고, 그것도 모두가 무료라는 점이었다. 더군다나 낚시

를 즐기는 사람도 있었다. 호수를 산책하다 아내의 제안으로 수영
이 허락된 곳으로 들어갔다. 아내는 양말과 신발을 벗더니 수영장
의 테라스에 걸터앉아 호수에 발을 담갔다. 아내의 권유로 나도
신발과 양말을 벗고 호수에 발을 담갔다. 호수가 너무 시원해 가
슴이 뻥 뚫리는 것만 같았다. 온몸의 피로가 풀리는 느낌과 플리
트비체에서 그렇게 해보고 싶었던 꿈이 실현된 느낌이었다. 지금
까지의 여행에서 최고의 순간으로, 처음에 도착했을 때 실망했던
마음이 한꺼번에 날아가 버렸다. 주변에 우리를 따라 발을 담그는
사람이 늘어날 즈음에 발을 닦고 신발을 신었다. 호숫가에서 아내
가 던진 "더 이상 바랄 게 없다."는 말이 한동안 내 귓전에 맴돌았
다. 그렇게 우리는 호수를 여유롭게 도는 데 4시간이 소요되었다.
어느새 호수와 정이 들었는지, 류블랴나로 향하는 발걸음이 쉽게
떨어지지 않았다.

블레드 호수를 뒤로하고 다시 류블랴나로 돌아왔다. 저녁식사를
위해 전날 만족스러웠던 중국식당을 다시 찾았다. 주인이 우리를
알아보고 반갑게 맞아 주었다. 이번에는 소고기수프와 토마토요
리를 시켰다. 중국식으로 식사를 마치고 류블랴나를 가로지르는
류블라냐차 강가에 자리한 고급 카페에 들러 와인을 주문했다. 카
페주인이 다가와 테이블에 작은 촛불도 밝혀준다. 촛불과 와인이

오스트리아의 비엔나 시청

여행의 마지막 목적지인 비엔나에 도착해 시청에서 개최되는 맥주 페스티벌 행사를 둘러봤다. 한국은 물론 세계 각국이 참석한 이벤트가 한참 진행 중이었다. 비엔나가 이번 여행의 마지막 목적지라고 생각하니 아쉬운 마음이 들었다. 그래서인지 많은 곳을 둘러보기보다 핵심 포인트를 중심으로 떠날 때 아쉬움이 남지 않도록 마음껏 즐기기로 했다. 직장을 사직할 때도 아름다운 마무리가 중요하지 않을까?

아주 잘 어울리는 밤이다. 방문했던 목적지를 떠나는 전날 밤이 되면 항상 아쉬움이 남았다. 카페를 나와 늦은 밤거리를 한동안 거닐었다. 늦은 밤인데도 노천카페에는 사람들로 가득했다. 용다리를 건너 프레셰렌 광장에 이르렀을 때 보름달로는 모자라고, 반달보다는 조금 큰 달이 하늘을 은은하게 밝히고 있었다.

슬로베니아의 류블랴나(Ljubljana)를 떠나 다음 행선지인 오스트리아의 비엔나(Vienna)에 도착하기 위해서는 버스를 타고 5시간 이상을 달려야만 한다. 우리는 아침 6시 30분에 호텔을 체크아웃하고 버스터미널로 향했다. 그곳에는 각국의 여행자들이 각자의 목적지로 향하는 버스를 기다리고 있었다. 29번 플랫폼에 비엔나로 향하는 플릭스버스가 도착하자, 여행객들이 우르르 몰렸다. 버스 기사는 먼저 여권과 표를 체크하고, 짐칸에 배낭이나 여행가방을 싣기 시작했다. 승객을 모두 태운 버스는 7시가 되자 미련 없이 출발했다. 사실상 이번 여행에서 마지막 목적지가 비엔나라고 생각하자, 지나온 여정이 주마등처럼 스쳐갔다. 하지만 5시간을 달려야 한다고 생각하니 상당히 부담스러웠다. 아내는 피곤했는지 버스가 출발하자마자 잠을 청하기 시작했다. 나는 그런 아내의 얼굴을 보면서 마음속으로 흐뭇한 생각이 들었다.

04

아름다운 마무리

· · · · ·

플릭스버스가 비엔나에 들어서면서 대도시라는 느낌이 들었다. 정갈하게 좌우로 들어선 대리석 석조건물과 도로를 함께 달리는 트램과 승용차, 공중에 설치된 전기줄은 유럽의 대도시임을 증명하는 것 같았다. 유시민 작가가 『유럽 도시기행』에서 너무도 완벽한 도시라고 칭송한 비엔나에 도착한 것이다. 버스에서 내려 숙소를 찾아가는 길은 처음이라 그런지, 생각보다 복잡하고 생소했다. 지하철 공사로 인하여 트램을 두 번 갈아타고 15분여를 걸어서 숙소에 도착했다. 깨끗하고 정갈한 현대식 설비들이 우리의 마음을 사로잡았다. 식기세척기와 세탁기, 전자오븐, 로봇청소기 등이 잘 갖추어져 있었다. 그래서인지 비엔나에서의 4박5일의 일정이 더욱 기대되었다.

숙소에 도착한 잠시 뒤에 집주인이 방문했다. 그는 우리에게 설비의 사용법과 궁금한 것에 대해 하나씩 자세하게 설명해 주었다. 하나라도 더 알려주려는 매우 친절한 사람이었다. 주인이 돌아간 뒤에 우리는 주말을 대비해 슈퍼마켓으로 향했다. 주말이면 대부분의 점포가 문을 닫기 때문에 과일과 치즈, 야채, 빵, 와인 등을 풍성하게 준비해 숙소로 돌아와 늦은 점심을 맛있게 먹었다. 아내는 비엔나에서의 첫 번째 목적지로 벨베데레(Belvedere) 궁전과 쇤브룬(Schonbrunn) 궁전 중에서 어디로 갈지 내게 선택지를 주었다. 나는 당연히 쇤브룬 궁전을 택했다. 숙소에서 가깝고 꿈의 정원을 가장 먼저 보고 싶었기 때문이다.

숙소에서 궁전까지는 생각보다 멀었다. 더군다나 발바닥에 물집이 잡혀서 상당히 힘이 들었다. 40여 분을 걸어서 도착한 궁전의 정원을 보자, 모든 피로가 한순간에 싹 가시는 것만 같았다. 가장 먼저 도심 속에 자리한 궁전의 규모와 숲의 크기에 놀랐다. 쇤브룬 궁전은 합스부르크 왕가의 여름 별궁으로, 아름다운 샘이란 뜻에서 유래되었다고 한다. 이웃나라인 프랑스에 국력을 과시하려는 의도로 베르샤유 궁전에 견줄만 한 궁을 짓기 위해 만들었다는 흥미로운 역사적 배경을 가지고 있다. 숲길을 따라 한참을 걷다 보니 글로리에떼가 가장 먼저 위용을 드러냈다. 프러시아와의 전쟁에서 승리를 기념하기 위해 세운 건물로, 지금은 카페로 운영 중이다. 그 아래로 펼쳐진 분수대와 규모가 엄청난 정원에 압도되었다. 하지만 궁전을 둘러보는 것은 무리라 생각되었다. 글로리에 떼에서 궁전까지는 거리도 멀고, 물집이 잡힌 발바닥 때문이다. 현명한 아내도 비엔나에는 궁전이 많으니까, 다른 궁전을 보자며 숙소로 돌아와 다음 날의 여정을 수립했다.

다음 날은 여유롭게 일어나 늦은 아침을 먹었다. 생각해보니 그동안 아침마다 너무 빨리 일어났다. 이번에는 트램을 타고 비엔나의 중심지인 링(Ring)으로 향했다. 대중교통을 무한대로 이용할 수 있는 3일 교통권을 끊어서 마음이 넉넉했다. 스마트폰의 안내에 따라 비엔나의 랜드마크인 슈테판 대성당을 찾아 가는 길에 '잉카우어' 인형시계와 마주쳤다. 정오가 되면 12가지 인형이 전부 나온다는 스토리가 있는 시계로 유명하다. 드디어 슈테판 성당을 마주했을 때, 으리으리한 규모에 놀라지 않을 수 없었다. 외곽을 장식한 수많은 조각과 곡선의 아름다움이 느껴졌다. 안으로 들어서자, 높이를 알 수 없는 성당의 천장 고도에도 깜짝 놀랐다. 뭐라 형언할 수 없는 미묘한 감정을 뒤로하고 성당 밖으로 나오자, 마치 우리를 기다렸다는 듯이 호객행위가 이어졌다. 당일 밤에 진행되는 음악콘서트 입장권으로, 처음에는 49€를 10€ 할인하여 39€에

준다고 접근했다. 우리가 망설이자 어디에서 왔는지를 물었다. 한국이라고 대답하자, 바로 스마트폰에서 한국인이 쓴 블로그를 보여주며 TV프로그램에도 소개된 감동적인 연주회라며 재촉했다. 그래도 주저하는 우리에게 그는 49€에 1명을 무료로 해주겠다는 마지막 카드를 던졌다. 예술의 도시 비엔나에서 클래식 음악 연주회를 보고 싶었던 우리는 밤에 진행하는 티켓을 예매하고 말았다.

다음 목적지로 미술관들이 모여있는 뮤지엄존으로 향했다. 그곳에 도착한 우리는 적당한 자리를 찾아 점심으로 준비해 온 샌드위치를 먹었다. 그때 우리 옆자리에도 사람들이 다가와 앉더니 점심식사를 하기 시작했다. 식사를 마치고 근처에 있는 레오폴트(Leopold) 미술관을 찾았다. 티켓을 끊고, 배낭을 맡긴 다음에 미술관으로 들어갔다. 지하를 포함한 5층으로 구성된 미술관은 적지 않은 규모였다. 우리는 엘리베이터를 타고 4층으로 올라가서 작품을 감상하면서 내려오기 시작했다. 서양화에 관심이 높았던 아내는 취미생활로 유화를 그렸다. 그래서인지 유명인의 작품 원본을 보면서 감탄을 연발했다. 실제로 어느 작품 앞에서는 감동의 눈물을 흘리기도 했다. 그녀와 달리 예술작품에 조예가 깊지 않았던 나는 사진처럼 정밀하게 그려진 풍경화나 인물화를 보고 놀랐

비엔나의 슈테판 대성당의 미사

비엔나의 랜드마크요, 심장으로 불리는 슈테판 대성당은 오스트리아 최고의 고딕양식 건축물로, 그리스도교 최초의 순교자인 슈테판의 이름에서 따왔다. 슈테판 성당에서 종교의 목적이 무엇인지 자문해 봤다. 유럽의 역사는 전쟁의 역사라는 말이 있다. 유럽의 역사에서 전쟁이 끊이지 않았던 원인의 중심에는 80% 이상이 종교와 관련되어 있다는 사실에 묘한 감정이 들었다.

다. 작품 하나하나를 세밀하게 감상하던 아내와 보조를 맞추다 보니 다리가 무척 아팠다.

4층 관람을 마치고 3층을 둘러보고 있을 때, 한 무리의 동양인 단체관람객이 가이드를 따라서 우르르 몰려 들어오기 시작했다. 아니나 다를까? 혹시나 했지만, 작품을 설명하는 가이드가 한국말을 구사했다. 그들의 틈에 끼어 작품에 대한 설명을 들으면서 야릇한 감정이 올라왔다. 문화에 대해 높아진 우리나라의 위상에도 놀랐지만, 조용하게 작품을 감상하고 있는 다른 관람객들에게 미안한 마음도 들었다. 2층에 내려갔을 때도 또 다른 한국인 단체관람객과 마주쳤다. 3년여 진행된 코로나팬데믹으로 인해 억눌렸던 여행금지에 대한 보복여행이 아닐까라는 생각이 들었다. 1층과 0층을 거쳐 지하에 도착하자, 내가 아는 '르네 마르리트(Rene Magritte)'의 그림과 마주쳤다. 그는 벨기에의 초현실주의 화가로, 독특한 세계를 그림으로 희화하는 작가로 유명하다. 내가 아는 작가의 진품을 보니 작은 감동이 밀려왔다. 미술관 관람을 마치고 시내에서 가까운 숙소에 들러 이른 저녁을 먹고 다시 나오기로 했다. 시내에서 식사를 하는 것도 고려했지만, 맛은 별로이고 가격은 높을 거라는 유럽 음식에 대한 편견이 가로 막았다. 물론 비용을 고려해야만 하는 배낭여행의 경제적인 차원도 작용했다. 숙소에 들러 저녁을 먹은 다음에 다시 트램을 타고 연주회를 보러 갔다.

공연장은 브로슈어에 나와 있는 화려한 사진과 달리 규모가 크지 않았다. 놀라운 점은 한국인 단체관람객이 너무나 많았다는 사실이다. 적어도 1/4이 한국의 단체관광객으로 보였고, 대부분이 VIP 로열석을 차지했다. 이를 입증이라도 하듯이 진행자가 모국어로 인사를 하더니, 가장 먼저 유창한 한국말로 환영 인사를 했다. 다행인 것은 연주가 진행되는 동안 한국인들의 연주회에 대한 호응과 관람매너가 누구보다도 좋았다는 점이다. 클래식 음악은 인간의 순수한 감정의 발로이고, 인간의 정서를 순화시켜 준다고 했던가? 그들이 연주한 곡은 대중이 쉽게 이해할 수 있는 귀에 익숙한 명곡들이었다. 비발디의 〈사계〉 중에서 '여름'을 시작으로 모차르트와 슈베르트의 대표곡을 연주했고, 중간에 남녀 성악가들도 출연해 분위기를 고조시켰다. 우리는 1시간 30분이 어떻게 지나갔는지 모르게 연주에 집중했고, 분위기도 좋았다. 생각해보니 무려 10년 만에 찾은 클래식 콘서트였다. 앞으로는 자주 클래식 콘서트를 보겠다고 스스로에게 다짐했다.

비엔나에서 맞는 일요일 아침이다. 슈테판 대성당에서 진행되는 미사를 보기 위해 다시 대성당을 찾았다. 아무래도 대성당의 미사라 뭔가 특별함이 기대되었다. 하지만 기대와는 달리, 다른 성당과 비슷해 별로 감흥이 없었다. 성당에 대해 좀 더 알고 싶었던 우리는 유튜브에 소개된 동영상의 설명을 들으면서 이곳저곳을 감상하기 시작했다. 참으로 편리해진 세상이다. 대학시절에 다녔던 배낭여행에서는 상상할 수 없는 일들이 지금은 가능하다. 호텔이나 숙박시설의 예약과 교통수단의 예약도 시간과 공간을 초월해 국내에서 가능하다. 스마트폰에 저장된 QR코드를 현장에서 보여주면 그만이다. 미술품을 감상하다가 작품의 세부정보가 궁금하면 하단의 해설을 촬영하면 금방 한국말로 번역되어 나온다. 길찾기는 또 어떠한가? 구글맵에서 실시간으로 검색이 가능하고, 클릭만하면 새로운 길 안내를 직접 받을 수 있다. 말인즉, 특별한 경우를 제외하고 현지인의 도움을 받기 위해 길을 물어볼 필요가 없게 되었다는 것이다. 이처럼 배낭여행의 판도가 스마트폰의 출현으로 완전히 변했고, 여행업도 플랫폼 비즈니스로 전환된 것이다. 슈테판 대성당의 타워를 올라가는 방법으로는 2가지가 있었다. 리프트를 타고 올라가는 북쪽 타워와 계단을 직접 걸어서 올라가는 남쪽 타워에서 우리는 350개의 계단에 도전했다. 하지만 무모한 선택이었다. 타워의 정상에 올라갔을 때는 좋았지만, 비좁은 계단을 올라가거나 내려갈 때는 후회가 막심했다. 무더운 날씨에

인생은 배낭 여행이다

계단을 올라가는 것도 힘들었지만, 내려오는 사람과 수차례 비켜서야만 했다. 정상에 올라 바라본 비엔나 전경은 왜 비엔나를 예술의 도시라고 부르는지 충분히 이해되었다. 타워에서 내려온 우리는 첫 번째 일요일에만 관람료가 무료라는 베토벤 기념관을 찾았다. 베토벤이 비엔나에 거주할 당시에 머물면서 곡을 작곡하던 곳으로, 평범했지만 채광이 좋고 풍경이 아름다운 저택이었다. 베토벤 하우스를 나온 우리는 점심을 해결하기 위해 적당한 장소를 찾았다. 근처에 작은 공원을 끼고 있는 성당이 눈에 띄었다. 스마트폰에서 정보를 확인해 보니, 비엔나에서 제법 유명한 명소로 나왔다. 규모에 비해 높이가 매우 높고, 유연한 곡선과 힘찬 직선이 절묘하게 조화를 이루고 있었다. 공원 앞에서 연주되는 피아노 소리를 들으며 그늘진 벤치에서 늦은 점심을 즐겼다.

다음 목적지로 오스트리아의 가우디로 유명한 '훈데르트바서(Hundertwasser)'가 설계한 '쿤스트 하우스'를 찾았다. 화가이자 건축가이면서도 환경운동가였던 그의 작품 앞에서 할말을 잊고 말았다. 스마프폰에서 그의 삶에 대해 검색해 보니, 파란만장한 삶을 살았다. 어렸을 때부터 남다른 감각으로 예술에 두각을 나타내던 그는 1차 세계대전 당시 장교였던 아버지의 사망 이후 유대인인 어머니 밑에서 유년시절을 보냈다. 1938년 오스트리아가 독일에 합병되면서 외할머니 집으로 강제 이주를 당한다. 그러던 중에 2차 세계대전이 발발하면서 히틀러의 유대인 탄압으로 외할머니와 친척 69명이 몰살당한다. 이후 본격적으로 예술활동에 전념하다 건축가로 거듭난다. 그가 건축을 시작한 이유는 기능주의와 실용주의에 바탕을 둔 현대건축물이 사람을 병들게 하고 있다는 생각에서다. 그가 설계한 '쿤스트 하우스'를 마주하니, 그가 왜 도시의 메마른 건축물에 생명을 불어넣는 '건축치료사'라는 이름을 얻게 되었는지 이해되었다. 작품의 외관에서 가우디가 연상되었고, 건물은 기괴했지만, 정겨운 곡선과 나무들 사이로 알록달록한 타일이 한층 돋보였다. 그의 작품에서 '건축은 네모다.'라는 고정관념을 파괴한 철학을 읽을 수 있었다. 자연에서 만들어진 곡선이 존중되고, 부드러운 곡선이 건축에 반영되었다. 즉, '자연에는 직선이 없다.'는 철학을 건축물에 쏟아부은 것이다. '과연 이런 천재들은 어디에서 영감을 얻는 것일까?'

거장의 작품 앞에서 상하좌우를 마음껏 촬영하던 내게 아내는 그가 설계한 '쓰레기 소각장'이 궁금하지 않냐며 나를 유혹했다. 환경운동가와 쓰레기소각장은 상충되는 단어다. 그런데도 그가 쓰레기 소각장을 설계했다고? 궁금함을 참지 못하고 기꺼이 아내의

훈데르트바서가 설계한 쓰레기 소각장

예술과 문화의 도시 비엔나에서 환경운동가가 설계한 쓰레기 소각장과 마주했을 때,
많은 생각이 교차했다. 비엔나 시장의 각고의 노력과 환경운동가의 철학이 반영되면
서 님비(Nimby: Not in my backyard) 현상을 극복한 사실에 감동을 받았다.

제안을 받아들였다. 우리는 지하철과 트램을 번갈아 타고서 그가 설계했다는 쓰레기 소각장에 도착했다. 쓰레기 소각장을 설계할 수 없다는 그의 신념을 무너트린 사람은 당시 비엔나의 시장이라고 아내가 말해줬다. 수차례 그를 찾아가서 친환경적으로 설계해 달라는 시장의 요청을 수락한 것이다. 쓰레기 소작장은 지하철역 앞에 우뚝 솟아 있었다. 첫 느낌은 '저런 예술작품이 쓰레기 소각장이라고?'라는 의구심과 이미 앞에서 봤던 쿤스트 하우스와 컨셉이 동일하게 느껴졌다. 1971년에 만들어진 소각장은 처음에는 비엔나에서 혐오시설이었다고 한다. 그런데 1987년에 대형화재로 소각장이 소실되자, 새로운 부지를 찾아 나섰지만 쉽지 않았다. 이에 시장은 시민들에게 친환경적인 소각장 건립을 약속했고, 훈데르트바서의 설계로 다시 태어난 것이다. 그래서인지 쓰레기 냄새는 전혀 나지 않았고, 혐오시설로 인식되는 쓰레기 소각장이 시내에 있다는 사실도 새로웠다. 그것도 문화와 예술의 도시라는 비엔나에서. 주변의 카페와 케밥집에서 사람들은 식사를 하고, 한가롭게 자전거를 타는 사람들도 보였다. 인류가 직면한 각종 문제들 중에서 환경이슈야말로 공존을 위해 가장 시급히 해결해야 할 주제다. 환경운동가로 활동한 작가의 선견지명에 존경하는 마음도 들었다.

어느덧 비엔나에서도 마지막 날이다. 아침식사로 집주인이 추천해 준 케밥을 사먹고 벨베데레 궁전으로 향했다. 유럽의 수많은 미술가들 중에서 나는 오스트리아 출신인 '구스타프 클림트(Gustav Klimt)'를 알고 있었고, 그의 유명한 작품인 '연인(키스)'을 그곳에서 볼 수 있다는 사실에 기대감이 컸다. 특히 그곳은 궁전에서 예술품을 전시함으로써 작품과 궁전의 미학을 동시에 감상할 수 있도록 설계된 명소라고 했다. 궁전에 도착하자마자 티켓부터 예매했다. 관람객이 많아서 1시간 후에 입장이 가능했다. 아내는 나를 기념품 가게로 데리고 갔다. 그곳에는 미술작품이 삽입된 엽서부터 열쇠고리까지 없는 게 없을 정도로 다양한 기념품이 진열되어 있었다. 아내는 화보를 펼치면서, 여기서 작품에 대해 살펴보고, 입장하면 진품을 볼 때 느낌이 확실히 다르다며 명화를 중심으로 내게 보여줬다. 몇몇 대중들에게 잘 알려진 명화를 볼 때는 무척 흥미로웠다.

입장시간이 되어 궁전 안으로 들어갔다. 웅장하고 멋진 궁전의 실내 장식을 보면서 감탄했다. 로비에 걸린 거대한 상젤리아의 아름다움에 압도되고 말았다. 벽에 진열된 예술품보다 반질반질한 대리석으로 만들어진 궁전의 벽과 기둥을 만져보니 한없이 부드러웠다. 벽에 진열된 이름 모를 화가의 작품과 거장의 작품을 잘 구분할 수 없었다. 하지만 층을 올라갈수록 대중에게 익숙한 명화가 하나씩 모습을 드러내기 시작했다. 드디어 구스타프 클림트의 '연인'이란 작품과 마주했다. 숨이 턱하고 막혔다. 너무도 자주, 그리고 많이 봐와서 그런지 진품이란 사실이 믿기지 않았다. 그곳에는 작품과 함께 사진을 찍기 위한 줄이 만들어져 있었다. 그때 한 무리의 단체관람객이 우르르 들어섰다. 레드포트 미술관에서 본 것처럼, 이번에도 역시 한국인들이었다. 그들은 해설가의 설명을 하나라도 놓치지 않으려는 듯이 표정이 진지했다. 그들을 뒤로하고 옆방으로 이동했을 때, 나는 또 다시 익숙한 작품과 마주쳤다. 기백이 넘치는 나폴레옹의 모습을 담은 '알프스 산맥을 넘는 나폴레옹'으로, 궁정화가인 자크루이 다비드의 작품이었다. 누구나 한 번쯤은 보았을 나폴레옹을 위한 선전화로 그와 좋은 관계를 맺고 싶었던 스페인의 카를로스 4세가 주문했고, 나폴레옹도 이 그림을 좋아해 여러 판본을 만들라고 명했다는 것이다.

예술품의 감동을 뒤로하고 궁전의 정원을 거닐었다. 아침에 먹은 케밥이 짜서 그랬는지 갈증이 나던 찰나에 궁을 나서자마자 공교롭게도 생맥주집이 나타났다. 궁전의 출입문과 붙어있는 생맥주집이라니! 아내와 눈빛으로 동의하며 안으로 들어갔다. 많은 사람들로 레스토랑은 무척 소란스러웠다. 예약을 했냐는 종업원의 물음에 아니라고 답하자, 우리를 적당한 자리로 안내했다. 메뉴판을 보면서 고민 끝에 우리는 서로 다른 맛의 맥주를 주문했다. 맥주가 나오는 동안 스마트폰으로 레스토랑의 정보를 검색한 아내는 평점이 매우 높은 유명한 맛집이라며 기대감을 높였다. 잠시 뒤에 500cc맥주가 나왔고, 우리는 지금까지의 여정에서 어디가 최고의 명소였는지를 꼽았다. 아내는 플레트비체를, 나는 블레드 호수를 선택하면서도 지금 이 순간이 가장 좋다는데 동의했다. 빈 속에 맥주가 들어가자 기분이 좋아졌다. 그러고 보니 이번 여행에서는 술을 즐겼다. 와인 한 잔으로 식사 분위기가 유럽풍으로 변했기 때문이다. 맥주를 마시고 오페라하우스를 거쳐 왕궁에 있는 공원으로 들어갔다. 정원의 잔디에는 한가롭게 휴식을 취하는 많은 사람들이 담소를 나누고 있었다. 시원한 바람이 얼굴을 감싸고, 파란 하늘이 드높게 보였다. 똑같이 사람 사는 곳인데, 오스트리아의 비엔나는 이처럼 여유롭고, 한국의 서울은 직장인들에게 왜 그리도 팍팍하고 바쁜 곳인지 비교되었다.

다음 날 우리는 4박 5일간의 비엔나 일정을 마치고 부다페스트로 향하는 플릭스버스를 탔다. 이번 배낭여행에서 우리의 베이스캠프 역할을 해준 지인의 집을 향해서다. 버스터미널에 도착해 보니

비엔나의 마트에 진열된 와인들

신은 물을 만들었고, 인간은 포도주를 만들었다고 한다. 술을 나타내는 의미심장한 말이다. 탈무드에도 '술이 가정을 방문하기 바쁠 때에는 그 대리인으로서 술을 보낸다.'는 말이 나온다. 적당한 술은 우리를 즐겁게 하지만 과도한 술은 불행의 온상이 되기도 한다.

우리가 출발했던 바로 그곳이다. 출발할 당시에 미지의 세계에 대해 설레던 마음이 떠올랐다. 이곳을 시작으로 크로아티아와 슬로베니아, 오스트리아 비엔나를 마지막으로 무사히 돌아온 여정이 꿈만 같다. 모든 것이 순조로웠다. 무엇보다 이번 여정에서 가장 좋았던 점은 비가 내리지 않았다는 사실이다. 날씨와 여행과는 긴밀한 상관관계가 있음을 너무도 잘 알기에 감사한 마음이 들었다. 지인의 집에 도착하자, 진호 엄마가 기쁜 마음으로 우리를 맞이했다. 그날 밤 우리는 그간의 여정에 대해 진한 이야기 꽃을 피웠다. 우리가 다녔던 여행지는 주로 그들이 추천한 곳이었기에 쉽게 교감할 수 있었다. 플리트비체를 비롯해 로빈과 피란, 블레드 호수, 비엔나 등을 이야기하면서 와인을 3병이나 마셨을 정도로 분위기가 좋았다.

다음 날 아내와 진호 엄마는 부다페스트에서 마음껏 쇼핑을 즐겼다. 내가 빠져주는 게 둘이서 쇼핑하기에 더 편할 거라고 생각했다. 나는 지인의 집에 있던 유럽역사에 관한 책을 읽었다. 그러는 사이에 부다페스트에서의 마지막 저녁이 되었다. 진호 아빠가 퇴근한 다음, 우리는 100년이 넘은 전통 있는 고급레스토랑으로 향했다. 지인의 초대로 시작된 의미 있는 여행에 대한 보답으로 식사라도 한 끼 대접하고 싶어서다. 주문한 음식이 나왔을 때, 정통

부다페스트의 야경

부다페스트에서 마음껏 쇼핑을 즐겼다. 내가 빠져주는 게 둘이서 쇼핑하기에 더 편할
거라고 생각했다. 나는 지인의 집에 있던 유럽역사에 관한 책을 읽었다. 그러는 사이
에 부다페스트에서의 마지막 저녁이 되었다. 진호 아빠가 퇴근한 다음, 우리는 100년
이 넘은 전통 있는 고급레스토랑으로 향했다.

인생은 배낭 여행이다

레스토랑이란 느낌이 들었다. 한국인에게 인기가 높은 식당이라는 소문이 말해주듯이 여기저기서 한국말이 들렸다. 와인을 곁들이며 넉넉하게 식사를 마치고 2차로 장소를 옮겼다. 썩 마음에 드는 카페였다. 금연석이면서도 야외에 위치한 곳에서 우리는 주로 미래에 대한 담소를 나누었다. 그렇게 유럽에서의 마지막 밤이 서서히 기울어져 갔다. 길거리의 다른 카페에서도 사람들의 웅성거림이 가득했다. 날씨는 시원하고, 바람이 솔솔 부는 하늘은 어둡지만 무척 청명했다.

여행을 끝마치고 돌아가는 날이다. 지인은 어렵게 시간을 내어 우리를 공항까지 배웅해 주었다. 그들과 몇 번이나 아쉬운 작별을 뒤로하고 서울행 비행기에 몸을 실었다. 뜻하지 않게 지인의 초대로 시작된 이번 여행이 내게 준 의미는 무엇일까? 무엇보다 다람쥐 쳇바퀴 도는 듯한 매너리즘에 빠져 있던 나를 되돌아보고 새로운 에너지를 충전했다. 그들과의 끈끈한 관계가 없었다면 아마도 이번 여행은 힘들었을 것이다. 세상을 잘 살아내기는 쉽지 않다. 하지만 더불어 사는 세상에서 가족이나 다른 사람과의 관계가 좋다면 그리 어려운 일만도 아니다. 결국 인생은 관계에서 시작해 관계로 끝난다는 평범한 진리를 다시 한번 깨달았다. 비행기가 서울을 향해 힘차게 이륙했다.

부모님과 배낭여행 실행하기

• • • • •

　　　　　배낭여행! 가슴 뛰는 말이다. 돌이켜보면 내가
다녀온 세 번의 배낭여행은 지금껏 살아오면서 가장 잘한 선택이
었다. 인생에 대한 통찰과 깨달음을 얻을 수 있는 시간이었기 때
문이다. 수십 권의 책과 유튜브, 다른 사람이 쓴 여행담을 보고 듣
는 것보다 스스로 체험하면서 가슴으로 느끼는 배낭여행은 삶의
축복이라고 나는 확신한다. 세 번의 배낭여행을 한 권의 책으로
엮어서 출간한 이유가 있다. 이 책을 읽고난 독자들에게 혼자서
또는 가족과 함께, 여유가 된다면 부부끼리도 배낭여행을 떠날 수
있는 용기와 실행할 수 있는 토대가 되기를 간절한 마음으로 집필
한 것이다.

내 인생에서 최고의 책을 꼽으라면 나는 칼 세이건의 『코스모스』

를 선택하겠다. 그 책을 통해 나는 인생에 대해 많은 것을 깨달았다. 크기를 알 수 없는 무한한 우주에서 태양계, 그것도 지구라는 별에서 우리는 살아가고 있다. 먼 우주에서 바라보면 지구는 하나의 점에도 미치지 못하는 모래알이다. 그 속에서 누군가는 소형차를 타고, 중형차를 타고, 외제차를 타는 것은 의미가 크지 않다. 정작 중요한 것은 나는 누구이고, 나는 무엇이며, 나는 어떻게 살아가고 있느냐는 계속된 질문과 성찰이다. 그리 생각하면 살아있는 동안 한 번이라도 더 소중한 사람과 배낭여행을 즐기는 것이 인생의 축복이라고 나는 믿고 싶다.

나는 서울시가 출자한 공기업에서 관광마케팅을 총괄하는 본부장으로 일했다. 큰 축복이었다. 어떻게든 외국인들을 서울로 방문하게 만드는 것이 핵심 역할이었다. 이를 통해 컬쳐노믹스를 구현하고, 도시의 부가가치를 창출함으로써 경제적 가치를 증진시키는 일이었다. 여행과 관련된 일을 하다 보니 서울과 대한민국의 구석구석의 명소를 많이 알게 되었다. 일반 회사에 다닐 때는 보이지 않는 것들도 시야에 들어왔다. 우리가 살고 있는 대한민국은 참으로 아름다운 곳이다. 세계의 어느 나라에도 없는 진귀한 문화와 관공명소, 단아한 아름다움이 곳곳에 녹아 있다. 그런데 관광마케팅을 하면서 마음속에 하나의 짐이 생겼다. 그것은 연로한 부모님을 모시고 전국을 여행하는 꿈이었다. 언젠가는 돌아가실 부모님께 전국일주 여행을 꼭 시켜 드리고 싶었던 것이다. 이를 실행하기 위해 나는 여름휴가를 아껴두었다. 자식이 태어나고 나서야 비로소 부모님의 마음을 알게 되었고, 조금씩 철이 들기 시작했다. 일반적으로 11월은 이벤트가 적은 달이다. 9~10월은 추석과 연휴로 전국이 들썩이고, 12월은 연말연시와 크리스마스로 분주하다. 이에 비해 11월은 직장인들에게 가장 부담이 적었다. 이를 감안해 고향에 계시는 부모님과 전국일주라는 배낭여행을 11월로 잡았다.

11월말의 금요일 오후였다. 나는 고속버스터미널에서 부모님을 기다리고 있었다. 전국의 각지에서 고속버스가 쉴 새 없이 도착했다. 사람들이 버스에서 내릴 때마다 함박웃음을 지으면서 두 손을 꼬옥 잡는 모습이 참 좋아 보였다. 헤어짐보다 만남이 있는 도착 터미널이라서 그런지 마음이 훈훈해졌다. 30여 분이 지났을 무렵에 부모님이 타고 계신 버스가 터미널 안으로 들어왔다. 차창 너머로 어머니의 얼굴이 보였다. 버스 안에서 우리를 확인한 부모님이 손을 흔들었다. 버스에서 내리자마자 아이의 손부터 꼭 잡으며 며느리를 찾았다.

"송주 엄마는?"

"점심식사 준비하느라고 우리만 나왔어요."

날씨가 제법 매서웠다. 일거리가 없는 철이라 부모님의 안색이 좋아 보였다. 버스 짐칸에서 부모님이 가져온 반찬거리를 챙겨 집으로 차를 몰았다. 일요일 아침이라 강변북로가 한산해 집에 금방 도착했다. 아내가 이미 점심을 준비해 놓고 있었다. 누가 봐도 정성이 가득 들어간 상차림이었다. 식탁에 둘러앉아 여행을 주제로 이야기가 터져 나왔다. 평소 말수가 적은 아버지도 고마워하시는 눈치였다.

"고맙다. 회사 일정을 빼기가 쉽지 않았을 텐데---"

"아닙니다. 여름휴가를 안 가고 지금 가는 거니까, 조금도 걱정하실 필요가 없습니다" 나는 부모님이 혹시라도 걱정하실까 봐 안심시켜 드렸다. 어머니는 평소에도 자식들 때문에 한평생을 걱정으로 사시는 분이다.

"1주일이면 상당히 긴데, 어디로 갈 거냐?"

"그렇지 않아도 제가 많이 고민했습니다. 일단은 강원도 최북단인 고성으로 출발해서 통일전망대를 시작으로 동해안을 따라 내려오면서 경포대를 거쳐 충북과 충남을 경유하여 우리나라 최고의 관광명소인 경주를 관광한 다음, 목요일에 부산에 도착할 겁니다. 그때 아내와 송주가 목요일에 KTX를 타고 내려와 부산에서 합류할 계획입니다. 이후 노무현 전 대통령이 있는 봉하마을을 거쳐 남해안을 따라 거제도와 진주를 지나 전라남도 순천만을 구경한 다음, 영암에 있는 누나 집에서 가족들과 하룻밤을 보내고 집으로 돌아오는 일정입니다."

부모님을 모시고 여행하겠다는 결심을 굳히고 나서 가장 많이 한 고민이 여행의 동선이었다. 고향이 진안(전북)이기에 전라도는 가급적 배제시켰다. 아울러 부모님이 연로하시다는 사실도 여정에 반영하여 무리한 일정을 잡지 않았다. 가족과 함께 가고 싶어서 송주가 등교해야 하는 금요일을 체험학습으로 대체하고 목요일 밤에 부산에서 합류하기로 했다. 계산해 보니 대략 6박 7일간에 2,500km를 달리는 여정이 수립된 것이다.

"1주일이면 돈도 많이 들어갈 텐데, 미안해서 어쩌냐."

"어머니. 돈은 걱정하지 마세요. 필요한 만큼 진작에 마련해 놓았으니까, 편안하게 여행만 잘 다녀오시면 됩니다"

재치 있는 아내가 재빨리 대답했다. 사실 어머니 말처럼 여행을 결심하고, 가장 먼저 해결해야 할 과제가 여행의 비용이었다. 숙박과 식대, 자동차 주유비, 입장료 등을 계산해 보니 대략 150만 원 정도로, 많다면 많고, 적다면 적은 돈이다.

점심을 먹고 나서 부모님과 함께 찾은 장소는 남산의 'N서울타워' 로, 서울을 방문하는 외국인들이 가장 선호하는 관광명소다. 서울타워는 남산에 있는 송신탑으로, 서울을 대표하는 랜드마크이다. 탑의 높이는 237m로 다소 낮지만 남산의 해발고도까지 합하면 480m인데, 날이 맑으면 인천 앞바다까지도 보인다. 그곳에서 1,000만이 사는 거대도시 서울을 부모님께 한눈에 보여 드리고 싶었다.

서울타워에 도착해 보니 일요일이라서 그런지 사람들이 많았다. 특히 수많은 연인들이 타워주위에 걸어 놓은 열쇠고리가 눈에 띄었다. 부모님에게 우리가 살고 있는 집의 위치를 비롯하여 서울을 둘러싸고 있는 인왕산과 북한산, 관악산도 알려 드렸다. 부모님은 글로벌 도시 서울의 위용에 크게 감탄하시는 눈치였다. 서울의 가장 큰 매력은 국립공원인 북한산을 끼고 있다는 점으로 "북한산이 서울시민들에게 가치를 인정받지 못하는 것은 아이러니컬하게도 그것이 서울에 있기 때문이다."는 말이 떠올랐다. 전세계적으로 국립공원을 끼고 있는 수도 서울은 대한민국이 유일하다. 실제로 북한산에 올라가 본 외국인들은 경탄을 금치 못한다.

서울타워를 뒤로하고 외국인들이 가장 선호하는 공연을 관람하기 위해 명동을 찾았다. 다름 아닌 '난타(NANTA)' 공연이다. 지금도 나는 난타를 처음으로 관람했을 때의 감동을 잊지 못한다. 난타의 설립자인 송승환 씨를 회사로 직접 초청하여 성공신화를 들은 적이 있다. 그는 탁월한 선견지명과 확고한 리더십으로 난타를 탄생시켰다. 난타의 성공요인은 타깃이 외국인 관광객이고, 비언어적 공연에 스토리를 불어넣었고, 고객과 소통하는 공연, 그리고 누구나 공감할 수 있는 음식과 주방이 무대였다는 점이다.

난타 공연에 흡족해하시는 부모님을 모시고 무교동으로 향했다. 낙지로 유명한 무교동에서 저녁식사를 대접하기 위해서다. 평소에 찾던 단골 식당을 골랐다. 메뉴는 살아있는 낙지와 죽은 낙지, 살아있는 조개와 죽은 조개를 조합해 가격이 달랐다. 죽은 낙지와 죽은 조개의 조합이 가장 저렴했지만, 산낙지와 산조개가 들어간 연포탕을 주문했다. 매운 낙지볶음보다 깔끔하고 시원한 연포탕이 부모님과 아이에게 좋을 것 같았다. 연포탕은 달달한 배추의 감칠맛과 바다의 내음이 동시에 느껴지는 일품요리다. 전복과 버섯, 야채가 가득 담긴 연포탕이 나왔을 때, 꿈틀거리는 산낙지를 처음 본 아이가 깜짝 놀랐다. 가스에 불을 지피자, 서서히 뜨거워지는 냄비에서 낙지가 탈출을 시도했다. 조금이라도 더 살기 위해 몸부림치는 낙지에게 미안한 마음이 들었다. 지구상에 살아있는 모든 생명체는 다른 살아있는 생명체의 살을 먹고 자란다는 말이 떠올랐다. 연포탕이 끓기 시작하자, 아내가 국자를 잡기 위해 손을 뻗었다. 나는 그런 아내보다 재빠르게 국자를 들고 연포탕을 배식했다. 국그릇에 야채와 새우, 낙지, 조개를 퍼서 가장 먼저 아버지께 드렸다. 어머니 국그릇에는 전복까지 넣어 아버지보다 푸짐하게 드렸다.

연포탕으로 저녁을 마치고 옆에서 열리고 있는 청계천의 세계등 축제를 보러 갔다. 이미 수많은 인파가 축제를 즐기고 있었다. 흐르는 물 위에서 은은하게 빛나는 등이 무척이나 화려해 보였다. 세계 각국에서 보내와 만든 조형물을 보면서 부모님은 좋아하셨고, 아이와 아내도 무척이나 즐거워했다. 등축제를 준비한 우리 직원들의 보이지 않는 헌신에 고마운 마음이 들었다. 나는 본부장으로서 다양한 이벤트나 축제를 주관하면서 깨달은 사실이 있다. 화려한 행사 뒤에는 항상 보이지 않는 사람들의 노고와 헌신이 뒤따른다는 점이다. 인기가수의 뒤에는 작곡가나 조명, 악기를 연주하는 사람들이 있고, 화려한 영화 속의 주인공 뒤에도 감독을 비롯한 조연이나 수많은 사람의 헌신이 녹아 있다. 식탁에 올라온 한 톨의 쌀에서 농부의 마디 굵은 손마디와 생선 한 토막에서도 새벽잠을 설친 어부의 숨결을 느낄 수 있었으면 좋겠다.

첫째 날(월요일), 설악산에서 부모님의 미소를 엿보다

"차를 오래 타실 테니까, 옷은 최대한 편안한 걸로 입으세요."
새벽 5시 30분에 일어나 부모님께 편안한 옷을 권해 드렸다. 여행의 목적지인 강원도 고성의 통일전망대에 늦지 않게 도착하기 위해서는 이른 새벽에 출발해야만 했다. 아침식사도 건너뛰고 교통체증이 심한 월요일 아침의 서울을 빠져나가는 것이 급선무였다. 농삿일로 평생을 새벽에 일찍 일어나신 부모님과 새벽에 일찍 출근해 온 나는 부담 없이 6시에 집을 출발해 강변북로를 거쳐 강원도 인제로 방향을 잡았다. 2시간을 달려 인제삼거리에서 멈춰 섰다. 아침식사를 하기 위해서다. 인제는 황태로 유명한 곳이다. 겨울철 내내 명태가 얼었다 말랐다를 반복하면서 색이 노랗게 되어진하고 구수한 맛과 쫄깃한 식감까지 더해진 황태는 말린 명태라는 북어보다 정감 있는 이름이다. 황태구이정식을 주문하자, 보글보글 끓고 있는 청국장까지 서비스로 나왔다. 한 마리가 1인분으로, 양념이 잘 스며들어 있었다. 황태국도 나누어 먹을 수 있도록 국 그릇과 국자가 따라 나왔다. 밑반찬으로 함께 나온 상큼한 파래무침과 취나물, 매콤한 장아찌는 맨입에 먹어도 괜찮을 정도로 간이 순했다. 생각해보면 얼마나 위대한 한식인가? 서양인들은 세계의 3대 요리로 프랑스와 중국, 태국 음식을 꼽는다. 하지만 이것은 지극히 서구적인 관점일 뿐, 객관적으로 검증되지 않은 낭설이다. 한식(K-Food)은 어떠한 나라의 음식과 견주어도 결코 손색이 없는 일품요리이다. 한식의 멋과 맛은 '한상차림'으로 상다리가 부러질 정도로 푸짐하게 차려 나와야 한다는 주장과 한식도 외국처럼 '코스요리'로 하나씩 의미를 부여해 나와야 한다는 견해가 있다. 한식에는 취나물 하나에도 엄청난 손길과 스토리가 살아 있다. 이른 봄에 산속에서 하나씩 채취한 산나물을 끓는 물에 삶아 보름간 햇살에 말리고, 몇 개월을 저장했다가 다시 요리로 탄생하는 과정이야말로 우리 조상들의 정성과 지혜가 곁들여진 일품요리다.

식사를 마치고 우리나라의 최북단인 고성으로 차를 몰았다. 약 1시간이 지나자, 시원한 동해바다가 드디어 시야에 들어오기 시작했다. 그런데 동해바다의 수평선을 철조망이 계속 가렸다. 고성에 있는 통일전망대까지 올라가는 동안 계속된 철조망은 분단된 조국의 안타까운 현실을 말해주는 것 같아 마음이 아팠다. 강원도 최북단에 위치한 고성 통일전망대에서 바라본 금강산은 너무나도 선명하게 보였다. 월요일 오전이라 전망대는 한산했지만, 마음속은 복잡했다. 통일의 당위성은 명백하다. 첫째는 인도주의적 관점에서 이산가족의 아픔이 너무나 크다. 둘째는 역사적인 관점에서 우리는 피를 나눈 한민족 한핏줄이다. 셋째는 경제적인 관점에서 남북이 통일되면 북한에 매장된 천문학적인 지하자원의 활용과 유라시아를 동서로 연결하는 철로를 통해 물류비도 획기적으로 절감시킬 수 있기 때문이다.

통일전망대에서 느낀 미묘한 감정을 뒤로하고 속초로 향했다. 설악산의 울산바위가 눈에 들어오자, 마음이 조금은 편안해졌다. 점심을 먹기 위해 속초 관광시장에 들렀다. 시장에는 많은 사람들로 에너지가 넘쳐나고 있었다. 이곳은 살아 펄떡이는 물고기를 비롯해 수많은 해산물과 대게, 닭강정 등 동해안의 특산물이 모이는 장소로 유명했다. 속초 여행의 필수 코스로 손꼽히는 만물상 같은 곳은 새단장도 마쳤다. 특히 지하에는 동해 바닷물을 끌어오는 회센터가 있어 싱싱한 활어와 해산물을 저렴하게 맛볼 수 있다. 우리는 야채와 과일이 모여 있는 청과 골목과 순대 골목을 지나 지하에 있는 회센터로 방향을 잡았다. 부모님에게 점심은 회로 대접할 생각이다. 지하에 도착하자, 횟집 주인들의 호객행위가 이어졌다. 서로 부르는 가격이 비슷비슷했다. 그중에서 마음씨가 넉넉해 보이는 주인과 흥정을 마치고 자리를 잡았다.

광어회로 식사를 마치고 설악산으로 출발했다. 진입로는 평일 오후라 무척 한산했다. 주말에는 교통체증으로 항상 몸살을 앓고 있는 곳이다. 차를 주차하고 정문에 도착하자, 문화재 관람료를 요구했다. 국립공원의 입장료가 진작에 폐지되었지만, 그곳에 있는 사찰에서 당당하게 입장료를 받는 현실이 믿기지 않았다. 신흥사에 가지 않고 케이블카만 타려고 하는데, 무슨 명목으로 입장료를 받는지 물었다. 그때 돌아온 답이 가관이다. 케이블카를 타러 가는 땅이 신흥사 소유이기 때문에 통행세를 내야만 한다는 것이다. 결국 입장료를 지불하고 설악산 안으로 들어섰다. 설악산의 상징인 반달곰 동상 앞에서 부모님과 사진부터 촬영했다. 그때 '부모님과 다시 설악산을 찾을 수 있을까?'라는 생각이 문득 들었다. 불현듯 '일기일회(一期一會)'라는 말이 떠올랐다. 즉, '지금의 이 순간은 생애 단 한 번의 시간이고, 지금의 이 만남도 생애 단 한 번의 인연'이란 의미다. 나는 이 말을 생활신조로 삼고 있다. 매 순간을 소홀히 하지 말고 최선을 다하자는 금언으로, 법정스님이 강조한 말로도 유명하다. 그는 법문집에서 "우리는 지금 살아있다는 사실에 참으로 감사할 줄 알아야 합니다. 이 삶을 당연하게 생각하지 마십시오. 모든 것이 일기일회, 한 번의 기회, 한 번의 만남입니다. 이 고마움을 세상과 함께 나누기 위해서 우리는 이렇게 살아가고 있습니다."라고 말했다.

이번 여행에서 부모님과 설악산에 들른 이유는 무엇보다 케이블카를 타기 위해서였다. 노약자들도 등산하지 않고 설악산의 비경을 감상할 수 있기 때문이다. 케이블카를 타고 전망대로 올라가자, 알프스와 같은 풍광이 펼쳐지기 시작했다. 북쪽으로 펼쳐진 울산바위의 자태는 참으로 환상적이었다. 전망대에서 바라보는 국립공원 설악산의 위용은 참으로 대단했다. 저 멀리 보이는 동해바다의 푸르름과도 잘 어울렸다. 설악산의 케이블카가 왜 속초 당일치기 여행의 필수코스로 유명한지 감동하지 않을 수 없었다. 4계절의 변화에 따라 산의 비경과 자태가 달라진다는 설악산에서 손을 내밀면 금방이라도 닿을 것 같은 파란하늘과 경계가 미묘한 동해바다의 수평선이 끝없이 펼쳐졌다. 이를 촬영하려는 사람들로 북적거렸다. 온갖 기암괴석들이 탄성을 자아내게 했다. 설악산을 뒤로하고 동해안을 타고 강릉 경포대로 방향을 잡았다. 여전히 동해안의 철조망이 바다와 도로의 경계를 가로막은 채 우리를 따라오는 것만 같았다. 한참을 내려가다 이정표에 '주문진'이라는 지역명이 뚜렷이 눈에 들어왔다. 나는 군생활의 향수에 이끌려 나도 모르게 예정에 없던 주문진으로 방향을 돌렸다. 오징어로 유명한 주문진에서 부모님께 오징어회도 대접하고, 군생활을 했던 검문소도 보여 드린 다음에 경포대로 차를 몰았다.

둘째 날(화요일), 운명은 스스로 개척해 나가는 것이다

우리나라의 동해안은 대부분이 해돋이 명소로 유명하다. 그중에서도 '해돋이' 하면 떠오르는 대표적인 곳이 경포대와 정동진이다. 우리는 아침에 일찍 일어나 해맞이를 준비했다. 부모님과 경포대에서 장엄한 일출을 맞이할 계획이었다. 11월말의 일출은 여름철과 달리 부지런하지 않아도 쉽게 볼 수 있다. 7시가 넘어서야 일출이 시작되기 때문이다. 숙소를 출발해 경포대의 모래사장으로 이동했다. 하늘이 서서히 붉게 물들기 시작했다. 일출시간이 다가오자, 사람들이 하나둘씩 모여들기 시작했다. 날씨가 조금은 추웠지만, 해를 기다리는 설렘으로 이겨낼만 했다. 파도가 밀려왔다 빠져나가는 모습이 아름다운 아침이었다. 그렇게 파도 소리와 함께 서서히 해가 떠오르기 시작했다. 더 이상 말이 필요하지 않았다. 모두가 같은 방향을 바라보며 소망을 비는 모습이 경건하게 느껴졌다. 저멀리 수평선을 뚫고 빨간 해가 조금씩 떠오르면서 온전한 모습을 드러냈다. 어머니는 두 손을 모아 이글거리는 해를 향해 합장하며 기도를 드렸다. 일출의 감동을 뒤로하고 아침식사를 위해 식당을 찾았다. 식탁마다 바로 걷어낼 수 있는 1회용 식탁포가 정갈하게 깔려 있었다. 메뉴로 청국장과 순두부, 황태요리, 한정식이 준비되어 있었다. 나는 국내산 콩 100%로 만든 초당순

두부가 좋을 것 같아서 부모님에게 추천했다. 반찬들부터 먼저 나왔다. 그릇마다 다양한 반찬이 식탁을 가득 채웠다. 하얀 초당순두부의 맛이 일품이었다. 여유롭게 식사를 마치고 밖으로 나온 우리는 경포대의 자랑인 송림숲을 천천히 산책하기로 했다. 빼어난 숲의 경관을 따라 옮기는 발걸음이 한결 가벼웠다. 그때 어머니가 바다 일출을 처음으로 봐서 너무 좋았다는 말씀을 하셔서 조금 놀랐다. 부모님은 시골에서 매일같이 일출을 보셨기에 감흥이 크지 않을 것이라고 생각했기 때문이다. 동해바다의 잔잔한 파도소리와 아직도 붉은 태양, 그리고 부모님과 내가 경포 송림숲에 있다는 사실에 감사한 마음이 들었다.

경포대를 나와 근처에 있는 오죽헌으로 향했다. 신사임당으로 유명한 오죽헌은 넓은 평지에 자리잡고 있었다. 오죽헌은 신사임당이 자신의 부모를 모시기 위해 시집을 가서도 친정에 기거하면서 율곡선생을 낳은 것으로 유명해져 지금까지도 세상에 이름을 떨치고 있다. 가깝게 바라보니 참으로 단아하고 아름다운 곳이다. 오죽헌을 나와 전나무 숲길로 유명한 오대산 월정사로 출발했다. 월정사 입구에 차를 주차하고, 일주문을 지나 걷다 보니 좌우로 늘어선 아름드리 전나무가 우리를 반겼다. 바닥은 황토흙으로 단정하게 깔려있고, 수령이 적어도 500년은 되어 보이는 장쾌하게 뻗은 전나무로 인해 마음까지 상쾌해졌다. 소나무는 거의 없고, 전나무가 유난히 많이 자라는 오대산의 전나무 숲길에 부모님도 매료되었다. 월정사는 나와 인연 있는 특별한 사찰이다. 5박6일로 템플스테이에 참여했기 때문이다.

나는 가끔씩 생각한다. 내가 살아온 과거의 삶을 떠올려보면 내 의지대로 살아왔다고 생각되다가도, 문득 섬세하게 디자인된 길을 걸어왔다는 느낌이다. 왜 그럴까? 나는 그 해답을 찾아 월정사로 템플스테이를 들어간 것이다. 고즈넉한 산사의 스님과 마주한 자리에서 물었다. "스님, 지금까지 살아온 제 삶을 되돌아보면 그때는 마치 그러한 선택을 하라고 이미 정해져 있었다는 생각이 듭니다. 하지만 미래를 떠올리면 모든 것은 제 선택에 달려 있다는 느낌도 듭니다. 도대체 사람의 운명이란 무엇이고, 어떻게 살아야 합니까?" 잠시 침묵의 시간이 흐른 뒤 스님이 답했다. "사람의 운명은 어느 부모님 슬하에서 어떤 조건으로 태어나느냐에 따라 일정부문 정해집니다. 그것은 사람의 힘으로는 어쩔 수 없는 영역이겠지요. 이후 봄이 지나면 여름이 오고, 가을을 거쳐 겨울이 오는 것처럼, 사람의 일생에도 희로애락과 같은 굴곡이 끊임없이 닥치게 됩니다. 하지만 여기서 명심할 점이 있습니다. 누구도 다가오는 겨울을 막을 수는 없지만, 당신이 어떤 선택과 준비를 하면 겨

오대산 월정사의 전나무 숲길

TV-CF촬영지로 유명한 전나무 숲길을 부모님과 함께 걸었다. 바르게 우뚝 선 전나무
보다 벼락에 맞아 쓰러져 수명을 다한 전나무가 더 눈에 들어왔다. 그 나무도 우리처럼
희로애락 생로병사를 모두 겪었을 것이다.

울을 따뜻하게 보낼지는 압니다." 스님의 말에 정신이 번쩍 들었 던 것이다.

월정사를 뒤로하고 다음 목적지인 충북 단양으로 길을 잡았다. 단 양 하면 누구나 단양팔경(丹陽八景)부터 떠올린다. 단양팔경은 수 려한 풍광과 선현들의 유람문화가 만들어낸 우리나라에서도 대표 적인 관광명소이다. 단양팔경은 하선암과 중선암, 도담삼봉 등 8 개의 관광명소로 이루어져 있다. 나는 조금이라도 빨리 도담삼봉 을 부모님에게 보여 드리고 싶었지만 점심식사가 먼저였다. 즐비 한 음식점들 중에서 나를 매료시킨 식당은 '박쏘가리'라는 매운탕 집이었다. 이유는 간단했다. MBC에서 개최한 '향토음식대전에서 대상'을 수상한 맛집이라는 플래카드가 눈에 확 띄었기 때문이다. 주인도 아주 친절한 사람이었다. 주문을 받던 주인이 우리에게 어 디서 왔냐고 물었다. 월정사에서 왔다고 대답하자, 그게 아니라 고향이 어디냐고 다시 물었다. 전라북도 진안이라고 답하자, 주인 은 깜짝 놀라며 자신의 친정도 진안이라며 아주 반갑게 맞이해 주 었다. 우리나라 사람들은 참으로 이상하다. 외국에서 처음 보는 사람을 만났을 때, 외국인들은 이름부터 묻지만 한국인들은 어디 서 왔는지 고향부터 묻는다. 식당에서 고향이 같은 주인을 만난

건 대단한 행운이었다. 부족한 것이 없을 정도로 상다리가 부러지게 차려 주었기 때문이다. 쏘가리 매운탕으로 점심을 마치고 도담삼봉부터 찾았다. 도담삼봉 앞에서 기념촬영을 마치고 충주호로 향했다. 유람선을 타기 위해서였다. 여행의 비수기철이라서 그런지 유람선은 무척 한산했다. 유람선에서 바라보는 단양의 경치는 호수와 어우러져 무척이나 아름다웠다. 유람선 관광을 마치고 수안보로 방향을 잡았다.

셋째 날(수요일), 삶은 선택의 연속이다

대학 입학시험에 합격한 후 수안보에서 열린 신입생 오리엔테이션에 참가했던 기억이 떠올랐다. 수안보를 여정에 포함시킨 이유는 천 년의 역사를 자랑하는 이곳에서 온천욕을 즐기기 위해서였다. 더군다나 충주시에서 온천수를 직접 관리하기 때문에 수질을 믿을 수 있었다. 지하 250m에서 용출되는 약알카리성 온천수로, 리듐을 비롯한 칼슘, 나트륨, 마그네슘 등 인체에 이로운 각종 광물질을 함유하고 있어 수질이 부드러운 것으로 유명했다. 무엇보다 온천욕은 부모님의 여독을 푸는 데 좋을 것 같았다. 대형호텔이나 리조트보다 가격이 저렴하고, 새로 지어진 온돌방 모텔로 숙소를 잡고, 여장을 풀었다. 사람들이 많이 찾는 대중탕보다 방이 딸린 욕조에서 밤 늦게까지 온천욕을 즐길 수 있었다.

온천욕의 영향이었을까? 아침에 일어나 보니 어머니의 얼굴이 고와 보였다. 해장국으로 아침식사를 마치고, 어디로 갈지 부모님의 의견을 여쭤 보았다. 원래는 충남의 '상수허브랜드'와 '청남대'를 가려고 했는데, 거리가 90km 정도로 멀었고, 그곳으로 향하면 안동 하회마을을 가기 위해서는 다시 되돌아와야 하기 때문에 갈팡질팡하면서 마음을 정하지 못했다. 둘중 하나를 선택해야만 했다. 부모님은 내게 전권을 맡기셨다. 결국 나는 여정을 변경하기로 결정했다. 충남에 가지 않고, 문경새재를 넘기로 작정한 것이다. 여행은 즐거워야만 한다. 조금이라도 더 좋은 곳을 보기 위해 연로하신 부모님에게 무리한 여정을 강요할 수 없었기 때문이다. 수안보에서 문경새재까지는 무척 가까웠다. 충북과 경북의 경계에 있는 문경새재는 '나는 새도 넘어가기 힘든 고개'라는 뜻으로, 고갯길 최고점 해발은 632m에 달한다. 부모님과 드라마 세트장을 여유롭게 둘러보면서 여정을 바꾸길 잘했다는 생각이 들었다.

문경새재를 출발해 다음 목적지인 '하회마을'로 향했다. 풍산류씨가 600여 년간 이어온 촌락으로, 유네스코가 세계문화유산으로 지정한 가장 한국적이고 전통이 살아 숨쉬는 곳이라 기대가 컸다. 하회마을은 인공적으로 조성된 관광지가 아닌, 자연적으로 탄생한 촌락으로, 해마다 100만 명 이상의 관광객들이 꾸준히 찾고 있는 곳이다. 이곳은 낙동강이 마을을 한 바퀴 감싸안고 흐르는 독특한 지형으로, 물하(河)자에 돌회(回)자를 써서 하회라 불렸다. 하회마을에 도착한 우리는 주차장 인근에 있는 식당에서 안동의 명물인 찜닭부터 시켰다. 아버지를 위해 안동소주도 특별히 주문해 드렸다. 넉넉하게 식사를 마치고 공연장을 찾았다. 서민들의 애환이 담겨있는 '하회별신굿 탈놀이'는 당시의 잘못된 사회적 병폐를 꼬집었다. 약 800여 년 동안 조상들의 끈질긴 삶과 희로애락을 대변하며 오늘에 이른 소중한 문화유산인 것이다. 공연이 끝나고 관람객들과 함께 신명난 뒤풀이가 펼쳐졌다. 어머니는 무대에서 공연자들과 함께 어깨춤을 추셨고, 안동소주로 반주를 하신 아버지도 자리에서 어깨를 조금씩 흔드셨다.

공연장을 나와 마을까지 15분 정도를 걸어서 도착했다. 지금도 200여 명의 주민들이 거주하는데, 주거환경이 많이 불편해 보였다. 실제로 하회마을이 국가적인 민속마을로 지정된 이후에 주민들은 생활에 큰 제약을 받고 있다. 마을의 원형을 보존해야만 하기 때문에 사유 재산임에도 증축이나 개축을 불허했다. 사실 사람이 살지 않는 텅 빈 마을은 의미가 없을 것이다. 낙안읍성도 주민들이 살기에 더욱 가치 있는 곳이다. '역사는 현재와 과거의 대화'

인생은 배낭 여행이다

라는 말처럼, 하회마을은 현대인들에게 많은 메시지를 던졌다. 하회마을과 작별을 하고 다음 목적지인 청송의 주산지를 향해 차를 몰았다.

하회마을을 떠나 국립공원 주왕산으로 유명한 청송에 들어섰다. 그때 가장 먼저 눈에 띈 것이 도로가에서 즐비하게 팔고 있는 사과였다. 청송사과는 일교차가 커서 전국에서 알아주는 고랭지 사과로, 당도가 높은 것으로 유명했다. 차를 잠시 도로 가에 멈춰 세웠다. 가격을 물어보니 괜찮았다. 1박스를 사서 트렁크에 실었다. 그때 어머니는 1박스를 더 사라며 돈을 내미셨다. 충분하다고 말하자, 평소부터 손이 크신 어머니는 토요일에 가족들을 만나면 함께 먹자며 주장을 굽히지 않으셨다. 어머니의 성화에 못 이겨 1박스를 더 사서 트렁크에 넣자, 마음이 넉넉해졌다. 사실 청송을 여정에 포함시킨 이유는 부모님보다 내가 더 주산지를 보고 싶어서였다. 항상 와보고 싶었던 곳으로, 산속에 있는 저수지인 주산지는 영화 촬영지로 유명했다. 조선 숙종 때인 1720년에 쌓기 시작해 경종 때(1721년)에 완공되었다고 한다. 길이 100m, 너비 50m, 수심 7.8m로 아담한 크기다. 주차장에서 20여 분을 걸어 마침내 주산지에 도착했다. 동양화 속 풍경처럼 저수지 끝까지 늘어져있는 고목나무의 가지가 무척 인상적이었다. 하지만 부모님은 시큰

둥하셨다. 고향에 있는 저수지와 비슷했기 때문이다. 듣고 보니 그럴 것도 같았다. 먼길을 걸어서 올라왔기에 죄송한 마음으로 다음 목적지인 천년고도 경주에 빨리 가자며 출발했다. 경주로 가는 길에는 거대한 풍력발전기들이 쉴 새 없이 돌아가고 있었다.

넷째 날(목요일), 인생에서 친구란

천년고도 경주에서 아침을 맞았다. 초등학교와 중학교 수학여행 때, 다녀간 경주를 30년 만에 부모님과 다시 찾게 된 것이다. 삼국통일의 위업을 달성한 신라는 한반도 최초로 세운 천년고도 경주를 세계적인 도시로 만들었다. 경주는 도시전체가 문화재라, 어디서부터 구경해야 할지 막막했다. 때마침 관광안내소에서 가져온 경주관광지도를 펼쳤다. 관광명소가 일목요연하게 잘 정리되어 있었다. 고민 끝에 경주에서도 최고의 관광지인 불국사를 가장 먼저 방문하기로 마음먹었다. 불국사는 유네스코에서 세계문화유산으로 지정한 대표적인 사찰로, 석굴암과 함께 신라 불교 예술의 귀중한 유적으로 유명하다. 차를 주차하고 입장권을 예매했다. 매표소를 통과해 잘 정리된 산책길을 따라 불국사 안으로 들어갔다. 어머니는 대웅전으로 달려가 합장을 하며 기도를 드린다. 내게는 10원짜리 동전에 익숙한 다보탑이 가장 먼저 눈에 쏙 들어왔다. 다보탑은 목조건축의 복잡한 구조를 석탑으로 승화시킨 작품이고, 옆에 있는 석가탑은 장식이 많은 다보탑에 비해 절제된 멋이 있다. 외국인들이 찾는 불국사를 보면서 우리나라의 역사와 전통에 대한 긍지가 느껴졌다. 절 특유의 조용하고 차분한 분위기가 눈과 귀를 맑게 했고, 가끔씩 들리는 새 소리도 좋았다.

불국사를 뒤로하고 근처에 있는 석굴암으로 향했다. 토암산 중턱에 자리한 석굴암은 통일신라 때 건축된 최고의 걸작으로 손꼽히는 국보 24호다. 1995년에 유네스코 세계문화유산으로 등재되어 대한민국의 필수 관광명소로 손꼽힌다. 매표소에서 석굴암까지 우거진 산길을 걸으면서 산림욕을 하는 기분이 들었다. 20여 분 뒤 높은 축대 위에 세워진 석굴암이 보였다. 초등학교 때와는 달리 왜소하게 보였다. 석굴 안으로 들어가 차단막이 설치된 중앙에서 부처님을 바라보며 불교에 대해 생각했다. 극락왕생이라는 종교로서의 불교와 정신수양을 지향하는 삶의 철학으로서의 불교가 있다. 대학시절 불교에 심취해 석가모니가 태어난 인도의 룸비니와 싯타르타가 깨달음을 얻었다는 보드가야에 다녀왔다. 그때 많은 것을 느꼈다. 지금도 나는 불교를 좋아하되, 종교로서 믿지는 않는다. 재미있는 사실은 우리나라 사람들이 종교에 대해 무척 관대하다는 것이다. 대한민국에는 불교와 기독교, 천주교, 원불교

등이 함께 공존한다. 유럽과 중동에서 수천 년간 불변해 온 카톨릭이나 이슬람교와는 성격이 다르다. 우리나라는 가족간에도 아버지는 불교, 자식들은 기독교처럼 서로 다른 종교를 믿을 수 있다. 일부 국가에서는 상상하기 힘든 일이다.

불국사와 석굴암 관광을 마치고 점심을 먹었다. 그런데 오후에는 시간적 여유가 없었다. 서울에서 KTX로 아이와 함께 내려오는 아내가 부산역에서 만나자고 한 약속 때문이다. 적어도 4시 30분에는 경주를 출발해야만 했다. 나는 부모님에게 관광명소보다는 체험형 관광을 시켜 드리기로 마음먹었다. 그렇게 해서 찾은 곳이 신라 밀레니엄파크다. 입장료가 조금 비싼 게 흠이었지만, 드라마 〈선덕여왕〉의 세트장으로 유명한 파크에 들어서자, 입구부터 신라시대 의상을 착용한 직원의 안내가 호기심을 자극했다. 확실히 기존의 테마파크와는 달랐다. 비슷비슷한 공연을 하는 놀이공원에서 벗어나, 신라라는 확실한 테마를 중심으로 최첨단 기술이 녹아 들어가 있었다. 초대형 야외공연과 문예마을 체험 등이 핵심 콘텐츠였다. 부모님이 흡족해하시는 걸 보고 오기를 잘했다는 생각이 들었다. 테마파크 관람을 마치고 부모님이 살아계실 때, 언제 다시 또 경주에 올지 모른다고 생각하니, 한 곳을 더 보여드리고 싶었다. 그렇게 고른 곳이 민속공예촌으로, 신라시대의 공예기술을 보존하고 개발하기 위해 토함산 기슭에 조성한 마을이다. 경주 지역의 장인들을 한곳에 모은 촌락으로, 옛 모습을 지닌 전통 기와집과 초가집으로 조성되어 있다. 입구로 들어서자 전통가구를 비롯해 신라금관, 불상 등의 금속고예품과 청자, 백자 등의 도자기 공예품 등이 옛 모습을 갖추고 있었다. 부모님은 장인들이 재래식으로 공예품을 직접 제작하는 모습을 보면서 즐거워하셨다.

경주를 떠나 부산역에 도착했다. 아내가 아이의 손을 잡고 역을 빠져나오는 모습이 보였다. 기쁜 마음에 달려가서 아이를 번쩍 들어올렸다. 녀석도 좋아라 낄낄 웃었다. 차량의 좌석배치를 조정했다. 차 타기를 좋아하는 어머니가 앞자리에 앉으시고, 아버지는 뒷자리 오른쪽 상석에, 아내는 운전석 뒷자리, 아들은 가운데에 앉혔다. 숙소가 있는 해운대로 이동하는 동안에 차 안이 무척 소란스러웠다. 참으로 행복했다. 얼마 뒤에 숙소에 도착해 여장을 풀고 편안한 옷으로 갈아 입었다. 그리고는 아주 특별한 누군가를 기다렸다. 잠시 뒤에 고향친구 J가 들어왔다. 녀석은 결혼식 때 내가 사회를 봐준 허물없는 친구다. 갑작스러운 친구의 등장에 부모님은 깜짝 놀라셨다. "아니. 네가 어쩐 일이냐?" 고향의 불알 친구라, 어머니도 금방 친구를 알아보셨다. 부모님에게는 깜짝 선물로 친구가 온다는 사실을 숨겼고, 아내에게는 미리 알려주었다. "아이고, 어머니. 아버님, 절부터 받으세요," 친구는 부모님에게 큰 절을 올렸다. "글쎄, 이 친구가 부모님 모시고 전국일주한다고 하길래, 부산에 오면 꼭 연락 달라고 했습니다. 저는 부모님이 모두 돌아가셔서, 여행을 시켜 드리고 싶어도 못하는데, 친구가 참 부럽습니다." 절을 마친 뒤에 녀석은 하얀 봉투 2개를 꺼내더니, 아버지와 어머니에게 여행에 쓰시라며 용돈을 드렸다. 친구가 우리를 크게 감동시켰다.

다섯째 날(금요일), 가족 모두를 목메이게 만들다

부산 하면 태종대가 아닐까? 아내와 나는 부산의 첫 여정지를 태종대로 잡았다. 혼자서 여정을 결정하다 아내와 상의하니 무척 마음이 편했다. 짐을 꾸려 태종대로 출발했다. 부산대교를 지나 영도해안을 따라 태종대에 도착했다. 태종대 전망대는 깎아 세운 듯한 절벽과 기암괴석, 그리고 탁 트인 대한해협을 한눈에 볼 수 있는 관광명소다. 날씨가 청명해 일본의 쓰시마섬이 흐릿하게 눈에 들어왔다. 전망대 앞에 모자상이 특히 눈에 띄었다. 모자상은 애절하고 안타까운 사연 때문에 세워졌다고 한다. 전망대는 원래 자살바위라 불렸는데, 세상을 비관하여 전망대에서 자살하려는 사람들에게 어머니의 진한 사랑을 느낄 수 있도록 제작된 것이다. 즉, 다시 한번 어머니의 자비로운 사랑을 느끼게 만들어 목숨을 구하겠다는 조각상이라 할 수 있다. 전망대 아래쪽을 바라보니 무섭게 느껴졌다. 그동안 이곳에서 죽었을 수많은 영혼의 외침이 들리는 것만 같았다. 태종대의 풍광을 뒤로하고 다음 목적지인 자갈치 시장으로 향했다. 아내와 아이가 합류하면서부터 나는 운전을 더욱 조심스럽게 했다.

자갈치시장에 도착하자, 서민적인 맛이 확 풍겼다. 부산을 대표하는 재래시장에서 우리는 활어회와 매운탕을 먹기로 했다. 자갈치시장은 횟감이 싱싱하고 가격도 저렴해서 부산의 명물로 꼽힌다. 횟집을 나와 전통시장 골목에 들어서자, 상인들의 호객행위가 시작되었다. "오이소! 보이소!"라는 특유의 경상도 사투리가 정겹게 느껴졌다. 씨알 굵은 문어와 임연수, 은갈치가 즐비하게 진열되어 있고, 이들의 압도적인 크기에 아이와 아내는 놀라는 눈치다. 시장을 벗어나 차를 운전하면서 부산에는 의외로 산이 많다는 사실을 알게 되었다. 그래서인지 도로가 오르막길과 내리막길, 그리고 터널이 유난히 많았다. 다음 목적지인 해동용궁사로 방향을 잡았다. 보통 절을 생각하면 산속에 있는 사찰을 떠올리겠지만, 해동용궁사는 바닷가에 있는 특이한 절이다. 바닷가 암석 위에 지평선이 끝없는 동해를 품고 있었다. 절의 입구를 지나자, 12지신이 석상으로 가지런히 배열해 있다. 순서는 쥐를 시작으로 소, 호랑이, 토끼, 용, 뱀, 말, 양, 원숭이, 닭, 개, 돼지 순이다. 아버지는 토끼, 어머니는 소, 아내는 호랑이, 아들은 양 그리고 나는 개 앞에서 각각 사진을 찍었다. 절로 들어가는 입구의 108계단을 지나자 달마상이 나타났다. 달마의 배와 코를 만지면 득남한다는 전설 때문에 닳고 달아 번들거린다. 본당으로 가면서 큰 암석에 새겨진 법구경의 문구가 많은 생각을 들게 했다. "내가 이 세상에 올 때는 어느 곳으로부터 왔으며, 죽어서는 어느 곳으로 가는고! 재산도 벼슬도 모두 놓아두고 오직 지은 업에 따라 갈 뿐이네." 아내의 적극적인 추천으로 온 해동용궁사의 경관에 우리는 감탄했다. 지금까지 다녀본 사찰들 중에서 최고의 비경이었다.

해동용궁사를 나와 내비게이션에 다음 목적지를 입력했다. 다름 아닌 노무현 전 대통령이 잠들어 있는 '봉하마을'이다. 운전을 하면서 부모님에게 여쭸다. 지금까지 달려온 여정에서 가장 기억에 남고, 좋은 곳이 어디일지 궁금했다. 어머니는 동해일출을, 아버지는 경주에서 본 테마파크를 꼽으셨다. 하지만 나는 아직 가보지도 못한 봉하마을이 벌써 보고 싶었다. 존경했던 서민의 대통령, 고(故) 노무현님의 무덤과 묘비가 어떻게 생겼을지도 참으로 궁금

인생은 배낭 여행이다

했다. 그분을 생각하니 운전을 하면서도 코 끝이 시리다. 조금이
라도 빨리 보고 싶은 마음에 속도를 높였다. 그런데 한 가지 걱정
거리가 생겼다. 아들에게 대통령의 죽음을 어떻게 설명해야 할지
막막했던 것이다. 2시간을 달려 봉하마을에 들어섰다. 주위를 둘
러볼 틈도 없이 부모님과 아내, 아들의 손을 잡고 대통령 묘역부
터 찾았다. 앞에 서니, 머리가 텅 비어 버린다. 묘비에 새겨진 "민
주주의 최후의 보루는 깨어있는 시민의 조직된 힘입니다."라는 문
안을 보자, 나도 모르게 눈물이 나왔다. 아내도 흐느꼈고, 어머니
는 두 손을 모아 합장하며 기도를 드렸다. 초등학교 2학년인 아들
은 뭔가 이상한 분위기를 감지했는지, 엄마 손을 잡고 엄마의 울
음을 달랬다. 참배를 마치고 부엉이바위로 향했다. 그곳을 경비하
던 경찰이 위험하다며 길을 막았다. '대통령은 도대체 무슨 생각
을 하면서 저 바위에서 몸을 던졌을까?'라고 생각하니 가슴이 먹
먹해졌다.

여섯째 날(토요일), 시작만큼 마무리도 중요하다

아침에 일어나서 한려수도의 풍광을 보니 너무 아름다운 곳이다.
전날 밤 숙소에 늦게 도착해서 다도해의 경치를 감상하지 못했다.
그래도 우리는 행복했다. 잠자리가 너무도 편했기 때문이다. 우리

고 노무현 전 대통령의 묘소(봉하마을)

2000년 밀레니엄을 앞두고, 뉴욕타임즈는 지난 1000년간 최고의 말로 히틀러가 남긴 '대중은 큰 거짓말에 속는다'를 꼽았다. 삼인성호! 사실이 아닌데도 언론이 자꾸만 보도하면 대중들은 실체적 진실보다 언론의 말을 믿고 만다. 노무현 전 대통령의 죽음 뒤에도 이러한 언론의 검은 그림자가 있지는 않았을까?

는 누나의 지인이 운영하는 바다가 내려다보이는 최고급 펜션에서 아늑한 하룻밤을 보냈다. "숙박비를 지불하겠다."는 내 말에 그 지인이 화를 내면서 "부담 없이 즐기고 가라!"고 했다는 말을 들었다. 아침식사를 마치고 통영의 명물인 한려수도 케이블카를 타러 출발했다. 케이블카가 모습을 드러내자 아이가 무척 좋아했다. 케이블카가 정상으로 올라갈수록 한려수도의 수려한 경치가 아름다웠다. 특히 동양의 나폴리라 불리는 통영항이 선명하게 보였고, 이순신 장군의 구국의 혼이 서린 한산대첩지까지도 한눈에 조망할 수 있었다.

다음 목적지인 이순신 장군을 모시는 충렬사로 출발했다. 봉하마을과 달리 충렬사는 아이의 교육에 무척 좋았다. 운전을 하면서 임진왜란을 일으킨 일본인들의 사악함과 영웅 이순신 장군의 변화무쌍한 활약상을 아이에게 신나게 가르쳐 주었다. 하지만 마음 한편으로는 인간 이순신이 느꼈을 고뇌가 전해지는 것 같아 마음이 아팠다. 충렬사에 도착해 정문을 통과하니, 수령이 400년된 동백나무가 위엄 있게 서 있었다. 안쪽의 사당에서 우리는 이순신 장군의 영정에 감사한 마음으로 묵념을 올렸다. 사당을 바로 떠나기가 미안한 마음이 들었다. 우리는 바로 옆에 있는 의자에 앉았다. 은행나무 잎이 노랗게 흩날리는 좋은 날씨다. 사당 앞에서 나뭇잎을 가지고 노는 아이를 보면서 이순신 장군에게 다시 한번 감사한 마음이 들었다.

충열사를 벗어나 남해고속도로를 탔다. 얼마 지나지 않아 전라도와 경상도의 경계인 섬진강이 나타났다. 섬진강의 발원지는 전라북도 진안의 데미샘이다. 진안이 고향이고, 수백 킬로를 돌아 이곳 광양까지 흐른다고 생각하니 더욱 반가웠다. 우리는 광양에 들러야만 했다. 광양에 거주하는 장인어른이 부모님에게 식사라도 한끼 대접하겠다며 꼭 들르라고 하셨기 때문이다. 장인어른과 점심식사를 늦게 마치고 순천으로 출발했다. 일부러 시간을 내주신 장인어른에게 감사한 마음이 들었다. 광양을 출발한 지 30여 분이 지나 순천만에 도착했다. 순천만은 강물을 따라 유입된 토사와 유기물이 바닷물의 조수 작용으로 퇴적되어 생긴 넓은 갯벌로 유명하다. 이곳을 대표하는 갯벌 생물인 망둥어와 게가 가장 많이 눈에 띄었다. 아치형 다리를 건너자, 갈대밭 탐방로가 있는 갈대숲이 장관이다. 11월말에 누렇게 변해버린 갈대밭이 태양의 빛을 받아 황금색으로 나부끼고 있었다. 철새와 갈대 그리고 습지가 어우러져 그림 같은 풍경이 연출된 것이다. 순천만을 출발해 월출산으로 유명한 영암에 무사히 도착했다. 막내 누나가 살고 있는 영암에서 가족들이 모이기로 약속돼 있었다. 오랜만에 만나는 누나들이 우리를 반갑게 맞아 주었다. 그날 밤 우리 가족들은 마당에서 삼겹살 파티를 열었다. 밤 늦게까지 여행을 주제로 담소를 나누다가, 자리가 끝나갈 무렵에 누나가 봉투 하나를 내밀었다. 확인해 보니 50만 원이다. 다섯 형제들이 10만원씩 모았으니 여행 경비에 보태라는 것이다.

다음 날 아침에 가족들과 작별을 하고 고향으로 출발했다. 부모님을 다시 진안으로 모셔다 드리기 위해서다. 영암에서 진안으로 가는 길목에는 웅장한 지리산이 있다. 근처에 다가갈 무렵에 '지리산 온천랜드'라는 이정표가 보였다. 카드사에 근무할 때 프로모션을 위해 서울에서 직접 내려와 협상했던 곳이라, 방향을 온천랜드로 돌렸다. 부모님의 6박7일간의 여독을 풀어 드리고 싶었다. 아내와 아이도 무척 좋아했다. 온천욕을 마치고 바로 집으로 간다고 생각하니, 서운한 마음이 들었다. 그래서 마지막으로 구례에 있는 산사에 들르기로 했다. 지리산 자락에는 몇 개의 사찰이 있다. 나는 유명한 화엄사가 아닌 조용한 천은사로 방향을 잡았다. 절에 도착하자, 어머니는 대웅전부터 찾아서 합장하며 기도를 드렸다. '산사에서의 어머니 기도', 세상에서 가장 아름다운 모습이다. 천은사를 뒤로하고 남원을 거쳐 진안으로 진입하자, 마음이 포근해지기 시작했다. 무사히 여행을 다녀왔다는 사실에 감사한 마음이 들었다. 하지만 내 마음속에는 마지막 목적지가 남아 있었다. 그곳은 마을로 진입하기 직전에 있는 선산이다. 거기에는 부모님이 돌아가시면 안장될 가묘가 마련되어 있다. 마침내 선산에 도착한 우리 가족은 사진촬영을 하면서 여행을 마쳤다.

감사합니다.

추성엽